LE NOUVEAU RÈGNE

Un Lite et Darke Novel

Par: *ML Ruscsak*

Conception de la couverture par: *ML Ruscsak*

Édité par: *Chyenne Lyon*

LE NOUVEAU RèGNE
UN ROMAN LITE ET DARKE
M L'Ruscouk

DROITS D'AUTEUR

Presse Trient

3375 S, boulevard Rainbow

81710, SMB 13135

Las Vegas, NV 89180

Informations de commande:

Ventes en quantité. Des remises spéciales sont disponibles sur les achats de quantité par les sociétés, les associations et autres. Pour plus de détails, contactez l'éditeur à l'adresse ci-dessus.

Commandes des librairies et des grossistes américains. Veuillez contacter Trient Press: Tél: (775) 996-3844; ou visiterwww.trientpress.com.

Imprimé aux États-Unis d'Amérique

Données de catalogage avant publication de l'éditeur Ruscsak, ML

Un titre de livre: The New Reign

ISBN:

Broché: 978-1-953975-93-5

CASTLE OF FIRE
CASTLE OF WIND
CASTLE EARTH
CASTLE OF DAWN
SUN TEAR
Manicora Reserve
Captiol City of Light Fey
CASTLE GOLDEN SUN
Primitiva's Meadows
Healing River
SPIRE
Draken Capitol City
Mystic Woods
CASTLE OF NIGHT
capitol City of the Eostre
City of Glass
(Last Human Village)
Captiol City of Dark Fey
(City of Night)
Dark Marsh Lands
Marsh Lands
N
S
W
E
Star Pillars
Beacon for Falling Fey
and Draining Houses

Pour ma fille qui a été mon rédacteur à chaque étape du processus. Ma maman qui a lu chaque mot avant tout le monde. Et pour Pap qui je sais me sourit. Et pour ma famille qui m'a donné les ailes pour voler.

MLRuscsak

Cher lecteur,

Merci de l'intJrKt que vous portez A &The New ReignE3. Comme j'espIre que vous apprJcierez ce premier livre de la sJrie, je souhaite souligner certaines choses. Tout au long de ce premier livre, il y a plusieurs trous d'intrigue, des fautes d'orthographe et des mots mal utilisJs.

Je comprends qu'en tant que lecteur, cela peut Ktre assez frustrant A lire, mais je promets que ces erreurs sont complItement intentionnelles. Ennuyeux oui, mais il y a une raison. De plus, pour tout ce qui est Jcrit, il y a une signification plus profonde qui sera rJvJlJe dans les livres ultJrieurs.

Les questions, commentaires ou critiques sont toujours les bienvenus. Et j'ai hCte de les lire.

Pour plus d'informations sur la sJrie, y compris une carte du royaume, veuillez me rendre visite A

TrientPress.com

Bonne lecture,
M.L. Ruscsak

15

Prologue

Les bougies rouge foncé scintillaient dans son bureau au fond du château d'os, comme tant de nuits avant qu'il étudie a étudié les allées et venues du monde des vivants. Étudié les allées et venues des villes étoiles à la recherche de l'accomplissement de la prophétie. La pierre du voyant reposant sur la table devant lui, Karnack replaça sa plume dans l'encrier. Pendant plus de trois mille ans, il avait fait dans la mort ce qu'il avait fait dans la vie… regarder l'histoire se dérouler et tenir un compte rendu détaillé de sa reine.

Une reine qu'il n'avait même pas vue depuis l'époque de la grande guerre. Non, ce n'était pas complètement vrai. Il ne l'avait vue qu'une poignée de fois et seulement pour demander son aide. Même alors, sa rage d'être dérangée …

Il soupira. Il ne pouvait rien faire pour la reine. Moins pas encore.

Ses yeux se ferment un instant avant de regarder à nouveau la pierre du voyant et d'attendre à nouveau la naissance de l'enfant que sa reine avait vu tant d'années auparavant. Une reine qui serait en mesure de vaincre une menace qui était encore dans l'ombre des grandes étoiles.

Pourtant, il regardait et attendait la naissance de l'enfant que sa reine avait vu tant d'années auparavant. Un enfant qui naîtrait créateur. Une reine qui serait en mesure de vaincre une menace qui était encore dans l'ombre des grandes étoiles.

Le reste du premier Fey, qui s'était installé sur cette terre, avait déjà renoncé à retrouver l'enfant. Nicco avait changé de nom deux ou trois fois au cours des trois derniers siècles. Tout comme Ean. Et Donny… ah le grand guerrier… il s'est complètement isolé du monde peu de temps après que Myrddin soit tombé des étoiles.

Des quatre d'entre eux, aucun n'avait jamais pu découvrir ce qui était arrivé à l'enfant unique de leur reine. Un bébé connu uniquement sous le nom d'Ari. Son père avait été la cause du retrait de leur reine des royaumes.

Pourtant, il espérait qu'un jour il trouverait cette reine choisie et lui donnerait la couronne des morts. Une couronne qui lui donnerait le pouvoir de se lever et de faire face à une menace qu'elle seule serait capable de vaincre.

Une tape symbolique sur la porte du bureau qu'il ignora. Puis une voix féminine douce et légère, "Karnack? Regarde toujours la pierre?

Il jeta à peine un coup d'œil par-dessus son épaule à une femme qui était tout aussi belle aujourd'hui qu'elle était la première fois qu'il avait posé les yeux sur elle.Et toujours aussi mortel. Se retournant légèrement, il la regarda s'appuyer sur l'encadrement de la porte. Son œil se rétrécit en sifflant, «Je suis le scribe de la reine et je serai celui qui verra la reine élue bien avant les autres. Quand elle ne dit rien de plus, il retourna à son registre et commença à écrire une autre ligne.

Tirant un couteau de sa ceinture, elle s'appuya sur le mur en le regardant écrire un dribble insensé que personne ne lirait jamais. Un doux sourire toucha ses lèvres rouge sang. «Quand vous la trouverez, dites-moi. Je veillerai à ce qu'aucun mal ne vienne jamais à elle.

Sur ce, il se retourna et se battit dur pour se rappeler que la fée qui se tenait devant lui était un ami. Se sont battus plus dur pour se souvenir qu'elle ne lui ferait jamais vraiment de mal. «Freya, chérie, si ce que je sais vraiment se réalise, alors même toi, tu auras besoin d'aide pour la protéger.

Elle a claqué des bottes à talons sur le sol de pierre alors qu'elle se rapprochait. Quand elle atteignit son bureau, elle se pencha et chuchota: «Tu me laisses m'inquiéter pour ça.

Partie 1

IL Y A 280 ANS

L'ARNA: PRINCESSE DE FEYEN

"Un jour viendra où l'on s'élèvera au pouvoir non par la naissance mais par le sang. Quand ce jour arrivera, ce ne sera que le commencement ..."

- Anciens parchemins de Feyen

Chapitre 1: Larna

La nuit s'est glissée sur le château. Les seuls bruits étaient ceux de l'eau tombant sur les falaises. Sous ses pieds, Memoks encerclait ses pieds en attendant d'être nourris.

Larna regarde par la fenêtre la lune assombrie. Il n'y aurait pas de lumière dans le château ce soir. Un sourire diabolique fit trembler ses lèvres roses et rouges alors qu'elle fermait son journal.

"C'est l'heure."

Jaillissant de sa chambre, des éclairs de brume noire coulaient de ses doigts. Les gardes tombent avant qu'il ne les ait dépassés. Leurs corps se tortillaient dans des positions non naturelles avant que la mort ne les prenne finalement.

Les portes des enfants royaux… ses frères et sœurs s'ouvrirent facilement. Son plus jeune frère se tenait là paralysé en la regardant. Un cœur battait plus longtemps et son corps était déchiré.

Elle n'avait pas eu besoin de le tuer. Un simple sort d'esprit aurait fonctionné. Mais encore une fois, qui peut dire que quelqu'un ne l'aurait pas compris? S'ils l'ont fait…

Non, sauver la vie d'un petit gamin n'en valait pas la peine.

Larna regarda dans la chambre de la princesse héritière. Ses respirations douces d'un sommeil lourd. Les boucliers de protection sonnent le lit d'une douce lueur bleue laissant place à l'obscurité.

Son poing se serra. Le fou aurait jeté Feyen en donnant la couronne à un autre. Laisser une créature biliaire régner sur ce qui leur appartenait de droit.

La rage bouillonnait à l'intérieur de son éruption avec le bouclier qui aurait dû protéger sa chère sœur.

Du sang, pas celui d'un vrai royal, éclaboussait la literie et le bouclier. Les couvertures laissées clouées.

Un rire sombre qu'elle essaya de garder silencieuse, «Un combattant qui sort, chère sœur.

Larna la regarda en arrière. Tant de chair gaspillée derrière elle. Des gardes qui n'ont jamais eu une chance. Certains auraient pu s'avérer utiles dans les prochains jours.

Peu importe. Il y en avait d'autres. Qui se soucierait si elles venaient de Feyen ou de la ville de sa chère amie. Est-ce que quelqu'un connaîtrait jamais la différence?

Passant sa cape autour de son visage, il força la porte de la chambre de la reine à s'ouvrir. Pourtant, elle s'arrêta en attendant que le dernier guerrier Feyen la rencontre.

Vêtu de sa chemise de nuit et de son pantalon, il était prêt au combat. Une épée dorée, dite être celle du Grand roi Magmas, serra fermement dans ses mains. "Montre toi." grogna-t-il.

Elle entra dans la lumière de sa cape en gardant son secret un instant de plus.

«Montre ton visage comme un vrai guerrier.»

Sa main se leva et elle abaissa sa capuche. Le regard de rage et de peur traversa le visage de ses parents. «Père surpris? Ne le sois pas. »

Trop rapidement, un bouclier tomba entre eux alors qu'elle levait son épée en onyx noir.

Les yeux d'Alista s'écarquillèrent de peur peut-être pour la première fois. Dans un murmure étranglé, elle haleta, «L'épée d'obsidienne... Comment?

Avant que son père ne bouge, le feu a allumé les yeux de Larna: «Toute l'obsidienne n'a pas été détruite»

Elle dominait le corps de sa mère. Son épée de cristal noir plongeait dans le cœur de la femme qui lui avait donné la vie. Ses yeux se rétrécirent en de minuscules fentes alors qu'elle maintenait ses ailes noires translucides immobiles. En écoutant le son unique de son propre cœur battant contre le silence, sa tête se tourna lentement pour jeter un coup d'œil par-dessus son épaule, la tête sans vie de son père sur le sol mais à quelques mètres de l'endroit où son corps était tombé. Il avait été le dernier guerrier Feyen à tomber.

Le dernier avant sa mère. Au moins là, elle avait trouvé un adversaire digne d'affronter. Enfin, au moins jusqu'à ce qu'elle aussi ait faibli et meure.

Un sourire cruel se forma sur ses lèvres de couleur cramoisie foncée alors qu'elle restait là silencieusement à regarder le sang de sa mère commencer à s'accumuler autour de son corps sans vie. Pas le sang rouge que la plupart des Fey avaient, oh nonfenêtre et obscurité de la nuit. Tout est si calme. Si calme. Avec l'aube, elle serait reine.presque impossible. "S'il vous plaît, vous devez aider ma mère."

Sa prise solide échoua finalement car c'était tout ce qu'il avait besoin d'entendre. Larna ne regarda que partiellement étonné alors qu'un seul éclair jaillissait du bout de ses doigts pour allumer le feu de signalisation. Pas un instant plus tard, plus d'une douzaine de gardes armés les entouraient. Tous leurs yeux se battent prêts et recherchent la cause de l'allumage du signal. Pourtant, aucun n'a bougé pendant une minute en attendant que le capitaine les rejoigne.

Un cœur battit alors deux et le garde armé qui la tenait; la princesse sanglotante prit le commandement. "Nous informerons le capitaine plus tard. La famille royale est attaquée. La reine est la première priorité." Jetant un coup d'œil à elle, il continua: "Princesse Larna, venez avec moi. La tour de garde sera en sécurité. Vous avez ma parole."

Elle n'avait aucun doute là-dessus. Après tout, comment saurait-il jamais que c'était elle qui avait tué sa famille? Mais même s'il le découvrait d'une manière ou d'une autre, après qu'elle ait été couronnée, aucune âme ne serait jamais capable de faire quoi que ce soit.

Elle dominait le corps de sa mère. Son épée de cristal noir plongeait dans le cœur de la femme qui lui avait donné la vie. Tenant toujours ses ailes noires translucides, elle jeta un coup d'œil par-dessus son épaule, la tête sans vie de son père sur le sol mais à quelques mètres de l'endroit où son corps était tombé. Il avait été le dernier guerrier Feyen à tomber.

Le dernier avant sa mère. Au moins là, elle avait trouvé un adversaire digne d'affronter. Enfin, au moins jusqu'à ce qu'elle aussi ait faibli et meure.

Un sourire cruel se forma sur ses lèvres de couleur cramoisie foncée alors qu'elle restait là silencieusement à regarder le sang de sa mère commencer à s'accumuler autour de son corps sans vie. Pas le sang rouge que la plupart des Fey avaient, oh non, le sang de sa mère était bleu nuit. Une bizarrerie en soi. En regardant le sang couler de son corps, Larna aurait pu cracher sur le visage de sa mère pour lui avoir fait prendre cette mesure drastique. Mais si elle le faisait, cela ruinerait ses plans, et qu'elle ne ferait pas quel que soit le prix. «Vous auriez dû m'écouter, maman. Maintenant, regardez ce que vous êtes devenu. Vous ne pourrez plus écouter qui que ce soit. Une justice qui vous sert bien de ne jamais entendre la vérité qui a été mise sous vos yeux.

Tirant sa lame de cristal noir du cœur de sa mère, elle l'utilisa pour couper le tissu de sa robe dorée. Méthodiquement, elle s'est assurée que les coupures sur le tissu reflétaient les coupures sur sa propre peau. Elle devait s'assurer que les coupures étaient suffisamment peu profondes pour ne pas gêner ses mouvements mais suffisamment profondes pour donner l'impression qu'elle avait échappé au massacre. S'échapper en tant que dernier héritier survivant ... le dernier de la lignée de sa mère. Et s'échapper en tant que seul Royal Fey vivant dans tout Feyen.

Après tout, quiconque avait vu quelque chose était déjà lié à elle. Leurs souvenirs étaient ce qu'elle avait décidé qu'ils seraient. En ce moment, en ce moment, elle a choisi pour eux tous de croire qu'un homme encapuchonné avait fait irruption dans le château venant de nulle part et massacrant tout ce qui se dressait sur son chemin. Un nuage, une brume l'avait caché jusqu'au moment même où il avait tué sa première victime.

Oui, cela ferait bien. Et quant à l'homme ... Eh bien, elle avait prévu ça aussi. Myrddin allait l'épouser ou chaque citoyen feyen croirait qu'il était derrière le massacre. Après tout, il n'y avait pas une seule personne vivante qui ne savait pas à quel point il était vraiment puissant ni à quel point il était dangereux. Personne ne remettrait non plus en question ses motivations. Pouvoir, cupidité, luxure? Peu importe ce qu'ils ont choisi de spéculer, ses dénégations mêmes ne feraient que renforcer leur conviction de culpabilité.

Un sourire cruel se forma sur son long visage maigre. Mais elle lui proposerait une autre solution. Elle offrirait sa main en mariage, après tout, il était exactement ce dont elle avait besoin. Un homme Feyen avec des capacités plus naturelles et un pouvoir sombre que toute la famille royale mère Feyen. Ou elle devrait dire la famille royale maintenant décédée.

Mais demain serait assez tôt pour travailler là-dessus... Ce soir par contre... Elle devait finir ça. Reniflant jusqu'à ce que les larmes commencent à couler sur son visage, elle prit une profonde inspiration puis décolla dans un sprint terrifié dans les couloirs sanglants du château. Sa robe déchirée recueillait le sang des gardes tombés au combat alors qu'elle courait. Il n'y avait personne de vivant dans cette partie du château ou du moins personne qui serait d'une quelconque utilité pour que son plan fonctionne. Donc, crier à l'aide ne lui ferait aucune utilité, du moins pas avant d'avoir vu la lumière venant de la porte principale ... Alors ... et alors seulement elle poussa un cri strident, "AIDE! Aidez-moi!"

Elle a vu un seul garde à la porte principale et a su presque instantanément qui il était. Un membre non seulement de la garde royale, mais aussi de celui qui a également servi de guerrier d'élite. Comme il n'y en avait jamais plus d'une douzaine dans cette équipe, elle connaissait assez bien chacun d'eux. Cependant, celui-ci peut être un problème pour elle.

Une fois couronnée, elle devra peut-être également veiller à sa mort. Pas mieux encore, à son exécution. Pas un saut lointain qu'il pourrait avoir quelque chose à voir avec les meurtres. Elle aurait juste à voir ce qui se passait.

Au moment où il se tourna vers elle, elle savait deux choses. Tout d'abord, il scrutait la zone à la recherche de problèmes et deuxièmement, il la reconnut comme membre de la famille royale. Dans ce souffle, il courut en partie et en partie vola à sa rencontre à mi-chemin à l'intérieur de la grande salle. Juste au moment où il arrivait à elle, elle s'effondra dans ses bras, des sanglots coulant sur son visage alors qu'elle haletait pour respirer, "Princesse ... Quoi ..." demanda-t-il presque perplexe.

Reprenant son souffle, elle força à sortir, "Un intrus encapuchonné ... Ma mère, tu dois ..." Agrippant son uniforme blanc et or, elle essaya de le repousser. Essaya d'échapper à sa forte emprise que même si elle avait vraiment essayé, elle trouverait presque impossible. "S'il vous plaît, vous devez aider ma mère."

Sa prise solide échoua finalement car c'était tout ce qu'il avait besoin d'entendre. Larna ne regarda que partiellement étonné alors qu'un seul éclair jaillissait du bout de ses doigts pour allumer le feu de signalisation. Pas un instant plus tard, plus d'une douzaine de gardes armés les entouraient. Tous leurs yeux se battent prêts et recherchent la cause de l'allumage du signal. Pourtant, aucun n'a bougé pendant une minute en attendant que le capitaine les rejoigne.

Un cœur battit alors deux et le garde armé qui la tenait; la princesse sanglotante prit le commandement. "Nous informerons le capitaine plus tard. La famille royale est attaquée. La reine est la première priorité." Jetant un coup d'œil à elle, il continua: "Princesse Larna, venez avec moi. La tour de garde sera en sécurité. Vous avez ma parole."

Elle n'avait aucun doute là-dessus. Après tout, comment saurait-il jamais que c'était elle qui avait tué sa famille? Mais même s'il le découvrait d'une manière ou d'une autre, après qu'elle ait été couronnée, aucune âme ne serait jamais capable de faire quoi que ce soit.

Chapitre 2:
Galeron

Il n'y avait aucun signe de problème jusqu'à ce qu'ils atteignent le cœur du château. Aucun signe de lutte à part les empreintes sanglantes que la princesse avait laissées derrière elle. Puis un corps. Un jeune garde dont le nom n'est pas encore connu de tous ceux qui travaillaient dans les jardins du palais ... son corps coupé presque en deux. Dans un outcove, à quelques pas de là, un autre garde, Gavan, la gorge tranchée par derrière. Celui qui avait fait cela devait franchir le mur derrière lui. Une chose insensée à faire à moins d'être formé. Même alors, peu d'entre eux avaient l'habileté de le faire sans être pris au piège dans la pierre. De ceux-ci, aucun n'avait été près du château récemment.

Il n'y avait aucun signe de problème jusqu'à ce qu'ils atteignent le cœur du château. Aucun signe de lutte à part les empreintes sanglantes que la princesse avait laissées derrière elle. Puis un corps. Un jeune garde dont le nom n'est pas encore connu de tous ceux qui travaillaient dans les jardins du palais ... son corps coupé presque en deux. Dans un outcove, à quelques pas de là, un autre garde, Gavan, la gorge tranchée par derrière. Celui qui avait fait cela devait franchir le mur derrière lui. Une chose insensée à faire à moins d'être formé. Même alors, peu d'entre eux avaient l'habileté de le faire sans être pris au piège dans la pierre. De ceux-ci, aucun n'avait été près du château récemment. Et cela incluait l'homme qui était mis en place pour cette atrocité.

Avec précaution, ses ailes dorées flottant maintenant à toute vitesse, il vola dans les couloirs. Ses yeux voyant les corps de ses camarades tombés au combat. Rien de leur mort n'avait de sens. À moins que tout le monde ne dorme ... ce qui était hautement improbable et totalement impossible ... l'un d'eux aurait dû appeler à l'aide. On aurait dû signaler des renforts ou utiliser le discours mental pour appeler à l'aide. Pourtant, aucun ne l'a fait. Et aucun ne semblait avoir combattu l'attaquant inconnu. Pas une arme n'a été tirée ni un sort jeté. Tout ce qui s'était passé ici n'était pas qu'un simple attaquant. Ils avaient un but.

Galeron s'arrêta à quelques pas de la forteresse royale et lutta pour ne pas tomber malade. Kailen, le plus jeune prince, coucha en partie dans sa chambre et en partie dans le hall. Son sang violet gicla sur sa porte. Deux portes plus loin, l'héritière avait été déchirée dans son lit. Le bouclier protecteur autour de son lit et de sa chambre est toujours intact. Les trois autres enfants royaux tués si profondément qu'il n'y avait aucune raison de les envoyer dans le Royaume souterrain ... Pas même comme fourrage pour ceux qui peuvent encore y habiter.

Lentement et prudemment, il se dirigea vers la chambre à coucher de la reine. Le corps sans tête du roi gisait dans l'embrasure de la porte. Sa main s'enroulait toujours autour de la poignée de son épée d'or. L'épée elle-même s'est brisée proprement en deux. Dans un exploit impossible ... pourtant quelqu'un avait pu le faire. La quantité de force requise pour faire cela? Donc, peu auraient pu faire cela. Et ceux qui possédaient cette compétence étaient maintenant morts.

Poussant la double porte suffisamment ouverte pour passer sans déranger le corps du roi, ses yeux trouvèrent la reine. Son corps sans vie sur le sol, son sang bleu coulant autour d'elle suintant de blessures qui n'étaient pas visibles. Le sang lui-même tirant vers la tête du roi. La dernière démonstration du serment de sang qu'ils avaient prêté.

Pendant un moment, il se balança en réalisant maintenant que la famille royale avait été anéantie. En l'espace d'un souffle, son esprit se concentra sur les deux seules personnes dans tout le Feyen qui auraient pu accomplir cela sans sonner l'alarme ... et par les dieux, ce n'était pas Myrddin. Malgré la tentative de donner l'impression que c'était ... il savait mieux. La fenêtre de la reine était ouverte et il n'y aurait plus de temps une fois l'aube arrivée ... Pas de temps après que son rapport ait été fait ou que d'autres aient retrouvé les corps de la famille royale. Alors, il a plongé par la fenêtre et a survolé la ville de Golden Sun et la maison de son ami.

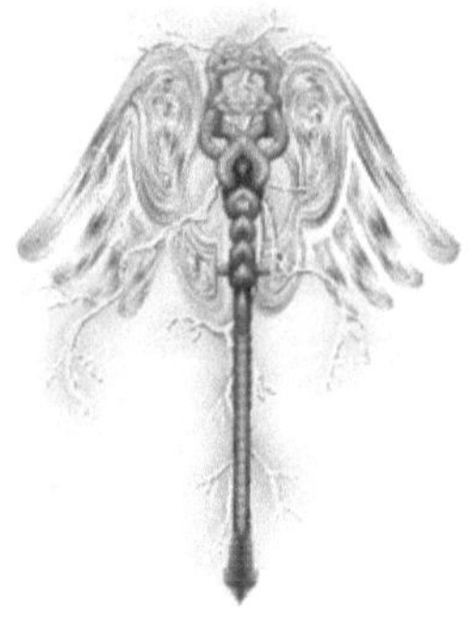

Atterrissant dans une ruelle, Galeron se précipita dans les nombreux rebondissements du centre-ville jusqu'à ce qu'il arrive à la porte de son ami. Levant le poing, il frappa sur la simple porte en bois, "Myrddin ouvre la foutue porte. Ou je la casse."

Quand il a finalement ouvert, ce n'était pas Myrddin mais la princesse Adrianna debout devant lui. Ses longs cheveux noirs se disputaient le sommeil. Ses yeux ne s'ouvrirent pas encore alors qu'elle demandait endormie, "Galeron, qu'est-ce que c'est au nom de Darke?"

"Il faut qu'on parle." La repoussant, il vit Myrddin attacher la ceinture à sa robe noire. "C'est commencé."

Pendant un moment, Myrddin resta là, engourdi. Finalement, il murmura: "Bon sang. Nous aurions dû avoir plus de temps pour nous préparer."

En fermant la porte, Adrianna passa de sa fiancée à son amie confuse. Essuyant ses yeux pour se réveiller complètement, elle a demandé, "Qu'est-ce qui a commencé?"

Myrddin se dirigea vers son long canapé sombre et prit une profonde inspiration, "Addy tu sais que tu tiens mon cœur."

Se traînant pour s'asseoir avec Myrddin, Adrianna prit sa main dans la sienne puis dit: "Oui, et je sais que nous serons mariés ... Alors, quoi ..." Elle regarda profondément dans les yeux de Galeron. Il y avait une inquiétude dans sa voix mais plus que cela, il y avait une rage brûlante dans ces yeux. «Reine Elista?

"Assassiné. Et celui qui l'a fait s'est assuré que cela ressemblait à quelque chose que Myrddin était capable de faire. Ou du moins, quelqu'un qui avait une forte capacité naturelle dans les arts sombres."

Addy se leva du canapé et se détourna. Elle n'était venue ici que l'année dernière pour apprendre de la reine Feyen comment gouverner la vraie Fey. Et elle avait. Mais elle avait aussi trouvé des dizaines d'amis et l'homme qui tenait son cœur. Plus encore, elle avait travaillé sur un traité qui lierait leurs maisons. Un traité qui s'effondrerait si celui qui dirigeait maintenant n'en voyait pas la sagesse. "Que va-t-il se passer maintenant?"

Myrddin se rassit et renifla, "La princesse Larna deviendra reine. Je suis sûr que tous les Feyen seront déchirés mais pas assez pour faire quoi que ce soit. Du moins pas avec une certaine motivation."

Prenant une inspiration, elle a parlé comme la seule personne dans la salle avec l'autorité de dire la vérité sans crainte de sanction. "En tant que Fey, ses pouvoirs et ses capacités n'ont pas encore été testés. Elle aura encore quelques années avant de mûrir suffisamment pour gérer les cadeaux qu'elle a actuellement et encore moins pouvoir gérer ceux de son peuple sans devenir folle."

Un rire bref puis Myrddin grogna, "Elle l'est peut-être déjà?"

Addy leva un sourcil en question, "Myrddin?"

"Elle a appris les arts sombres." À présent, Addy et son ami le fixaient.

"Quoi?" Les deux ont dit presque à l'unisson.

"Larna a demandé si je pouvais lui apprendre. En tant que l'une des deux seules personnes dans tout le Feyen qui en était capable, j'ai consulté la reine Elista. Après une conversation très détaillée sur ce que j'étais, prêt à enseigner au petit morveux et à écouter ce que brat voulait apprendre, j'ai accepté. Dans le cadre de l'accord, la reine a donné sa bénédiction à notre union. "

Pendant longtemps, personne n'a parlé. Lentement, Addy retourna vers sa bien-aimée, "Nous pourrions partir ce soir."

"Non." Pendant un moment, il resta assis là. Ses yeux se concentrent sur quelque chose bien au-delà de sa maison. Finalement, il fit quelques pas vers sa fenêtre et dit: «Adrianna, j'ai besoin que tu partes. Va voir Draken et emmène ma sœur avec toi. "

Sautant en arrière avec un sursaut, elle grogna, "Comme bon sang je le suis. Je ne la laisse pas s'en tirer avec ça. Je ne te laisse pas non plus tomber pour elle."

Dans un grognement profond, il craqua. Sa voix faisait trembler ses fenêtres et faisait sursauter à la fois son ami et son amant. "Adrianna, ce n'est pas à débattre." Lentement, il revint vers elle et lui prit la main. Prenant une profonde inspiration, il avait besoin de la raisonner. Il espérait juste qu'elle écoutait, juste cette fois. "Tu seras la prochaine reine de Darke. Et je jure que je serai mariée avec toi bien avant que cela n'arrive. Mais, j'ai besoin que tu partes. Larna est bien au-dessus de sa tête, et je suis la seule forte assez pour arranger les choses. Ou du moins, assurez-vous qu'elle est limitée sur les options. "

"Très bien. J'irai et je prendrai même Tenanye et Faerydae avec moi. Après tout, je suis sûr que Tenanye adorerait la voir fiancée. Mais je serai damné si je pars d'ici sans que vous soyez tous les deux du sang. lié à moi. "

"Maintenant, attendez une seconde ..."

"Ne commence pas avec moi Galeron. Je ne sais pas à quel jeu joue la petite princesse. Et franchement, je m'en fiche. Mais je ne la laisserai pas utiliser l'un ou l'autre de vous pour des pions. elle ne peut pas vous lier, ce serait être liée à quelqu'un de plus fort. "

«Elle a raison tu sais.

"Ce n'est pas parce que votre future femme a raison sur quelque chose que je dois l'aimer." Galeron siffle en arpentant les limites du salon.

Plissant ses yeux de couleur foncée, elle dit: "Non, mais tu n'es pas stupide. Alors, qu'est-ce que ça va être Galeron ... Sois le capitaine de mes gardes et le premier président de mon conseil ou sers-la et ne vis jamais assez longtemps devenir père? "

Chapitre 3: Myrddin

Alors que les premiers rayons du matin commençaient à éclairer les rues pavées d'or, la journée de Myrddin commença avec des gardes armés du château qui martelaient sa porte. S'il n'avait pas été prévenu la nuit dernière, Adrianna aurait été ici et naturellement accusée des meurtres. Bien sûr, il l'avait sauvée de ça ... maintenant pour faire ce qu'il pouvait et espérer que c'était suffisant. Lentement, il ouvrit la porte et regarda profondément dans les yeux vert océan du garde. «Je suppose qu'il y a une raison pour laquelle vous essayez de forcer ma porte?

La peur traversa le visage de l'homme. Un elfe pas une fée à en juger par le manque d'ailes. "Eh bien, ou voudrais-tu perdre ma journée entière?"

Le garde se secoua de sa stupeur et força à sortir, "Je ... tu es recherché au château pour un interrogatoire."

"Je vois. Alors finissons-en. Je suis déjà en retard pour un autre engagement important." Pas vraiment, mais être avec Addy lui avait appris une chose ou deux. Comme être Feyen et le seul élément sombre en dehors de Darke ... il avait le pouvoir d'être bref et difficile. Plus que ça ... une fois qu'il a épousé la future reine, il pourrait envoyer tous ceux qui l'ont offensé dans le Royaume souterrain ... peut-être vivant ... peut-être pas. Quoi qu'il en soit, c'était amusant de regarder la porte s'ouvrir et les morts se tenant bien au-dessous de l'ouverture attendant de saluer soit leur prochain repas, soit les nouveaux camarades.

Sortant si sa maison, Myrddin regarda les près de deux douzaines de gardes armés. Fée. Elfe. Les porteurs de lumière. Puis ses yeux se tournèrent vers le trajet choisi vers le château. Pas une belle voiture mais un chariot pour trolls. Avant de faire un autre pas, il a utilisé juste un peu de métier simple ... bien simple si vous étiez un maître de plusieurs types de métier ... De la fumée noire puis un pouf doux avant un bang fort et une voiture appropriée se tenait devant lui. «Si je vais au château, j'irai dans un style digne de mon prestige. Mais certainement pas dans un chariot de troll mal fait.

"Où se trouve..."

Plissant ses yeux sombres sans âme, Myrddin se tourna lentement vers le jeune elfe qui avait de nouveau retrouvé sa voix. "Où est qui?"

"La princesse de Darke. On nous a dit ..."

"Hmp. La Dame avait d'autres rendez-vous. Je crois qu'elle est partie hier à midi." Cela devrait suffire à éviter les ennuis à Addy. Là encore, avec elle, il ne pouvait pas être trop sûr. Après tout, des problèmes semblaient suivre Addy partout où elle osait voyager. C'était quelque chose que son jumeau avait été prêt à souligner à plusieurs reprises au cours de la dernière année.

Au moins, il n'avait pas besoin de s'inquiéter pour Celeste dans tout cela. Heureusement, elle était partie pour le Spire il y a quelques jours pour présenter une pauvre sève à sa mère. Une autre fois, il pourrait trouver la situation actuelle de Blake amusante si elle était tombée le matin après la mort de son cher ami.

Levant les yeux de son livre où il essayait de trouver quelque chose d'utile, Lord Eros tapota son livre une fois de plus et soupira. Autant de lois et de traditions mais aucune pour couronner un enfant après la perte de sa famille. Mais les passages funéraires étaient très clairs et devaient être pris en charge immédiatement. "Princesse, nous devons nous occuper des funérailles de ..."

Elle devait jouer la fille désemparée qui avait perdu ses parents. Le problème était qu'elle s'ennuyait. Elle ne se souciait pas non plus de ce qu'ils faisaient des corps. Brûlez-les, enterrez-les. Envoyez ce qui restait au Royaume inférieur. Cela ne lui faisait guère de différence de toute façon. Bien sûr, elle ne pouvait pas dire ça. Cependant, elle pouvait renifler une fois et repousser de fausses larmes. "Oh, le conseil peut-il s'il vous plaît ..." Elle renifla et tourna la tête, "Je ... je ne peux pas."

Lui tendant sa pochette en soie noire, il lui tapota le dos avec douceur. "Bien sûr, ma chère. J'aurais dû réfléchir ... Peut-être que le conseil devrait parler avec Lord Devros."

"Non ..." claqua Larna. Puis, réalisant son erreur, elle recommença: "Non, j'aimerais voir ceux qui auraient pu faire ça à ma famille."

Les grandes portes dorées de la salle du trône se sont ouvertes et se sont écrasées contre les murs derrière elles. Myrddin marchait dans sa robe noire qui le marquait comme un haut-né recouvrant la plupart de ses muscles naturels et de sa taille réelle. Ils n'ont rien fait pour masquer la puissance sombre qui pouvait être ressentie par son agacement. "Je suppose qu'il y a une raison pour laquelle le garde du château m'a amené ici."

"Vous tiendrez votre langue, Lord Devros."

Plissant ses yeux couleur corbeau, Myrddin fixa le premier président du conseil de Feyen, "Comme je suis l'ambassadeur de Darke et que j'exige des réponses Lord Eros. Et j'aurai ces réponses ou vous pouvez les donner à ma reine."

"Messieurs, s'il vous plaît, c'est une journée sombre." Quand cela n'a rien fait pour que l'un ou l'autre des hommes recule, Larna renifla. "S'il vous plaît, j'aimerais parler à Lord Devros en privé."

«Je ne devrais pas penser…» protesta Lord Eros.

"C'est ma volonté, Seigneur Eros. Maintenant, s'il vous plaît ... Je penserais que mes parents aimeraient être mis au repos."

"Comme vous allez princesse." Se retournant vers Myrddin, il chuchota: "Je vous verrai envoyé au Royaume souterrain pour vos crimes."

Une fois seul, Myrddin fit le tour de l'estrade. "Quel est le jeu, Larna?"

Ses lèvres pâles se courbèrent en un sourire sinistre. "Oh pas de jeu Myrddin. Juste une proposition."

"Oh?" Lentement, il vint se placer devant elle. «Dites-moi, à quoi vous attendez-vous? Votre avenir l'a peut-être dit?

"Oh, viens maintenant. Nous savons tous les deux que ce n'est pas un art sombre Myrddin."

Il haussa les épaules. "Peut-être pas. Alors, continuons. Qu'est-ce qui était si important pour vous d'assassiner votre famille et d'essayer de me blâmer?"

«Vous l'avez compris, n'est-ce pas? J'aurais dû savoir que vous auriez un espion parmi les gardes. Elle se rassit sur le trône. "Peu importe, je saurai qui bientôt."

Posant un pied sur l'estrade, il se pencha vers elle. «Vas-tu me dire pourquoi je suis ici ou devrais-je deviner?

"Oh, je suppose que je vais te le dire. Tu vas m'épouser."

Comme l'enfer je suis. Ça lui brûlait la gorge, mais il réussit à dire qu'une chanson du cygne roucoulait, "Suis-je? Maintenant, pourquoi épouserais-je un enfant qui a peu de capacités naturelles?"

S'il ne la dominait pas, elle se serait enfuie du trône, mais comme elle ne pouvait pas, elle croisa les bras. "Je ne suis pas un enfant. J'ai presque deux cents ans. Et j'ai beaucoup de capacités naturelles."

Se détournant d'elle, il se dirigea vers la porte. «Tu n'as pas répondu à ma question Larna. Et ton jeu commence à m'ennuyer.

«Soit épousez-moi, soit vous et la princesse Adrianna serez tenus pour responsables du meurtre de la famille royale. Et celui qui vous a jamais averti vous rejoindra pour votre mort.

Ayant su comment cela se passerait, il n'était pas effrayé. "Je vais t'épouser à trois conditions. Comme j'aime le bruit d'être marié à une reine." Même si la seule reine qu'il épouserait n'était pas dans cette pièce. Ou dans ce royaume d'ailleurs.

Larna marmonna, déjà trop préoccupée par le pouvoir qu'elle aurait une fois qu'ils se seraient mariés, "L'ambition vous convient. Maintenant, quelles sont vos conditions?"

"Rien de grand. Tout d'abord, la famille royale de Draken devrait être présente. Puisque ma sœur épousera le prince héritier l'année prochaine."

La cupidité éclairait ses yeux violets. "Terminé."

«Deuxièmement, vous déclarerez que l'un de mes enfants sera votre héritier à moins que vous n'ayez un enfant avec quelqu'un d'autre qui vous tient à cœur.

"Bien sûr, votre enfant serait mon héritier. Quelle bêtise d'exiger."

Euh ha. On verra. "Et enfin, comme le veut la tradition, tu me donneras ton cœur."

"Encore une fois, Myrddin qui aurait été dit dans les vœux de toute façon. Maintenant, y a-t-il autre chose?"

"Non." Il fit un pas sur l'estrade et la domina: "Nous nous marierons dans trois jours."

"Trois ..." haleta-t-elle déjà en le regardant dans les yeux.

Souriant alors que ses yeux se fixaient sur les siens, il leur permit de s'enflammer dans une brume bleue hypnotique. "Vous ne voulez plus de votre pays sans reine."

Les yeux de Larna brillaient de la même couleur que les siens. «Non... je suppose que non.

Chapitre 4: Adrianna

«Addy, tu es sûr que tu veux être ici? Je veux dire mon frère ...»

Addy se détourna de son amie et se laissa voir au-delà de la pièce ... au-delà de ce que la plupart voyaient. Regardé bien au-delà des fleurs de couleur crème et des rangées de chaises à haut dossier. Regardé bien au-delà des murs blancs comme du lait. S'autorise un regard en arrière sur les trois derniers jours dans cette pièce. Puis murmura: "Myrddin sait ce qu'il fait et j'ai l'intention d'être ici pour savoir exactement quoi ... Cela et j'ai l'intention de l'étrangler au moment même où je peux pour me faire assister à cela pour commencer."

Tenanye sourit en regardant son fiancé le prince Craykren et son frère discuter de quelque chose qui poussait les deux hommes à se bousculer. "Je m'y attendais pour le jour de votre mariage mais ..."

»Signant Addy secoua la tête,« Nous devrions aller les séparer avant que cela ne se transforme en bagarre. De plus, cela me donnera des excuses pour lui parler et peut-être trouver quelque chose d'utile.

"Fais juste attention Addy. Il y a ceux ici qui pensent que tu es celui qui a tué la reine."

"Oui, je sais. Je peux sentir leur malaise comme des piquants sur ma peau. Mais ça aide que ma mère et ma sœur soient là. Elles n'oseraient pas croiser maman. Elle est déjà de mauvaise humeur et je doute tellement qu'elle le soit. capable de se contrôler beaucoup plus longtemps. "

Tapotant la main de son amie, Tenanye sourit. «Ta mère est toujours d'humeur. Mais je suis d'accord avec elle si elle devait décider de détruire cette farce. Cependant, personne ici n'oserait me croiser non plus maintenant que Craykren m'a donné un nom qui sonne plus Draken. Je doute que quelque chose le soit. à gauche de Feyen s'ils le faisaient. "

Prenant le bras de Tenanye, elle sourit. «Oh, tu ne me l'as pas dit, je dois simplement savoir ce que Cray a décidé pour sa mariée.

«Alyisope. C'était le nom de sa grand-mère. J'aime ça mais je pense que ceux qui m'ont connu toute ma vie continueront de m'appeler Tenanye. S'approchant de sa fiancée, elle siffla, "Craykren, je jure que si tu agis ainsi le jour de notre mariage, je refuserai de t'épouser."

Il se retourna avec la grâce d'un chat malgré sa grande taille. Ses écailles blindées semblaient appartenir à une race de reptiles mais ses cornes ... celles-ci étaient plus bovines. Là encore, il ne prit pas la peine de placer un sort de glamour sur ses serres noires qu'il avait pour les doigts ou la longue queue qui tenait un dard empoisonné. "Il est de coutume de se battre avant de se marier."

"Oui, et vous vous battrez la nuit avant notre mariage. Pas le jour de. Est-ce que je me dis bien?"

Il s'est juste tourné vers Myrddin. «Je devrais te manger.

Myrddin croisa ses bras musclés nus, laissant à son ami le temps d'envisager la possibilité d'un vrai combat plutôt que la bousculade ludique. Puis eut un sourire tordu. "Si vous me mangez, qui continuera à vous apprendre à parler correctement?"

«Je devrais te manger pour m'avoir présenté à… à… ma sœur.

Tirant sur le bras de Craykren, elle siffla, "Viens ici avant de causer des ennuis."

Addy sourit en regardant son amie s'éloigner. "Y a-t-il quelque chose que je devrais savoir."

"Adrianna ma douce, tu sais déjà tout ce dont tu as besoin. Alors, je te demande de laisser ça se jouer.

«Parce que je vous fais confiance, je ferai ce que vous demandez. Cependant, ne vous attendez pas à ce que votre sœur reste polie avec la reine Larna après son mariage avec Craykren.

"C'est de ma sœur dont nous parlons ... Je doute qu'elle reste polie avec quiconque que je choisirai d'épouser." Il sourit puis toucha son esprit. À côté de toi.

Rendant le sourire, elle rit. "Je suppose que tu as raison. Elle n'est jamais polie avec personne à moins qu'ils ne puissent la battre." Un léger carillon retentit doucement signalant que la cérémonie devait commencer. Soupirant, elle a demandé, "Dois-je m'asseoir avec ma famille ou la vôtre?"

«Addy, tu es la princesse de Darke. Tu dois toujours t'asseoir selon ton statut. Ma sœur a Cray pour l'empêcher de faire quoi que ce soit d'imprudent. Au moins pour le moment.

Adrianna acquiesça brusquement une fois. "Très bien. J'essaierai d'empêcher Céleste de transformer votre 'mariée' en une fleur ornée. Mais je ne fais aucune promesse. Elle et sa mère sont dans une forme rare aujourd'hui."

Adrianna s'assit gracieusement dans une chaise blanche à haut dossier à côté de sa sœur et lui prit la main. "Qu'as-tu entendu?"

Tirant une mèche de cheveux dorés derrière son oreille, elle sourit. «Maman est hors d'elle. Ne t'attends pas à ce qu'elle soit sur son meilleur comportement si Myrddin passe par cette farce de mariage.

Regardant légèrement derrière elle, elle regarda sa mère se tenir fermement près du mur du fond. «Mère est rarement sur son meilleur comportement quand elle est entourée de ceux qui souhaitent faire du mal à sa famille. Et elle n'est jamais sur son meilleur comportement quand Papa n'est pas là pour l'apaiser.

"C'est vrai. Mais elle n'a jamais eu à faire face à la perte d'un ami cher et d'enfants qu'elle connaît depuis sa naissance."

Tendant la main à l'esprit de sa sœur, elle a décidé d'avoir le reste de cette conversation en privé. Et est-ce que maman sait ce qui s'est passé cette nuit-là?

Vous savez aussi bien que moi qu'elle le sait. Mais sans preuve, elle est impuissante à faire quoi que ce soit. Là encore, cela ne l'avait jamais arrêtée auparavant lorsqu'elle avait affaire à des fauteurs de troubles.

Se retournant vers la porte, Adrianna plissa les yeux et regarda l'assassin se diriger lentement vers l'allée. Sa robe ressemble plus à quelque chose qu'elle devrait porter pour la nuit de noces et non pour le mariage lui-même. Je doute qu'elle s'en sortira avec ça.

Céleste plissa le nez de dégoût de la robe. Ou manque de tenue vestimentaire. Se rend-elle compte qu'elle a l'air ridicule d'épouser un homme qui a deux fois son âge et deux fois sa taille? Sans parler de ce truc qui devrait être une robe ... Je jure que son tailleur elfe en a oublié plus de la moitié.

Addy roula des yeux. Je doute qu'elle se soucie de quoi que ce soit d'autre que du pouvoir qu'elle pense qu'il peut lui donner.

Eh bien, ça devrait être intéressant de la regarder apprendre qu'elle a peut-être acheté sa main mais qu'elle n'aura jamais son cœur ni son pouvoir.

Chapitre 5:
Larna

Larna fit les deux marches jusqu'à l'estrade sans jamais regarder les invités qui avaient montré de la regarder devenir reine de Feyen ... Mais c'était si beau que la reine de Lite et Darke aient choisi de venir mais de rester le plus éloigné des festivités. Eh bien ... tant que la vieille sorcière ne causait aucun problème, elle n'aurait pas besoin que Myrddin se débarrasse d'elle. Là encore, ne serait-il pas amusant de gouverner tous les pays qui détenaient du sang Fey?

Demain, elle commencerait à planifier comment faire exactement cela ... comme pour aujourd'hui ...

Sa voix se remplit de fausses larmes alors qu'elle disait doucement: «Seigneur Eros, avant de commencer, j'aimerais dire quelque chose.

S'inclinant en conséquence, il sourit. "Bien sûr, votre grâce."

Elle se tourna maintenant vers son invité. "Je sais que ce n'est pas ce que vous avez tous imaginé pour la succession de la lignée Feyen mais j'espère rendre ma mère fière."

Les portes dorées de la salle du trône s'ouvrirent en grinçant et une femme plus âgée se dirigea lentement vers l'estrade. Encore plus lentement, elle abaissa la capuche de sa cape cramoisie. "Comme tu ne nous as pas laissé le choix, mon enfant. Continue. Je ne suis pas venu tout ce chemin pour te regarder bavarder."

Ses yeux s'écarquillèrent sous le choc. "Grand-mère?!?"

La vieille reine s'appuya lourdement sur sa canne de cristal alors qu'elle faisait un seul pas dans la pièce. «Qu'est-ce que c'est cher? Tu t'attendais à ce que je sois mort depuis longtemps?

"Je ..." Elle prit une profonde inspiration. Sa grand-mère n'avait pas été vue depuis près d'un siècle. Pas depuis qu'elle était tombée malade avec quelque chose qu'aucune Fey n'avait jamais pu guérir ... et pourtant elle se tenait maintenant devant elle. De l'argent dans ses cheveux bien sûr mais pas un peu malade. Se forçant à être calme, elle prit une profonde inspiration. «Je suis content que tu puisses être là. Merci.

"Eh bien, continuez."

Elle n'avait jamais rencontré sa grand-mère et maintenant était reconnaissante de ne jamais parler à la vieille chauve-souris amère. "Comme je le disais avant l'arrivée de la reine douairière, en rompant avec la tradition de se marier avant d'être couronne, je demande à mon premier président du conseil de Feyen d'ajouter cette doctrine à ma rêne." Elle appela un morceau de parchemin signé et le tendit à Lord Eros.

Prenant le parchemin, il commença à le dérouler. En lisant, il a bégayé, "Êtes-vous sûr?"

"Je suis."

"Très bien, votre grâce. En ce jour, tout enfant engendré par Lord Devros sera nommé héritier de Feyen ... A moins que la reine Larna ne trouve un autre homme qui puisse retenir son cœur."

Adrianna se rassit et essaya de ne pas sourire. Elle connaissait Myrddin depuis un peu plus d'un an et il lui avait appris une chose par-dessus tout ... être toujours précise quand on a affaire aux Fey. Plus encore lorsqu'il s'agit d'un Dark Fey qui utiliserait chaque mot à son avantage.

Chapitre 6: Myrddin

Larna se tenait de toute sa hauteur maintenant qu'elle portait la couronne d'argent de Feyen. Un cercle si simple mais le pouvoir dans lequel elle pouvait maintenant puiser ... quelle sensation merveilleuse.

"Ma Reine, êtes-vous prête pour les vœux de mariage?"

"Vous pouvez continuer, Seigneur Eros."

"Très bien." Il prit une profonde inspiration et essaya de sourire. "Est-ce que vous, Reine Larna, fille d'Elista, donnez gratuitement à cet homme, Lord Myrddin Devros chaque partie de vous. Votre main, votre cœur et tout ce que vous ferez ensemble?"

«Moi, la reine Larna, je donne librement mon cœur à Lord Devros pour toujours.

Myrddin était resté là, silencieux et ne prêtant vraiment attention à rien jusqu'à ce moment ... cependant, maintenant qu'elle avait dit ce à quoi il s'était attendu ... Il sourit et lécha ses lèvres rouge vin. «Est-ce que vous me donnez vraiment votre cœur Reine Larna?

"Oui, je te donne mon cœur." C'est alors qu'elle réalisa son erreur alors que sa main pénétrait profondément dans sa poitrine, tirant son cœur encore battant.

Il baissa les yeux sur le sang noir recouvrant sa main puis appela dans une boîte en argent. «Je garderai votre cœur noir et froid. Puisque vous me l'avez donné en confiance. Et en retour, vous vivrez jusqu'à ce que quelqu'un qui peut retenir votre cœur puisse vous le rendre. Il se tourna maintenant vers la reine douairière. «Reine Alista, comme vous avez gouverné Feyen et étant celle qui est la plus capable, faites-le encore une fois. Il semblerait que votre petite-fille ne soit qu'une coquille de ce qu'elle avait espéré.

Alista plissa ses vieux yeux violets. "Très bien. Ma petite-fille ne régnera que de nom et il est interdit à ceux qui sont dans cette pièce de discuter de ce qu'elle était devenue jusqu'à ma mort."

"Je pense que je peux parler pour tous ici quand je dis que personne ne parlera un mot."

«Avez-vous prévu ça?

Aider Adrianna à devenir un entraîneur noir, il ne put s'empêcher de sourire. "Chérie, dois-tu toujours demander des choses dont tu connais déjà la réponse?"

«Peut-être que je veux vous entendre dire ce que je sais déjà.

S'installant à côté d'elle, il sourit. "Si vous devez savoir, j'ai demandé à votre mère de se débarrasser de la reine une fois les vœux accomplis. Mais avec l'arrivée de la reine Alista ... j'ai improvisé. Après tout, elle vient de perdre toute sa famille. Ce serait cruel pour de perdre le dernier lien avec sa fille. Du moins, jusqu'à ce qu'elle décide quoi faire d'elle. "

"Comme vous êtes très gentil." Regardant la boîte en argent qui était assise en face d'elle, "Et ça ..."

"Dans un siècle ou deux, je le rendrai." Myrddin jeta un coup d'œil à la boîte en argent puis reconsidéra: "Peut-être la retourner. Ou n'importe quel enfant que nous avons peut choisir. Mais rien ne peut détruire la boîte." Ou le contenu à l'intérieur.

Ses yeux regardaient la boîte presque hypnotisés. "Enchanteur."

"Oui, et si vous êtes un bon petit apprenti, je vous apprendrai comment ça marche."

Elle se rassit, croisa les bras avec suffisance. «Vous supposez que je ne l'ai pas déjà.

En lui donnant un baiser passionné, il sourit. «L'incantation, ma chère, pas le pouvoir. Et rien qui soit proche de vos capacités actuelles.

Partie 2

IL Y A DIX-HUIT ANS.

"Une agitation s'installe parmi mon peuple. Pourquoi, je ne peux pas dire avec certitude. Des chuchotements se font entendre mais même moi, je ne peux pas entendre tout ce qui est dit. J'espère juste au-delà de toute raison que tout ce qui ne va pas ne me révélera pas avant la naissance de ma fille. Je prie pour avoir au moins un peu de temps avec elle avant de devenir la reine de Darke.

Pourtant, je doute que j'aie jamais la chance de voir ma fille devenir ses cadeaux."

-Le journal privé de la reine Adrianna. Reine de Darke

Chapitre 7:
Adrianna

Adrianna regarda son nouveau-né et sourit. Très soigneusement, elle la souleva du berceau noir de fumée. «Je ne sais pas ce que je vais faire de toi. Je ne peux pas t'appeler ma petite chérie pour le reste de ta vie. Elle fit une pause et laissa échapper un petit rire. "Eh bien, je pourrais, mais ce n'est pas un bon nom pour une reine qui régnera un jour sur tout Darke." Un léger rire la fit se tourner vers la porte.

«Très chère sœur, as-tu déjà donné un nom à ma nièce?

En regardant la femme qui coulait dans la pièce, Adrianna ne put s'empêcher de sourire. Son jumeau. Pas une jumelle identique mais plutôt son opposé complet. Là où sa jumelle avait des cheveux dorés flottants, les siens étaient de la couleur de la nuit. Même si les deux étaient grands et minces et semblaient flotter quand ils marchaient, Celeste incarnait toutes choses brillantes et dorées. «Je ne peux tout simplement pas penser à celui qui lui rendra justice.» Elle pressa ses lèvres ensemble jusqu'à ce qu'elles ne soient rien de plus qu'une fine ligne avant de continuer. "Il n'y a pas de nom auquel je puisse penser qui incarnera la prochaine reine qui fera réfléchir ses ennemis."

"Oh mon Dieu. Nos filles n'ont pas encore trois jours et vous parlez déjà d'ennemis. Je jure que je devrais demander à votre mari de vous emmener voir sa patrie. Je pense que toute l'obscurité et la tristesse de votre propre royaume ont finalement fait de vous un petit idiot. "

Se détournant de sa sœur, elle la gronda légèrement, "Très drôle. Tu sais aussi bien que moi que je ne peux pas simplement visiter le royaume de Feyen. Toi d'un autre côté ... ils te souhaitent la bienvenue."

Céleste roula des yeux et tendit ses bras pâles laiteux. "Oui, bien ... Donnez-moi ma nièce, je devrais avoir du temps avec elle avant de partir pour mon propre Royaume."

Alors qu'elle plaçait sa précieuse petite fille dans les bras de sa sœur, Adrianna s'arrêta. Quelque chose dans l'obscurité était murmuré. Tous ceux qu'elle dirigeait en parlaient mais à quoi bon un murmure dans le noir quand elle ne pouvait pas entendre tout ce qui se disait? «Je veux que tu l'emmènes avec toi.

"Quoi?" Celeste se retourna pour faire face à sa sœur. Elle savait que ce regard dans ses yeux, quelqu'un ... ou quelque chose lui disait quelque chose. Ce que cela pouvait être, elle ne pouvait jamais le deviner, mais causait suffisamment de détresse pour que sa sœur ressemblait plus à une guerrière de conte de fées prête à se battre qu'à une mère qui venait d'accoucher. «Qu'y a-t-il, sœur?

Une brume noire et tourbillonnante cachait ses jambes et remontait le long de son dos; caressant ses longs cheveux couleur corbeau. "Les chuchotements ne sont pas clairs. Peu importe, j'aurai tout ce qui sera réglé assez tôt. Ou mon cher mari le fera. Dans les deux cas, j'aimerais que vous emmèniez nos enfants au château Sun-Tear. Je viendrai quand c'est sûr."

Sun-Tear était le plus éloigné des châteaux de Lite mais le plus proche du royaume de Feyen. Alors pourquoi de tous les endroits Adrianna voulait-elle que sa fille y soit emmenée? Pas une question qu'elle pourrait poser. Du moins pas tant que sa sœur était encore en train d'avoir une conversation que seule elle pouvait elle. Mais une demande formulée comme un ultimatum? Non seulement elle le pouvait, mais ce ne serait pas la première fois qu'elle le ferait. «Je le ferai mais seulement si vous nommez votre fille. Ou j'enverrai nos deux filles avec notre mère et vous pourrez lui expliquer pourquoi je vais avec vous.

Adrianna jeta un coup d'œil à sa sœur à travers les yeux plissés puis à son bébé. "Les Fey donnent à leurs enfants le nom de choses vers lesquelles ils peuvent se tourner. Ou du moins, c'est ce que dit mon plus cher mari." Elle ferma les yeux et laissa couler de sombres vrilles de brouillard autour d'elle et autour de sa fille. Les tirant en arrière, elle sourit. "Elle s'appellera Nisha, fille de la nuit."

Adrianna se tenait dans la rue de sa grande ville horrifiée de voir. Les bâtiments s'écroulaient autour d'elle. Le feu à la fois naturel et qui avait été magiquement conjuré par des fenêtres remplies emprisonnant ses citoyens derrière des murs de fumée.

À beaucoup d'appels à l'aide. Trop de paroisses s'il ne faisait rien.

Plaçant sa main sur son cœur, elle haleta en essayant de donner un sens à ce qu'elle voyait, " ADRIANNA

"Qu'est-ce qui s'est passé ici au nom de Darke? Ma ville bien-aimée n'est pas seulement en feu mais à plusieurs endroits, il y a des signes d'explosions. Cela n'a aucun sens à moins que les citoyens de marais ne soient venus si loin au nord pour commencer un guerre. Mais pourquoi maintenant? "

Lentement Myrddin s'approcha d'elle avec Galeron et sa femme debout à quelques pas en arrière.

Reconnaissant silencieusement son mari, Adrianna secoua la tête. En ce moment, elle avait besoin d'être la reine. En ce moment, son peuple avait besoin de sa tête froide pour tout faire.

«Dea vous et Galeron prenez le côté sud de la ville, Myrddin et moi prendrons le nord. Nous nous retrouverons dans le château. Quiconque aggrave les choses fait ce que tu veux. »

Myrddin posa sa main sur son bras, ses yeux voyant au-delà du feu. «Addy, tu es sûr de ça?»

Ses yeux se rétrécirent en de minuscules fentes alors qu'elle sifflait: «Nous avons deux choix. Un nous ne faisons rien et regardons notre maison brûler. Ou nous nous en occupons et ramenons notre fille à la maison.

Il grimaça en inspirant, «Ou nous demandons de l'aide à votre sœur.»

Adrianna s'arrêta un instant et secoua la tête, «Non. Quoi que ce soit… Je ne veux pas d'elle ici. Il y a quelque chose qui reste insaisissable pour moi et jusqu'à ce que je sache ce que c'est… personne de Lite ne met les pieds dans mon royaume.

Chapitre 8:
Celeste

Il était bien passé minuit quand le mot était arrivé. Et au moins une heure de plus avant que le choc ne se soit suffisamment dissipé pour que les larmes remplissent ses yeux. Pourtant, elle n'avait pas pu rester dans sa salle du trône. Au lieu de cela, elle a dû expliquer cela à sa nièce. Mais comment trouverait-elle jamais les mots à lui dire? Comment expliquerait-elle à Nisha que sa mère était morte? Non, pas seulement sa mère, mais aussi son père et d'innombrables autres personnes qui n'avaient pas encore été nommées.

Il y a quelques heures à peine, elle avait commandé une crèche pour sa nièce. Il y a quelques heures à peine, elle avait serré sa sœur dans ses bras avec tout son pouvoir en espérant qu'elle la verrait dans un jour peut-être deux au plus tard. Si seulement elle avait su que ça aurait été la dernière fois ...

…Si…

Elle ne pouvait pas se permettre de penser au «si». Il y avait trop à faire avant le matin. Et bien, beaucoup plus à faire après la pause du jour.

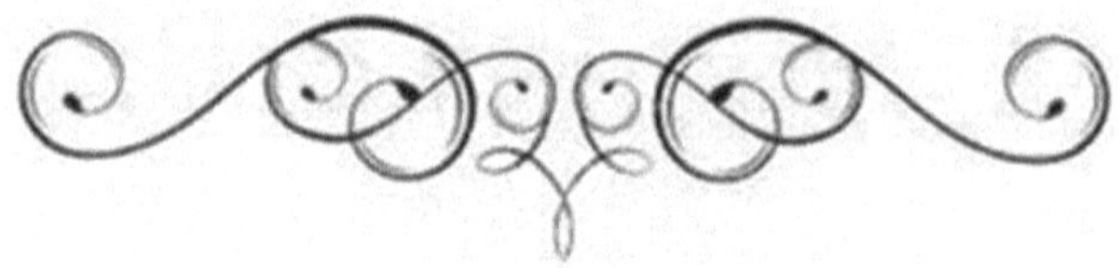

Ainsi, le cœur lourd, elle se glissa dans la chambre d'enfant de sa nièce qui avait été reconstituée à la hâte avec un méli-mélo de meubles assortis. Penchée sur le berceau en bois ordinaire, Céleste frémit en touchant le visage pâle et laiteux de sa nièce. Ses propres larmes sont à nouveau refoulées. "Comment puis-je vous dire que votre mère est partie?"

"Chérie, arrête."

Se redressant de toute sa hauteur, elle se tourna vers l'homme qui lui vola le cœur; son mari. «Blake? Ses cheveux blonds embrassés par le soleil sont toujours parfaitement en place malgré leur réveil au milieu de la nuit.

"Viens, chérie, tu as besoin de pleurer et je dois m'assurer que le reste de notre petite famille est en sécurité."

Bien sûr, il le ferait, étant le capitaine de ses gardes; il aurait besoin de se préparer à une attaque et de trouver toutes les réponses qu'il pourrait trouver. Puis il se permettait d'être son mari et lui offrirait tous les câlins et toutes les assurances qu'il pouvait. Mais pas tant qu'il n'était pas certain que leur propre royaume était en sécurité. "Tu penses..."

Blake fit un pas complet dans la pièce et referma ses bras autour de sa femme. «J'ai parlé à ta mère. L'incendie qui a pris ta sœur et son mari n'était pas un accident. Pour l'instant, je ne pense pas qu'il soit sage de rapprocher Nisha de Darke. Ni l'un ni l'autre ne le pense sage pour toi, le Queen of Lite, pour mettre les pieds dans le royaume sombre. "

Il y avait plus qu'elle pouvait presque entendre mais elle ne pouvait pas le presser… pas ce soir… pas quand son cœur se serrait de chagrin. Prenant un peu de réconfort dans son étreinte, elle renifla. "Addy savait. Merde! Elle savait qu'elle ne verrait pas sa fille grandir."

Il la tint alors qu'elle laissait ses larmes couler. La tint jusqu'à ce qu'il soit sûr qu'elle ne s'effondrerait pas quand il parlait. "Ah mon amour, tu ne peux pas en être sûr."

Elle s'écarta juste assez pour considérer ses yeux verts. «Je connais ma sœur. Nous avons eu nos différences mais je la connais. Je ne peux pas décider si elle voulait que j'élève sa fille ici, ou que je demande de l'aide au Fey.

La seule pensée de demander quoi que ce soit à la Fey lui fit trembler le dos. "Les Fey sont des gens très difficiles, tu le sais."

"Oui. Et je sais que ma nièce fait partie de Fey. Et avant que tu le dises, je sais que son pouvoir éclipsera n'importe quelle reine dans tous les royaumes combinés une fois qu'elle sera majeure."

Pendant un moment, il ne respira pas. N'a pas osé. Jusqu'à présent, seules Céleste et sa sœur pouvaient affirmer qu'elles étaient les plus puissantes et les plus douées de leurs propres royaumes. "Êtes-vous sûr?"

"Je suis sûr. Je suis venu ici pour lui parler de sa mère. Non pas qu'elle comprendrait et … Il y avait … était … ma sœur les appelait des ombres ou des chuchotements. Ils … Cela … . a disparu quand je suis entré. Je ne sais pas mais je pense que ça a goûté son sang. Si c'est même possible. Puis elle montra à son mari la petite piqûre d'épingle cachée dans la petite main de Nisha. Une seule goutte de sang bleu se reformait déjà, mais sa nièce n'avait pas fait un seul son, sauf ceux d'un bébé très heureux.

Partie 3

"Un jour, il y aura une reine née à la fois de Lite et de Darke. Elle sera plus puissante que tout avant elle. Attention, le jour où elle sera couronnée reine pour tous changera. Des vérités oubliées depuis longtemps seront à nouveau révélées. Et de l'ombre viendra la fin de tout ce qui nous tient à cœur."

-La légende de Darke et les maudits

Chapitre 9: Nisha

Ouvrant les portes dorées de l'armoire, Nisha prit une profonde inspiration aujourd'hui, c'était son dernier jour à Lite. Le dernier jour avec sa famille du tout ... Enfin, pas vraiment mais ce serait la dernière fois qu'elle viendrait ici en tant que princesse. Non, la prochaine fois qu'elle entrerait dans Lite, elle serait une reine de deux royaumes.

Pendant dix-huit ans, elle avait vécu ici. Apprendre à la fois ses propres pouvoirs et ceux de sa cousine Lilly. Ils s'étaient tous les deux pressés d'être plus ... d'être les meilleurs. Les deux savaient se jouer l'un contre l'autre. Les deux savaient qu'ils seraient des reines. Et tous deux refusent d'écouter qu'ils étaient destinés à être des ennemis. Après tout, comment pourrait-elle se retourner contre la seule personne qui la comprenait même dans son pire état? Une autre profonde inspiration et elle regarda l'armoire accrochée aux cintres, "Que porte-t-on quand on voit sa maison pour la première fois?" Elle se posa plus la question mais ce fut une voix fatiguée derrière elle qui répondit.

"Les couleurs sont atténuées dans Darke. Les couleurs sombres sont les meilleures. De plus, votre mère se plaignait du froid et du manque de lumière naturelle."

"Ma veste en plumes de corbeau et mon chemisier rouge c'est ça." Nisha retira la veste du cintre doré, puis haussa les épaules. "J'ai adoré ça quand je l'ai fait pour la première fois, mais Lilly et moi sommes maintenant d'accord que ça me fait paraître ..."

Finissant la phrase de sa nièce, Celeste dit à bout de souffle: "Comme la reine de Darke." Elle fit quelques pas vers sa nièce et soupira. "Tu m'as terrifié la première fois que tu as porté ça. Bien sûr, après avoir vu plusieurs corbeaux sans leurs plumes et encore très vivants, ça nous a donné à rire."

Nisha haussa les épaules en enfilant la veste. «Ils ont tous décidé que je serais belle comme un oiseau. Et cela m'a donné une raison de commencer à tricoter.

Celeste cligna des yeux. Elle devrait rappeler à sa nièce que les oiseaux ne parlent pas ... bien sûr, alors ils auraient une discussion sur tout ce qui n'était pas important. Alors, réprimant le commentaire, elle entra dans la pièce. «Tu sais, maintenant que je le regarde, je pense que les épaules ont besoin de quelque chose d'un peu plus. Un seul claquement de doigts et une jeune servante aux cheveux rouges se précipita avec une boîte blanche unie avec un ruban de velours noir. «C'était celle de ta grand-mère. Je pense qu'elle serait contente si tu l'avais.

Nisha permit à une brume sombre de tendre la main vers la boîte, "Puis-je?"

«Ma chère, tu dois apprendre à ne pas demander des choses. Tu es la reine de Darke, tu dis à ceux qui te servent ce que tu veux.

"Oh, je ne pense pas qu'ils aimeraient ça. Shadow répond mieux quand je demande plutôt que de lui dire quoi que ce soit. Et les chuchotements sont plus bavards quand je mène une conversation plutôt que de simplement demander des informations. Je ne peux même pas décrire ce que font les morts quand je donne un ordre. Cependant, ils sont très heureux quand je demande de l'aide. "

"Les ... morts!?! Quand étiez-vous ..." Prenant quelques respirations courtes, elle réussit à se calmer, "Non, ne me le dis pas. Les morts ont leur propre place, ils ne doivent pas être errant dans les rues de Lite. " Elle se retourna vers le lit pour s'asseoir avant de s'évanouir. Espérons qu'après que sa nièce ait été couronnée, ces petites conversations s'arrêteraient ...

... Et les moutons pourraient avoir des ailes demain.

"Oh, ils ne rôdent pas ... ou du moins pas ici. Le Royaume souterrain est très ennuyeux. Je leur donne des choses pour l'animer un peu et ils ont fait de moi leur reine. C'était unanime ... Je pense. Je ne suis pas vraiment sûr. Ceux qui m'ont couronné ont refusé d'en discuter pendant que j'étais là pour participer à la conversation. "

Pendant plusieurs longues secondes, Céleste a oublié de respirer. En vérité, si sa tête n'avait pas commencé à bourdonner, elle ne se serait pas souvenue de quelque chose d'aussi banal. "Le ...

leur ... Je ne veux pas entendre parler de ça. En fait, je demande humblement que vous ne parliez jamais de cela à quelqu'un qui n'est pas de la famille."

Tirant le ruban de la boîte, Nisha haussa les épaules, ne faisant plus vraiment attention à sa tante. "Est-ce faux?"

"Mon cher enfant, Personne n'a gouverné le Royaume Under pendant près d'un million d'années. Les habitants ont décidé qu'après avoir vécu sous un dirigeant dans la vie, ils n'en voulaient pas dans la mort." Ou, du moins, c'était ce qui était dit dans chaque manuel et salle de classe de chaque royaume. En fait, c'était l'une des rares choses sur lesquelles tout le monde pouvait s'entendre.

"Oh. Eh bien, je suppose qu'ils ont changé d'avis." Nisha fit une nouvelle pause. «Mais je pensais que tu savais que Freya n'est pas de la vie? Voyant qu'elle n'a pas besoin de sommeil ni de nourriture pour survivre.

"Freya est aussi une Fey aussi bien qu'une guerrière entraînée. Je n'allais pas refuser de l'aide pour vous protéger, vous et votre cousin." Ce qui à l'époque ressemblait à de très bons conseils ... cependant ... avec le recul ...? Il y avait une demi-douzaine d'autres choses qu'elle aurait pu essayer en premier. J'aurais dû essayer en premier. Après avoir accepté Freya comme garde, il était déjà trop tard pour essayer quoi que ce soit, y compris emmener Nisha à la reine Alista pour obtenir de l'aide.

"Oh. Eh bien, alors vous devriez aussi savoir que beaucoup de citoyens du Royaume inférieur sont également des guerriers hautement qualifiés et ne laisseront rien arriver à notre famille. Ils ont juré à cela."

Pendant un moment, la bouche de Céleste resta ouverte. Tant de questions qu'elle pouvait poser ... les réponses possibles la terrifiaient. "La boîte. Oui, veuillez ouvrir la boîte."

"Oh tsk. Qu'est-ce que c'est amusant d'avoir une nièce si je ne peux pas être honnête avec toi?" En ouvrant le couvercle, elle sourit aux deux grandes griffes à plumes. "De quel genre d'oiseau venaient-ils? Ils sont absolument parfaits."

"Je ne me souviens pas, vu la taille des plumes, je dirais un oiseau plutôt grand." Ou du moins, quelque chose qui ressemblait à un oiseau. Après tout, Darke a des animaux dont aucun autre pays n'a jamais entendu parler, et encore moins jamais vus. Là encore, l'animal aurait pu être conjuré par sa mère juste pour les griffes… c'était une possibilité. Après tout, sa mère avait été plus que capable de faire exactement cela.

En plaçant les épaulettes sur sa veste, elle sourit. "Je me demande si je vais en voir?"

Oh mon, j'espère que non. «Je ne saurais pas ma chérie. Maintenant, viens t'asseoir. Nous devons revoir certaines choses avant de partir.

Des vrilles douces coulaient autour d'elle, soulevant ses cheveux en différents motifs en l'espace d'une minute, ses cheveux étaient attachés et une petite couronne de pierre noire polie était posée sur sa tête. Trois points ont tous perfectionné une arête vive. «Oh regarde. Je suppose que j'ai une couronne à porter pour Darke. J'avais peur que personne ne sache qui j'étais.

D'une voix ferme, Celeste dit à nouveau: "Nisha, s'il te plaît, asseyez-vous." Ils avaient besoin d'avoir cette conversation même si elle devait entraîner Lilly ici pour le faire.

Ses lèvres se courbèrent dans un sourire qui était tout sauf rassurant. «Oui, ma tante.

«D'abord, un panier est en cours de préparation pour que vous l'apportiez. Ne mangez rien jusqu'à ce que vous ayez un bâton lié par le sang.

"Marta vient en tant que cuisinière. Sa fille Marigold doit être ma femme de chambre personnelle. Et j'ai Emmett, Edgar et Shadow qui sont mes gardes personnels." De plus, Freya et des dizaines de morts-vivants. Non pas qu'elle dirait ça alors qu'elle avait déjà assez fait peur à sa tante pour un jour.

"Très bien. S'il vous plaît, demandez à Shadow de rester proche jusqu'au couronnement. Il ... il ... est bon pour savoir quand vous êtes en danger et ne se soucie pas beaucoup de qui est celui qui vous met dans cette position." Ce qu'ils avaient tous presque appris trop tard alors qu'il avait failli tuer David parce qu'il essayait d'apprendre à Nisha comment se défendre et s'était emporté.

Nisha plissa les yeux violets et murmura d'un ton beaucoup plus sombre qu'une fille de son âge aurait dû. "Cela et tout le monde sait que les ombres ne peuvent pas être tuées mais peuvent tuer n'importe quoi d'autre, y compris les Drakens, les trolls et d'autres."

Comment pourrai-je oublier? "Oui, tout le monde le sait. Et Darke en a d'autres qui sont également difficiles à tuer. Te souviens-tu des types de citoyens sur lesquels tu gouverneras?"

"Bien sûr." Elle a commencé à compter sur ses doigts. "Il y a les High-born, qui consistent en Spectres qui peuvent créer des vrilles sombres à partir des ombres. Ils peuvent être serviles ou méchants. Les danseurs de feu, qui peuvent ressembler à n'importe quel autre citoyen de Darke , mais peuvent transformer leur chair en braises ou créer des incendies partout où ils marchent ou se touchent. Et puis les télépathes, on me dit qu'ils ressemblent à un citoyen de Feyen avec des oreilles pointues et des yeux bridés. Mais contrairement aux Fey, ils ne peuvent pas utiliser de sorts de glamour pour se dissimuler . "

Hochant la tête en accord, Celeste demanda, "Et les autres résidents?"

"Tous les autres ont des capacités mineures. Comme être capable de traverser les murs. Faire disparaître et réapparaître des objets à volonté. Je suis sûr qu'il y en a beaucoup d'autres dont je dois encore en apprendre." Pourtant, aucun Fey ne vivait à l'intérieur des frontières de Darke. Personne n'a mis les pieds dans le pays depuis le grand incendie qui en a pris tant. Et c'était quelque chose d'autre qu'elle aurait besoin d'enquêter puisque Fey était des lois en soi et ne répondait qu'à la reine Feyen ou à une reine qu'ils choisissaient de servir volontairement.

"Très vrai. Maintenant, une fois que vous aurez accepté le sceptre de Darke, toutes vos capacités seront débloquées." Et que la lumière me protège quand ils le font.

"J'aurai des capacités que je ne connais pas déjà? Comme c'est excitant. Lilly obtiendra-t-elle de nouvelles capacités aussi à son couronnement?"

Céleste serra le pont entre son nez, sentant déjà le mal de tête qui venait toujours de ces conversations commencer à venir. Sachant que lorsque sa nièce partira pour le Spire, sa tête serait prête à exploser. "Oui mon cher."

Nisha frappa des mains d'excitation. "Nous devrons nous rencontrer toutes les quelques semaines pour pratiquer ensemble. Une fois ici à Lite et la suivante à Darke. Ce sera merveilleux."

«Nisha, s'il te plaît.

«Désolé, tante Celeste.

"Une fois que vous serez couronnée reine, vous serez en mesure d'exploiter toutes les capacités de votre sujet en plus de celles que vous avez déjà. Et avec tout ce pouvoir vient la responsabilité. Il y aura ceux qui vous presseront d'utiliser vos dons pour leurs propres moyens. Et d'autres qui auront peur de vous et essaieront de vous faire du mal. "

Pendant un long moment, Nisha resta assise tranquillement. Chaque fois qu'elle pensait à la mort de sa mère, la rage brûlait en elle. Très froidement, elle répondit: "Ne t'inquiète pas. Je ne suis pas ma mère. Je ne fais pas confiance aux vivants pour me protéger. Je ne compte pas non plus uniquement sur mes capacités."

«Oui, c'est ce dont j'ai peur. C'est pourquoi, avant votre naissance, votre mère a choisi un mari pour vous. Il était lié à vous le jour de votre naissance. Votre mère et votre grand-mère ont supervisé la reliure. Vous pouvez en être sûr. c'était exact et précis dans les termes. "

Nisha sauta du lit. "Quoi? Tu me parles de ça maintenant? Lilly doit choisir son mari. En quelque sorte. Enfin, au moins, elle doit choisir le fils de Draken qu'elle doit épouser. Et il vit ici avec nous depuis près de dix ans! "

"Je sais que cela semble injuste. Et j'ai essayé de le faire amener ici à plusieurs reprises. Chaque fois que son oncle a refusé pour des raisons que je ne peux pas comprendre. Cependant, il vous rencontrera au Spire. Prenez le temps de lui parler. . On m'a dit que votre père l'avait choisi parmi tout autre garçon né dans l'année suivant votre naissance. "

Il y avait plus à cette conversation. Quelque chose qui était maintenant chuchoté au plus profond de l'ombre. Des conversations murmurées et un avertissement à faire preuve de prudence. Les ombres ne faisaient pas confiance à sa tante avec la vérité. Cependant, elle pourrait profiter de ce moment unique pour demander autre chose. "Mon père?" Donc, peu de choses lui avaient été dites à son sujet. Maintenant...?

Aurait-elle une réponse honnête? Ou aurait-elle besoin de demander au grand fey d'autrefois?

Voyant les questions sur le visage de sa nièce, Celeste continua: "Il était de Feyen. Et on disait qu'il était un voyant en plus des êtres capables de devenir invisibles." Faisant une longue pause, elle a choisi de partager un peu plus sur le mari de sa sœur. "Je ne l'ai rencontré que deux fois. Une fois au mariage de ta mère. Il m'a pris la main et m'a dit que ma fille serait aussi belle que Lite elle-même et qu'elle serait heureuse de se marier avec un fils de Draken." Elle pouvait lui dire plus, mais cela pouvait attendre après le couronnement.

Avec un soupir, Nisha se résigna à rencontrer ce prétendant choisi, "Très bien, je le rencontrerai mais s'il n'est pas aussi beau que David, je refuserai de l'épouser. Et s'il proteste, je le transformerai en grenouille."

"Il est lié par le sang à vous. Si vous lui dites que vous ne devez pas vous marier, il ne protestera pas. Son oncle, par contre, pourrait très bien le faire. Et comme il est au pouvoir en tant que mandataire, à cause de cette union qu'il peut faire un ennemi puissant. "

"Très bien, je vais transformer son oncle en nourriture pour David. Je pense que les Drakens aiment le lapin frais."

Oh, bénis-le. «Je doute que des lapins soient trouvés à Darke.

Carré ses épaules, Nisha s'assit sur le bord de son lit et laissa sa voix prendre un ton sombre et froid en disant: "Eh bien, il y en aura un si ce mandataire pense qu'il peut me donner des ordres."

Chapitredix: Ethan

L'eau est tombée du plafond au-dessus.

Ploc.

Ploc. Ploc.

Le son un bourdon apaisant qu'il avait appris à utiliser pour le détendre malgré la douleur dans ses bras et la brûlure de son dos. C'était suffisant pour permettre quelques instants de repos. Quelques précieuses minutes pour retrouver ses forces pour tout ce que son oncle avait prévu pour le lendemain.

"Réveille-toi, chien." Une voix grave résonna dans la cave froide et humide.

Lentement, Ethan laissa ses yeux s'adapter à l'obscurité et au son de cette voix masculine profonde. Lord Edrich. Son oncle. S'il répondait, il serait giflé. Sinon, quelque chose de bien pire. Décidant qu'il ne voulait pas non plus, il laissa les chaînes qui le liaient au plafond cliqueter et espéra que ce n'était pas assez de désobéissance pour lui valoir un fouet.

Une lueur de bougie apparut, tout comme son oncle et le spectre qu'il employait au moment où ils descendaient les dernières marches. Tous deux portaient leurs vêtements les plus élaborés. Son oncle portait un pantalon de costume noir et une veste assortie avec une chemise rouge écrasée et une cravate noire. Les boutons de manchette en or et un point d'or sur la cravate pour l'empêcher de bouger étaient la seule couleur. Le spectre? Une robe rouge sang qui saignait dans la brume grise tourbillonnante de ses pieds. Aucun des deux ne semblait être là pour le battre jusqu'à ce qu'il s'évanouisse. Puis encore ... avec eux, il ne pouvait jamais être sûr. Après tout, le torturer était leur passe-temps favori. Ou du moins cela semblait l'être.

Lord Edrich s'arrêta juste hors de portée de son prisonnier et grogna: "Il est temps pour toi de te gagner, espèce de chien sans valeur."

Il ne vit pas ce qui s'était passé mais une douleur brûlante presque brûlante lui traversa le dos. Étouffant un cri, il essaya de garder les yeux sur son oncle. J'ai essayé d'écouter les mots qu'il disait alors que le spectre essayait de forcer un cri. Quelque chose qu'elle essayait de produire depuis un an. Et quelque chose qu'il lui refuserait aujourd'hui.

Tendant la main de son long doigt osseux, Edrich attrapa Ethan par le menton et siffla: «Aujourd'hui, vous rencontrez la petite princesse. Ne vous inquiétez pas. Je suis sûr que vous implorerez ma gentillesse bien avant le mariage. Un sourire cruel se forma sur ses lèvres alors qu'il se penchait. «J'entends qu'elle a une tendance à la cruauté plus que sa mère ne l'avait jamais rêvé.

Mariage? La gentillesse? Ethan ne pouvait pas parler. Il savait qu'il ne valait pas mieux que de laisser passer un seul mot sur ses lèvres sèches et gercées. Il n'était pas digne de parler. Pas digne de quoi que ce soit. Ou du moins, c'était ce à quoi il avait été élevé. Il ne vivait que dans la maison de son oncle parce que ses parents étaient morts sans le sou et lui avaient une grande dette. Et lui, en tant que leur seul fils vivant, il avait été contraint de payer cette dette. Un domestique le jour et un poste de fouet la nuit, ou pire, de la monnaie pour que son oncle paie ses dettes.

«Vous irez à la flèche et récupérerez la petite princesse. Puis revenez rapidement au palais. Ne vous attardez pas à la flèche ou votre chair sera dépouillée de votre corps le matin.

Il acquiesca. Son corps tremblait déjà de douleur.

Edrich a dit au spectre, "Laissez-le tomber. Il devra se lever pour atteindre la flèche." Puis à Ethan: «Et si j'entends que tu as une goutte de sang sur ma voiture, je m'assurerai que c'est la dernière fois que tu le fais.

Il connaissait la menace. Son oncle ne l'expulserait jamais. Un grand scandale s'il le faisait. Pas tellement s'il tuait un serviteur solitaire. Moins s'il le donnait à un troll.

L'eau était froide, sentait et devenait de la vase grise due aux asticots qui vivaient maintenant dans le bol. S'il s'y lavait, au mieux il offenserait la princesse, au pire ses blessures seraient infectées. S'il ne le faisait pas, ses vêtements lui colleraient et déchireraient la peau tendre quand ils étaient enlevés. Fermant les yeux, il enfila une chemise blanche sans essayer de se laver. De l'avant, il avait l'air en soie fine, mais le dos et les bras étaient en tissu qui rayait et démangeait. Après trois ans à le porter, il avait appris à ignorer ce sentiment.

La veste, cependant, était une agréable surprise. C'était d'excellente qualité. Même doublé de soie. Noir ... mais alors tout était de couleur sombre ou blanche. Mais surtout noir et rouge.

En passant devant un miroir de la salle solitaire, il jeta un rapide coup d'œil. Ses cheveux noirs comme du charbon commençaient à pousser. Juste une largeur de doigts maintenant. Ses yeux étaient d'une couleur inhabituelle de n'importe quel autre citoyen de Darke ... si rare qu'il n'avait même pas un mot qu'il savait. Sa peau était blanchie de n'importe quelle couleur qu'elle pouvait avoir. Un jour, il espérait voir la peau de crème de porcelaine dont il se souvenait vaguement.

J'espérais qu'un jour il pourrait voir ses yeux sans leur regard fatigué. Mais surtout, il espérait pouvoir un jour fuir la maison de son oncle. Peut-être atteindre Lite ou Draken et demander l'asile. Un jour où il a eu la force de quitter cet endroit. Quand il a eu une idée de l'endroit où se tourner pour obtenir de l'aide.

Il savait que c'était un rêve faible. La princesse était revenue à Darke et dans deux semaines, il serait mort. Un cadeau pour son mariage. Un sacrifice pour enrichir ses pouvoirs. Ou du moins c'était ce que son oncle lui avait dit. Et son oncle n'avait aucune raison de mentir à un serviteur sans valeur.

Ethan leva les yeux vers le Spire. Moitié en Lite et moitié en Darke. Le côté qui était de Lite avait été fait de pierre blanche qui brillait au soleil. Là où le côté qui résidait à Darke était en pierre noire polie à moitié cachée dans l'ombre. C'était la frontière entre les deux pays. L'endroit où deux générations en arrière, une seule reine avait régné sur les deux. Ses filles ont alors chacune pris le contrôle de l'une ou de l'autre. On disait que Céleste était faite du soleil lui-même. Donc, pur qu'aucun mal ne pouvait toucher sa peau. Alors qu'Adrianna était un pur mal. Elle a abusé de son pouvoir et est morte à cause de cela. Maintenant, sa fille dont on dit qu'elle est si puissante qu'elle a été élevée par une ombre et un démon dans une tour enchantée par la Fey afin qu'elle ne puisse pas faire de mal en dehors de ce qu'elle régnerait.

Et il était là ... celui qui la ramènerait dans son palais de la nuit. Il la conduirait à son mariage et à son couronnement. Puis mourez de sa propre main devant tous ceux qui souhaitaient assister à la cérémonie.

Ethan regarda à travers la frontière dans Lite. Il pouvait parcourir les quelques mètres à travers le Spire et entrer dans Lite. Il pourrait implorer de voir la reine Céleste ... Il pourrait ...

... Non, il ne pouvait pas. Il était beaucoup de choses mais un lâche n'en faisait pas partie. Peut-être pourrait-il passer les deux prochaines semaines au service de la future reine. S'il le faisait, il pourrait se rendre précieux pour elle alors elle ne le tuerait pas.

Prenant une profonde inspiration, il descendit de l'arrière de la voiture.

Ce serait son seul espoir. Sa seule chance ... et il devait le faire sans que son oncle découvre qu'il avait fait cela sans permission.

Lentement, il monta le grand escalier qui le mènerait à la porte principale. Les pierres qui constituaient les marches semblaient suffisamment lisses pour être glissantes et mouillées, mais l'empêchaient d'une manière ou d'une autre de glisser. La double porte atteignait deux étages et était en bois sombre. Juste debout devant eux, vous pouviez sentir des yeux vous regarder. Sentez la respiration sur votre cou et sachez que si vous vous retourniez, personne ne se tiendrait là.

Avalant fort, il leva le poing et frappa à la porte. Il l'avait fait doucement mais cela n'empêchait pas le coup de se transformer en un rugissement en écho.

Il était juste sur le point de dévaler les marches et de se frayer un chemin autour de la flèche et du côté qui résidait dans Lite lorsque la porte s'ouvrit en grinçant.

Pendant un moment, ses yeux se fixèrent sur le guerrier Feyen qui, heureusement, n'était pas armé. Après que son cœur se soit de nouveau installé dans sa poitrine, il s'inclina. "Je suis ici pour escorter la princesse." C'était mal de parler mais il le fallait. Bien sûr, il serait puni plus tard ... mais pour le moment, cela n'avait pas d'importance. Ça n'a pas d'importance. Il devait dire pourquoi il était là ou être mort sans jamais parler.

La guerrière Feyen sourit en tirant ses ailes gris fumée sur ses côtés, "Suis-moi. La princesse sera bientôt à terre."

Chapitre 11:
Nisha

S'ils utilisaient les voitures pour se rendre à la flèche, cela pourrait prendre des heures. Pourtant, ils seraient là bien avant l'heure d'arrivée prévue. Cependant, si elle utilisait la porte des morts, cela ne prendrait que quelques battements de cœur. Et cela signifiait ...

«Freya!» Nisha laissa échapper un cri excité.

«Ta grâce?» Ce ton prudent venant de cette guerrière acérée était suffisant pour savoir qu'au moins un de ses sujets savait quand elle était sur le point de faire quelque chose de terrifiant et d'époustouflant.

«S'il vous plaît, dites à ceux qui me rejoignent à Darke qu'ils ne devraient pas tarder. J'ai un autre rendez-vous qui est prioritaire. Je vous rencontrerai tous au Spire à l'heure convenue.

Freya pencha légèrement la tête. Après tout, elle était l'une des rares personnes à comprendre qui nécessiterait une rencontre avec la reine. «Veuillez transmettre mes regrets de ne pas vous avoir rejoint.»

Un sourire méchant s'épanouit sur le jeune visage de Nisha. «Je vais essayer de ne pas trop froisser Oncle Magmas en votre absence.

Au plus profond de la Cité des Morts, Nisha était assise dans une petite demeure de sa propre fabrication. Une grande table ronde avec plusieurs chaises couleur corbeau à dossier haut. Un pour chacun des hommes qui ont composé le conseil du fey. Un pour sa grand-mère et Alista. Et deux qui sont restés vides à la demande du conseil.

Magmas lui avait appris tous les cadeaux appartenant à la fée royale des villes étoiles. Donavan avait été son entraîneur dans tout ce qui était considéré comme des capacités sombres ou un entraînement pour se battre. Flint et Karnack avaient passé d'innombrables heures à passer en revue les lois des villes étoiles et de Darke. Et sa grand-mère et Alista lui avaient donné des leçons sur la façon d'être une bonne reine et un vrai chef.

Pourtant, aucun d'eux ne lui avait rien dit sur son père. Elle n'avait pas non plus demandé, jusqu'à présent.

Elle était calmement assise et souriait alors que Magmas entrait en escortant sa fille jusqu'à son siège. Flint et Donnavan les suivaient avec sa grand-mère entrant en dernier. Pourtant, ce fut Appollo qui resta dans l'embrasure de la porte, tenant parfaitement ses ailes alors qu'il mesurait son tempérament.

«Oncle Appollo, ne vas-tu pas nous rejoindre à table?»

Ses yeux se rétrécirent en de minuscules fentes. «Je ne te connais que depuis quelques cycles de lumière mais quand tu souris comme ça...» Il secoua la tête et lui fit un sourire très peu sincère. «Il n'y a rien qui puisse me faire bouger de cet endroit.»

«Oh, tsk. Qu'est-ce que c'est amusant d'avoir une nièce honoraire si je ne peux pas te faire peur à l'occasion?

Magmas laissa passer une toux qui ressemblait à un rire. "Très bien. Appollo peut garder la porte. Cependant, vous avez demandé à nous tous de venir et nous sommes ici. Alors pourquoi est-ce que lorsque vous devriez être sur la bonne voie pour embrasser votre destin, vous avez besoin de passer un moment avec un groupe de vieux fey grincheux.

Son sourire s'est évanoui. «J'ai des questions et je ne quitte pas cette pièce tant qu'on n'y répond pas.»

Flint hocha la tête une fois. "Compris? Maintenant, à quelles questions avez-vous besoin de réponses? »

«J'ai besoin de connaître mon père. Ma fiancée. Et on sait que les deux pouvoirs ont tous les deux.

De retour au Spire, Nisha prit une profonde inspiration et quitta sa longue jupe noire et son chemisier rouge écrasé. Elle a disparu de sa veste de père corbeau et a permis une robe de sa propre forme à son corps mince. Blanc et noir reflétant les bois des morts. C'était parfait pour le décor de la flèche. Parfait pour remonter son humeur.

Elle avait eu besoin de découvrir la vérité non seulement sur sa famille, mais aussi sur celle de sa fiancée. Et elle n'avait que maintenant des questions dans son esprit.

Prenant une profonde inspiration, elle repoussa ses pensées et décida de s'imprégner de la rare beauté de la flèche. Prenez tout ce qu'elle n'avait jamais vu auparavant. C'était maintenant sa seule occasion de voir l'endroit où sa mère avait été élevée.

L'endroit où sa grand-mère avait régné non seulement sur Lite mais aussi sur Darke.

Ce fut sa chance d'explorer le plus grand trésor de pouvoir et de secrets dans tous les pays connus.

Fredonnant alors qu'elle marchait dans les couloirs de la flèche. Le trouver fascinant. Les salles qui jumelaient les deux moitiés étaient assemblées comme un grand puzzle. Une goutte de pierre noire et grise tourbillonnant dans la pierre blanche et crème. Se réunir en travaillant en harmonie mais capables de se débrouiller seuls.

"Princesse?"

La femme qui se tenait devant elle qu'elle connaissait depuis des années. Grand et mince. Des yeux bleu-vert qui ressemblaient à de petites rivières autour d'un petit marbre noir rond et brumeux. Cheveux bruns cacao qui se terminaient juste en dessous des épaules. Ses délicates oreilles pointues qui ressemblaient plus à un elfe qu'à une Fey sortaient des cheveux qu'elle portait actuellement. Une épée de cristal pendait maintenant librement à ses côtés. L'épée ne faisait pas d'elle une guerrière mais c'était la vitesse et l'habileté de ce qu'elle pouvait faire avec rien de plus que ses mains qui le faisaient. «Freya».

Faisant un signe de tête qui était tout ce que Freya se permettait de faire pour montrer du respect, elle dit doucement: "Votre fiancé est arrivé."

Serrant l'arête de son nez et se préparant au pire Nisha murmura, "Est-il vraiment hideux? Dis-moi qu'il n'est pas une vilaine limace de troll poilue"

Freya sourit doucement. "Je pense que vous serez agréablement surpris."

Qu'elle ne s'attendait pas, ou peut-être qu'elle l'avait fait. "Oh, bien. Alors tu dois envoyer chercher Lilly. Je ne peux pas me marier sans mon cher cousin et David aussi je suppose."

"Bien sûr, Votre Majesté. Je leur demanderai d'arriver demain. Et si je peux?"

Ils ont eu cette discussion plusieurs fois donc c'était vraiment une habitude quand elle a roulé des yeux et a dit, "Freya, tu n'as pas besoin de demander. Tu es mon cher ami. S'il te plaît, parle librement."

«Vous devriez essayer d'appeler le prince par son vrai nom. Cela peut le faire réfléchir. Au moins un instant. Il est, après tout, bavard pour un Draken.

"Oh oui. Voyons son nom complet. Prince Davkren, fils du roi Craykren et de la reine Alyisope de Feyen. Troisième rang après la couronne de Draken. Ou deuxième si sa sœur réussit."

"Oui, je comprends votre point de vue. David est tellement plus simple."

Un petit rire glissa sur ses lèvres. «Je sais. Je suis tellement contente que Lilly l'ait proposé.

S'arrêtant à mi-chemin, Nisha regarda le grand jeune homme qui regardait nerveusement par la fenêtre qui faisait face à Lite. Quelque chose en lui lui rappelait un renard avec lequel elle et Lilly s'étaient croisées il y a quelque temps. À l'époque, le renard s'était faufilé au bord de la prairie tout en les regardant comme s'il était prêt à l'attaque. Le renard avait été blessé et avait besoin d'aide. Elle avait su que dans un instant après avoir repéré la pauvre créature ... Mais c'était Lilly qui avait pu guérir sa patte. Quant au jeune homme? Elle ne pensait pas que c'était une patte blessée qui le troublait… non. Si elle le lisait correctement, il essayait de ne pas montrer qu'il souffrait mais s'attendait à bien pire.

Restant dans l'embrasure de la porte, elle enleva sa couronne de pierre et laissa la brume sombre l'emmener là où ils emportaient les choses pour ranger. En ce moment, elle voulait être Nisha, une jeune guérisseuse en formation. Pas Nisha la princesse héritière de Darke et la reine du royaume souterrain. "Euh ... Excusez-moi?" Sa voix tremblait juste un peu ... plus de nerfs mais le son devrait être suffisant pour que le jeune homme ne la considère pas comme une menace.

Au son de sa voix, il tourna les talons. Pommettes hautes et mâchoire ciselée. Des lèvres minces, pâles et gercées ... mais ce sont ses yeux qui la retiennent. Le reste d'entre lui a dit qu'il allait bien mais attendait des instructions ... mais ses yeux criaient de la douleur qu'il cachait.

Un petit souffle et il essaya de sourire mais n'osa pas parler.

"Attends tu quelqu'un?"

Ses yeux la regardèrent faire un pas dans la pièce. Finalement, il murmura: «Je dois escorter la princesse Nisha au château de la nuit. Lord Edrich attend son arrivée.

"Je vois." Elle fit un autre pas vers lui et regarda la peur s'inscrire dans ses yeux. Même si elle n'était qu'apprentie ici, à la Spire, ses vêtements criaient haut-nés. Son serviteur cependant hurlé et certainement pas de ceux que sa fiancée devrait porter. Peut-être que Freya avait eu tort de savoir qui était venu à la flèche.

Non, Freya en aurait été certaine avant de venir la retrouver. Se permettant de sentir, elle aussi ressentit la reliure que sa mère avait utilisée. Pourtant, elle pouvait dire qu'il y avait quelque chose à propos de lui. Pas mal ... juste à côté. Presque comme s'il ne savait pas qu'il lui appartenait. Ou peut-être que s'il le faisait, il ne comprenait pas ce qu'il ressentait maintenant. Un seul moyen de découvrir et de jouer celui d'un guérisseur ne lui permettrait jamais d'obtenir cette réponse. «Je pensais que nous ne serions pas tenus au château avant midi demain au mieux.

Très vite, il tomba sur un genou. "Princesse, je suis ..."

Des vrilles noires tournaient autour de lui, caressant doucement sa peau. Au moment où ils ont annulé, elle connaissait chaque blessure qu'il avait et chaque marque qui montrait déjà des signes de guérison. Aujourd'hui, elle serait une visiteuse passive. Demain, elle aurait une meilleure idée de la façon dont les lois de Darke fonctionnaient. Et d'ici là, elle aurait Lilly ici pour l'aider à faire face à celui qui a causé ces blessures. «Peut-être devrions-nous y aller. Je voudrais parler à Lord… ed… Edrich.

La peur avait disparu pour le moment mais la tristesse a maintenant pris racine. "La voiture est en route."

Elle se tourna puis s'arrêta à la porte. "Un moment, s'il vous plaît. Je dois informer mon personnel personnel que nous partons. Vous ne croiriez pas à quel point ils sont ébouriffés si on ne leur dit pas les choses à l'avance." Et cela lui donnerait un moment avant qu'elle ne décide de la manière de gérer sa fiancée.

Il n'était pas ce qu'elle avait pensé qu'il serait. Si on pouvait faire confiance à ce qu'elle ramassait des vrilles, il avait au moins du sang de Feyen en lui. Pas la moitié autant qu'elle l'a fait mais assez pour reconnaître qu'il en a. C'était un casse-tête pour un autre jour car il n'y avait aucune trace de Fey vivant dans tout Darke. En fait, les morts n'en connaissaient aucun qui faisait partie des Fey à l'intérieur des frontières… du moins pas depuis l'incendie.

Une profonde inspiration et elle nota mentalement une autre chose à laquelle elle aurait besoin de réfléchir. Qu'elle devrait attendre…

… Et s'ajouter à la liste toujours croissante de choses auxquelles elle aurait besoin de trouver des réponses et de corriger.

Pour aujourd'hui, il faudrait qu'elle découvre pourquoi sa fiancée était habillée en servante alors qu'il appartenait à une maison bien née. Non seulement cela, sa mère avait été une dame qui attendait sa propre mère, mais elle avait également possédé plusieurs entreprises à la fois dans Darke et Lite. Sans oublier que son père avait été le premier président du conseil royal. Un homme qui avait été à un moment le capitaine des gardes de sa mère avant de se retirer pour un autre.

Tout cela, elle l'avait appris une fois en venant à la flèche et en demandant au sénéchal des informations sur sa fiancée et sa famille.

La seule information qui ne lui importait pas beaucoup était Lord Edrich. Il avait été le seul adulte vivant du feu qui avait ravagé tant de dix-huit ans. Le seul adulte bien-né qui avait survécu à un incendie qui avait anéanti près de la moitié de la population de la ville et du château de Darke.

Une bizarrerie. Mais plus que cela, rien que de le lire ... quelque chose ne sonnait pas bien et lui piqua la peau en signe d'avertissement. Il y avait autre chose qui clochait avec ce qu'elle avait lu ... Sa mère avait été capable de créer et de manipuler le feu entre autres. Alors, si elle avait vraiment péri dans les flammes ...

... Alors pourquoi Ethan ressentait-il un pouvoir que seule une reine Feyen pouvait possiblement posséder? Il ressentait un pouvoir qui aurait dû disparaître avec sa mort.

Tant de choses déroutantes ... et tellement plus qu'elle devrait comprendre avant de pouvoir épouser Ethan et prendre sa place de reine. Et tant d'autres questions auxquelles il fallait répondre après qu'elle ait été couronnée.

Nisha se précipita sur les marches de pierre sombre et s'arrêta à quelques pas de la voiture qui la conduirait au château. La voiture était petite, sombre et sentait la pourriture. Avant de penser à ce qu'elle devrait dire, elle lâcha: "Je ne mets pas les pieds dans cette saleté pourrie."

Ethan balbutia pour répondre, "C'est le meilleur ..."

Elle se moquait de savoir si elle ressemblait à un enfant pleurnichard ou à une princesse choyée ... elle n'était pas assise dans la crasse. «Si c'est le meilleur de mon palais, je ferai des changements dès maintenant.

En haletant pour former des mots, des mots pour être utile et ne pas ressembler à un idiot bavard, Ethan essaya de dire, "Pas le palais. Mon oncle ... Il ... C'est le sien."

Enfin, au moins, elle ne possédait pas un morceau de saleté aussi dégoûtant et pourri qui ne conviendrait même pas à un chariot pour les démunis. "Je vois. Alors Lord Edrich est une mauvaise excuse pour un mandataire." Elle se retourna brusquement pour faire face au Spire. «Freya?

Déjà debout à côté de sa reine, elle sourit. "Votre grâce?"

Une profonde inspiration et elle redressa les épaules alors qu'elle avait vu sa tante faire d'innombrables fois auparavant lorsqu'elle s'adressait à quelqu'un pour une tâche importante. Une posture que je n'ai jamais souhaité utiliser pour s'adresser à Freya. «S'il vous plaît, envoyez un mot à ma tante. J'aurai besoin de son aide après tout. Demain sera assez tôt pour son arrivée. Veuillez également adresser l'invitation à mon oncle Blake. Non pas qu'il ne soit pas invité ou non, mais elle pourrait aussi bien donner l'impression qu'elle le demandait aussi. D'ailleurs si Lord Edrich était autant un âne qu'elle soupçonnait qu'elle aurait besoin de son oncle pour s'occuper de lui. Ou du moins traiter avec lui pendant qu'elle s'occupait de l'état de son royaume.

"Très bien. J'aurai une page à sa recherche." Freya s'arrêta et regarda le Spire, "Une voiture appropriée et Pegasi sont amenés. Tous deux appartenaient à votre grand-mère. Ils sont de la plus grande qualité."

"Merci, Freya. Sera-t-il assez grand pour le personnel également?"

"Votre personnel suivra dans une deuxième voiture. Il n'est pas convenable pour eux de s'asseoir avec vous. Votre Grâce."

Merde, si elle utilisait son titre ... pas une, mais deux fois ... alors elle avait déjà causé assez de scène pour le moment. "Oh, d'accord. J'essaierai de ne pas avoir un grand scandale sur la voiture dans laquelle mon personnel est assis. Du moins pas aujourd'hui. Je ne fais aucune promesse pour demain." Sa seule réponse fut que le visage d'Ethan perdit toute couleur et Freya roula des yeux alors qu'elle se précipitait vers le Spire.

L'entraîneur était assez grand pour contenir au moins dix personnes et avait encore beaucoup de place pour s'étirer. Les sièges en velours bleu foncé avec des garnitures dorées avaient la grande touche chic de sa grand-mère tout en semblant toujours moyen parmi les autres entraîneurs pour les citoyens de haute naissance. Eh bien, c'était jusqu'à ce que vous vous approchiez suffisamment pour voir le sceau de Darke gravé sur les portes. Alors, et alors seulement, il n'y aurait aucune erreur de savoir qui monterait dans cette voiture.

… Et c'était maintenant la sienne.

Pendant longtemps, Ethan n'a pas parlé. Si elle ne l'avait pas regardé droit, elle n'aurait même pas su qu'il était assis là. "Alors, allez-vous me dire ce que nous sommes en train de passer ou est-ce que je vais donner de nouveaux noms aux sites et exiger que tout le monde s'en souvienne pour moi?" Non pas qu'elle le ferait mais cette seule pensée la fit sourire. Là encore, elle avait toujours voulu nommer une ville. Peut-être pourrait-elle en créer un juste pour l'expérience? Plus tard, elle pourrait y réfléchir plus en détail.

Un regard d'horreur absolu tomba sur le visage d'Ethan alors qu'il balbutiait, "Mes excuses, mais on m'a dit de ne pas parler."

"Eh bien, c'est la chose la plus absurde que j'aie jamais entendue. Et je vous dis que j'ai entendu plusieurs choses qui sont simplement absurdes. Encore plus après que les mots aient été prononcés à haute voix pour que je les entende."

La peur lui revint aux yeux mais il avait réussi à paraître calme autrement. Une courte inspiration et il se pencha pour vraiment voir où ils étaient. «Nous sommes au sud de la flèche, près du lac sans fond. La ville de Manticora est à l'ouest. Malgré le nom, la ville peuplée a un bon mélange de bas-nés et peu de Manticores. Bien qu'ils aient trouvé le village et, par conséquent, l'ont nommé d'après leur pays d'origine.

Elle ne pouvait pas voir le village d'ici mais elle pouvait le sentir. Verrouillant ses yeux sur un point lointain, elle se permit de voir ce que ses yeux ne pouvaient pas ... Le village avait l'air délabré, les maisons tombant sur elles-mêmes trop loin pour sauver ... d'autres comment quiconque y vivait était bien hors de sa portée ... Une profonde inspiration qui s'échappa lentement... Pas un endroit qu'elle aimerait visiter mais un endroit qu'elle aurait besoin de voir très bientôt. «Savez-vous quels bas-nés vivent là-bas?

«Euh...» Il se frotta légèrement la tête à court de mots. «Étant aussi près du lac, je pense que vous trouveriez des sirènes, des Charons peut-être. Les Charybde résident dans le lac lui-même. Méchante bête. Ils envahissent la plupart des voies navigables depuis un certain temps maintenant. À moins que quelqu'un ne trouve un moyen de les supprimer. Ce qui était hautement improbable. "Les hippocampes ont tendance à rester près de l'eau sinon dedans." Il fit une pause. "Dans la Cité de la Nuit, je pourrais vous parler des hauts-nés qui y résident. Je connais beaucoup d'entre eux."

Faisant un signe de tête, elle sourit en disant: "S'il vous plaît. Je n'étais pas sûre si la ville avait été reconstruite ou non. Ma tante n'avait pas pu le savoir avant de m'envoyer ici."

"Ce n'est pas aussi grand qu'avant l'incendie. Mais il a été en grande partie reconstruit. Les Hauts-nés ont tous des maisons près du château. Ils ont tendance à se battre pour savoir qui aura leur maison la plus proche. C'est assez ridicule si vous y pensez. Puisque leur statut est maintenu en restant bien dans vos bonnes grâces et en n'ayant rien à voir avec combien d'argent ils ont ou quels pouvoirs ils possèdent. "

Dans un marmonnement plus pour elle-même que pour lui, elle laissa échapper, "Je n'y ai pas pensé."

Prenant tout ce qui a été dit comme quelque chose nécessitant une réponse, Ethan continua: "En tant que serviteur, je suis capable de voir des choses que la plupart prétendraient ne pas remarquer."

Choix étrange pour les mots vu que nous sommes fiancés. «Vous êtes un serviteur mais votre oncle est mon mandataire? Comment est-ce possible? Sa voix ne tremblait pas d'étonnement mais avec une colère à peine maîtrisée.

"Mes parents sont morts sans le sou selon mon oncle. Je paie leur dette puisqu'ils ne peuvent pas."

Elle prit une profonde inspiration pour ne pas lui crier dessus. Ce n'était pas de sa faute si on lui avait menti. Mais elle serait damnée si elle laissait le mensonge continuer après aujourd'hui. "Je vois."

Sentant qu'il l'avait offensée d'une manière ou d'une autre, il dit très rapidement: "Je m'excuse, vous vouliez savoir qui résidait dans la ville." Avec son hochement de tête, il ferma les yeux: «Il y a un Empousa qui gère le service de jumelage pour les Hauts-nés. Bien sûr, si vous ne pouvez pas la payer, elle peut essayer de vous préparer son dîner. "

«Empousa? Elle les connaissait. Cependant, ce qu'on lui avait dit les faisait sonner comme des bas-portés. Pas quelqu'un qui dirige une boutique. À moins d'être payé par le propriétaire pour le faire.

"Un vampire hybride. Leurs cheveux sont généralement rouges comme le feu. Les jambes ressemblent à une statue de bronze et ils ont tous des pieds d'âne. Bien sûr, ils ont tous un caractère méchant pour aller avec eux."

"Bon à savoir. Alors, pas de réelle capacité alors?"

"Non, ils aiment juste la viande fraîche et le sang."

Roulant des yeux, Nisha dit lentement en se rasseyant sur son siège, "Super."

«Il y a une famille de Manticores. Vous devez les regarder. Ils tirent des pointes de leur queue sur ceux qu'ils croisent. Je pense que c'est leur idée de divertissement. Pas grand-chose en termes de cerveaux, cependant. Bien sûr, les Minotaures non plus Les Telkhines dirigent les magasins de métaux. Deux Typhons siègent maintenant au conseil. Personne n'ose les franchir. Bien que je ne sache pas pourquoi ils sont ici plutôt que dans le marais des marais.

«Ensuite, vous avez les Spectres. La plupart sont simplement méchants au lieu d'être soumis. Les danseurs du feu restent dans des maisons en pierre et ne se soucient pas de qui ils brûlent lorsqu'ils sont dehors. Les télépathes possèdent la plupart des magasins. Ensuite, vous avez mon oncle. Autant que je sache, il est le seul hybride Wendigo vivant. Mais je ne sais pas avec quoi il est hybride. "

Sensationnel. Elle cligna des yeux en apprenant simplement plus en quelques minutes d'Ethan, puis ce qu'elle avait pu apprendre pendant toutes ses années de vie avec sa tante. "Avec autant de gens qui vivent de sang frais, je suis surpris qu'ils puissent vivre dans la même ville." Et seulement quelques-uns qui considéreraient comme des hauts-nés. Une autre bizarrerie qui n'avait pas vraiment de sens. Ajoutez cela aux Typhons qui avait été banni de Darke il y a plus de cent ans ... Une autre chose à ajouter à la liste des questions était le grand nombre de citoyens de bas-nés se faisant passer pour des hauts-nés ... Oh, elle aurait besoin de parler à Lilly le plus tôt possible . Bon sang, à ce stade, elle pourrait ouvrir une porte sur le Royaume souterrain et parler aux reines mortes depuis longtemps et peut-être trouver des réponses. Là encore, elle pouvait attendre de voir ce que sa tante avait à dire. Un jour ne ferait pas l'affaire une grande différence, du moins pas pour elle.

«Oui, eh bien je n'ai pas dit qu'ils s'entendaient bien. Mais je suis sûr qu'ils comprendront maintenant que tu es rentré à la maison. Il y avait un étrange mélange d'espoir dans sa voix mélangé à juste un soupçon de douleur.

Chapitre 12: Magmas

S'appuyant en arrière dans la chaise à haut dossier, Magmas fit tourbillonner un verre de nectar miellé plus pour faire quelque chose que pour regarder la violence du fluide s'écraser contre le verre.

Il aurait pu partir après le départ de sa reine choisie pour la flèche. Il aurait pu retourner dans les Cités Étoiles et rapporter au Grand Magnar la raison pour laquelle Nisha convoquait le conseil, mais au lieu de cela, il s'assit dans la salle de réunion maintenant vide cachée dans une demeure si simple que l'enfant reine préféra.

«Quelque chose vous dérange, Mags?»

Il connaissait la voix. Comment pourrait-il pas? Levant les yeux de sa vitre, il vit son jeune frère penché dans l'embrasure de la porte. Pas dans la chambre mais pas d'attente à l'extérieur non plus.

Grand avec une carrure nerveuse, Flint a été construit pour la tâche ardue d'être un employé ou de passer d'innombrables heures à lire. Pourtant, il y avait encore ceux qui se souvenaient encore que les regards pouvaient grandement tromper. Comme c'était un Fey qui pouvait être aussi impitoyable et aussi mortel que n'importe quel guerrier en acier. C'était un Fey qui avait la vitesse et le pouvoir de détruire tout ce qu'il souhaitait ou de construire tout ce dont il pouvait rêver. Non, Flint n'était pas un Fey à prendre à la légère.

Donc, pour lui, être debout dans l'embrasure de la porte pouvait signifier plus qu'une simple curiosité.

Pendant un long moment, il resta assis là avant de fixer ses yeux rouges de lave sur la dague de cristal de Flint qui pendait à ses côtés. Rien de mal à ce qu'un guerrier porte ouvertement son arme. Rien qui criait d'agitation. Encore…

Oui. là dans les yeux de Flint. Inquiéter. Lui aussi comprenait leur reine et les questions qu'elle posait maintenant.

«Nous avons préparé Nisha du mieux que nous pouvions. Elle est forte, douée, talentueuse et ne fait pas confiance aux mots qui viennent de son entourage. Pourtant, je me demande si nous aurions dû nous battre plus dur pour amener le garçon ici. S'il aurait dû être élevé sous nos soins. Ou du moins aux soins de quelqu'un en qui nous avons confiance.

Lentement, Flint poussa le cadre de la porte et fit un pas régulier dans la pièce ronde. Il ignora les murs taillés dans l'argile pour ressembler à de l'os. Tout comme il ignorait la lave qui coulait dans les fissures du sol qui donnaient de la chaleur à cette pièce.

Ce n'était pas un jour pour réfléchir au choix de Nisha en matière de décoration. Ce n'était pas une journée pour gaspiller des mots ou mélanger des sentiments dans des décisions qui avaient déjà été prises des années auparavant. Mais aujourd'hui était une bonne journée pour exprimer des vérités dont même Magmas n'avait pas été au courant. «La nuit de l'incendie, Vasilissa a été interrogée sur le garçon. Tout ce qu'elle a vu. Quoi qu'elle sache… elle a ses raisons de garder le garçon avec son oncle et caché dans Darke. Et, cette nuit-là, Magnar a accepté.

Il y avait plus dans cette histoire qu'il pouvait presque l'entendre avec la voix ferme de Flint. Pourtant, il ne pouvait pas remettre en question cette décision. Mais il exprimerait son inquiétude. «Est-ce que l'un d'eux a pris en compte que le garçon serait propulsé dans des pouvoirs et des capacités auxquels il ne serait pas entraîné? Qu'il n'aurait aucune idée que les pouvoirs qu'il possède… qu'il peut exercer existent même?

Se versant un verre de nectar, Flint prit une gorgée généreuse avant de répondre. «Il aura Nisha. Elle est une bonne reine et a l'étoffe d'un grand chef.

«Bonne reine ou pas, elle n'est peut-être pas prête pour ce que le bâtard de Pallas a en réserve.

Flint lança un sourire glacial et sortit son poignard pour tester la netteté de la lame contre sa peau. «Non, mais nous le sommes. Et il ne rencontrera pas un enfant non formé sur le champ de bataille, il rencontrera une armée qualifiée. Il fit une pause et se pencha en avant. «Et il rencontrera elle-même la grande reine dragon.

Magmas reposa la chaise sur tous ses pieds. Ses yeux se plissèrent un peu, «Et j'ai enfin la vengeance qui m'est due.»

Chapitre 13:
Ethan

Son cœur frappa sa poitrine. Elle ne pouvait pas vraiment être sérieuse de renommer tout ... n'est-ce pas? Il devait réfléchir et le faire vite. S'il parlait, il pourrait gagner sa confiance et peut-être qu'elle le garderait à son service ...

... puis encore si son oncle l'a découvert ... Non, pas si ... Quand ...

... Non, il n'oserait pas y penser. Gardant sa voix basse... juste à peine un chuchotement au-dessus d'un murmure, il répondit: "Mes excuses mais on m'a dit de ne pas parler."

Elle avait un joli visage. Presque gentille et elle avait l'air presque amusée quand elle parlait. Peut-être qu'elle ne le croyait pas, ne croyait pas qu'il était un serviteur. Là encore, peut-être qu'il l'a amusée.

L'espoir a gonflé en lui.

Il était tellement perdu dans ses pensées qu'il ne remarqua presque pas qu'elle attendait toujours une réponse. Très vite, il regarda par la fenêtre. Ils ne pouvaient pas encore être là, d'une manière ou d'une autre, ils avaient parcouru deux heures de distance en quelques minutes seulement? "Nous sommes au sud de la flèche, près du lac sans fond. La ville de Manticora est à l'ouest. Malgré son nom, la ville peuplée a un bon mélange de bas-nés et peu de Manticora." Prenant une inspiration, il se détendit et espéra que ce serait la fin de la conversation. En un clin d'œil, il savait que ce ne serait pas le cas.

«Savez-vous quels bas-nés vivent là-bas?

"Euh ..." Oh merde. Qui vit ici? Je ne sais pas. Mais je ne peux pas dire ça. Une autre inspiration rapide et il ferma les yeux et se frotta la tête. «Étant aussi près du lac, je pense que vous trouveriez des sirènes, des Charons peut-être. Le Charybde réside dans le lac lui-même. Méchante bête. Ils envahissent la plupart des voies navigables depuis un certain temps maintenant. À moins que quelqu'un ne trouve un moyen de les supprimer. Ce qui était tout à fait possible, "Les hippocampes ont tendance à rester près de l'eau sinon dedans." Il s'arrêta, "Dans la ville de la nuit, je pourrais vous parler des hauts-nés qui y résident . Je connais beaucoup d'entre eux. "S'il vous plaît laissez-moi prouver que je suis un atout. S'il vous plaît.

Elle avait l'air de réfléchir. Pesant ses options, alors ... "S'il vous plaît. Je n'étais pas sûr si la ville avait été reconstruite ou non. Ma tante n'avait pas pu le savoir avant de m'envoyer ici."

Je vous remercie, "Ce n'est pas aussi grand qu'avant l'incendie." Ou du moins selon ceux qui s'en souviennent, ce n'était pas le cas. "Mais il avait été en grande partie reconstruit. Les Hauts-nés ont tous des maisons près du château. Ils ont tendance à se battre pour savoir qui peut avoir leur maison plus près. C'est assez ridicule si vous y réfléchissez. Puisque leur statut est maintenu en restant bien vos bonnes grâces et n'avoir rien à voir avec combien d'argent ils ont ou quels pouvoirs ils ont. " Oh, douce obscurité que je décolle.

"Je n'y ai pas pensé."

"En tant que serviteur, je suis capable de voir des choses que la plupart prétendraient ne pas remarquer." Pourquoi ai-je juste dit ça? Les serviteurs voient tout et ne savent rien. Tout le monde le sait et admettre le contraire ... Merde ... Je veux sauver ma propre peau pour ne pas trouver un moyen plus élaboré de mourir.

«Vous êtes un serviteur mais votre oncle est mon mandataire? Comment est-ce possible?

Elle avait l'air méfiante à propos de quelque chose. Pas pire, elle avait l'air énervée. Je dois arranger ça ... peut-être de mes parents ... "Mes parents sont morts sans le sou selon mon oncle. Je paie leur dette puisqu'ils ne peuvent pas."

"Je vois."

Merde."Je m'excuse, vous vouliez savoir qui résidait dans la ville." Avec son hochement de tête, il ferma les yeux une fois de plus. "Il y a une Empousa qui gère le service de jumelage pour les Hauts-nés. Bien sûr, si vous ne pouvez pas la payer, elle peut essayer de vous préparer son dîner."

«Empousa?

"Un vampire hybride. Leurs cheveux sont généralement rouges comme le feu. Les jambes ressemblent à une statue de bronze et ils ont tous des pieds d'âne. Bien sûr, ils ont tous un caractère méchant pour démarrer."

"Bon à savoir. Alors, pas de réelle capacité alors?"

"Non, ils aiment juste la viande fraîche et le sang."

"Génial." Son ton n'avait pas l'air content. Pourtant, elle n'avait pas l'air folle non plus. Presque comme si elle pensait à ce qu'elle allait faire avec tous ceux qui avaient besoin de sang frais pour survivre.

«Il y a une famille de Manticores. Vous devez les regarder. Ils tirent des pointes de leur queue sur ceux qu'ils croisent. Je pense que c'est leur idée de divertissement. Pas grand-chose en termes de cerveaux, cependant. Bien sûr, les Minotaures non plus Les Telkhines dirigent les ateliers de métal. Deux Typhons siègent maintenant au conseil. Personne n'ose les franchir. Bien que je ne sache pas pourquoi ils sont ici plutôt que dans le marais des marais.

«Ensuite, vous avez les Spectres. La plupart sont simplement méchants au lieu d'être soumis. Les danseurs du feu restent dans des maisons en pierre et ne se soucient pas de qui ils brûlent lorsqu'ils sont dehors. Les télépathes possèdent la plupart des magasins. Ensuite, vous avez mon oncle. Autant que je sache, il est le seul hybride Wendigo vivant. Mais je ne sais pas avec quoi il est hybride. "

"Tant de gens vivent de sang frais que je suis surpris qu'ils puissent vivre dans la même ville." Oui, il avait raison. Elle essayait juste de comprendre les choses. Alors peut-être qu'il lui a été utile après tout.

«Oui, eh bien je n'ai pas dit qu'ils s'entendaient bien. Mais je suis sûr qu'ils comprendront maintenant que tu es rentré à la maison.

En la regardant tourner son attention par la fenêtre et loin de lui, il se détendit. Ou du moins, assez détendu pour que son cœur se calme un peu. Il lui avait dit tout ce qu'il savait. Tout ce qu'une princesse devrait savoir. Cependant, il ne pouvait pas lui dire comment les magasins fonctionnaient. Comment il y avait une classe de citoyens qui était plus nombreuse que les bas-nés mais qui n'existait pas vraiment. Il ne pouvait pas lui dire qu'il n'était pas seulement un serviteur ... mais moins qu'un esclave. Il n'avait aucune position sociale. Rien qu'il puisse appeler sien. Pas une chemise, ni un lit. Tout ce qu'il utilisait appartenait à quelqu'un d'autre. D'ici ce soir, elle le saurait et il serait puni bien pire que tout ce qu'il avait jamais vécu auparavant, car pour un chien, parler ou même penser à parler devant un haut-né était puni par la torture jusqu'à ce que le haut-né soit convaincu que le l'infraction a été corrigée.

Elle pouvait lui faire n'importe quoi ... ou se faire faire quelque chose pendant qu'elle regardait ... et il ne serait pas capable de crier. Pas tellement penser à crier ou la punition serait pire. Bien pire que ce qu'elle avait déjà imaginé.

Chapitre 14: Nisha

Les murs de pierre grise de la ville sont apparus beaucoup trop rapidement. Elle aurait dû dire à la voiture d'aller plus lentement jusqu'à ce que son humeur se soit suffisamment calmée pour ne pas dire tout ce qu'elle voulait. Oh, mais comme elle voulait prendre Lord Edrich à part et dépouiller la chair de ses os, puis sauver tout le désordre sanglant pour David. Non pas que son cousin mangerait jamais quelque chose qu'il ne s'était pas tué, mais il ferait quelque chose avec juste pour montrer le mépris de l'âne offensant.

Peut-être que David utiliserait la carcasse pour attirer un troll pour son père. Oui, c'était définitivement quelque chose que David ferait. À la réflexion, c'était quelque chose qu'elle pouvait faire elle-même.

Non, elle ne pouvait pas. Du moins pas, avant le couronnement. Après tout, elle devait au moins prétendre être une princesse bien élevée même si ce n'était que pour un jour ou deux. Et à ce rythme, ce ne serait qu'un jour ou deux.

Une autre profonde inspiration et elle regarda passer les magasins. Rien d'extraordinaire. Pas vraiment attiré son attention. À moins que vous ne pensiez que les trottoirs sales et les fenêtres couvertes de boue sortaient de l'ordinaire. Ensuite, dans presque toutes les fenêtres, il y avait de petits signes manuscrits. Plus tard, elle aurait besoin de découvrir ce que signifiaient les petits signes qui disaient «chiens dans le dos», mais pour le moment, elle avait assez de réflexion. Elle en avait plus qu'assez pour la garder occupée jusqu'à l'arrivée de Lilly.

En repensant à Ethan, il avait l'air plus effrayé et inquiet qu'il ne l'avait fait au Spire. Puis il y eut une sensation dans le creux de son estomac qui ressemblait à un avertissement inquiétant que tout ce qui allait se passer ... Elle aurait besoin d'agir rapidement et avec précaution. Bien sûr, elle pourrait ordonner à ses guerriers d'occuper la ville… cela lui ferait gagner du temps pour que sa famille arrive.

Nisha soupira pour elle-même. Il devait y avoir un autre moyen. Un qui n'impliquait pas la venue de morts-vivants dans cette ville. Celui qui lui a fait gagner du temps dont elle avait besoin pour gérer tout ce qu'elle voyait. Et une qui ne lui ferait pas montrer la profondeur de son vrai pouvoir ...

… Tout ce qu'elle avait à faire était de survivre aujourd'hui.

Se redressant devant un énorme château de pierre noire, son cœur lui sauta à la gorge. Non seulement le château était trois fois plus grand que le château Sun-Tear, la flèche et le château d'hiver de Draken combinés ... il y avait de grandes créatures de pierre qui la regardaient. Yeux rouges brillants. Et bien qu'elle soit entièrement faite de pierre polie, elle parierait que sa vie était vivante ... et pas du tout amicale ...

... C'était bien. Elle était en sécurité...

... Shadow était avec elle. Rien ne pouvait la toucher sans être d'abord tué par lui. Rien, y compris un Draken. Pas même le roi des Drakens.

Alors que la porte de la voiture s'ouvrait, Nisha laissa ses yeux flotter jusqu'au grand escalier et à l'énorme double porte en pierre jusqu'à finalement s'installer sur un homme mince et de grande taille en costume noir qui la fixait du haut de l'escalier. Quand son regard fut finalement tombé sur Ethan, ses yeux se plissèrent mais montraient toujours la rage à peine contrôlée.

"Princesse." Sa voix résonnait comme on l'avait dit avec une bouche pleine de roches.

*Cul pompeux.*Tu ne sais pas qui je suis? Non pas qu'elle dirait cela, du moins pas encore. Un salut sec, cependant ... "Lord Edrich, je présume."

Il n'a pas hoché la tête, juste ignoré et a parlé à Ethan à la place. "J'attendais ma voiture il y a plus d'une heure." Quand il remarqua qu'elle s'était offensée, il ajouta en plaçant sa main osseuse sur son cœur. "J'étais inquiet."

*Comme l'enfer tu l'étais. Je sais mieux, espèce de graisse de troll sans valeur. Votre voiture dégoûtée n'aurait pas fait de meilleur temps que celle de ma grand-mère. En fait, je doute que cela l'aurait fait ici du tout.*Non pas qu'elle lui dirait ça, mais les mots lui brûlaient la gorge.Montant les escaliers et ignorant que personne n'avait proposé de l'escorter, elle continua sur un ton qui aurait fait frémir sa tante: "Votre voiture était inadéquate. Cependant, celle de ma grand-mère ne l'était pas. Maintenant, allons-nous entrer dans mon château ou souhaitez-vous débattre de ma décision sur la voiture dans laquelle je préfère être assis? "

Pendant un moment, il la fixa. Il avait payé un prix élevé pour s'assurer que la princesse serait frappée d'incapacité pendant le trajet. Avait payé plus pour obtenir un échantillon de son sang pour le prince serpent. Et maintenant… il était sûr que le chien aux puces avait quelque chose à voir avec ça. "Mes excuses princesse. S'il vous plaît, permettez-moi de vous faire un tour rapide."

"Ce ne sera pas nécessaire. Comme c'est ma maison, je vais l'explorer à ma guise. Maintenant, je crois que vous avez préparé une banquette pour ce soir." Quand il ne répondit pas, elle le passa dans le hall principal. Un autre grand escalier était devant elle avec un ensemble d'immenses doubles portes rouges au sommet. Des portes cintrées menaient à gauche et à droite insultant plusieurs autres portes et couloirs. Un labyrinthe. Merveilleux. Si elle n'était pas déjà énervée, la découverte de son propre labyrinthe l'aurait ravie. Demain serait assez tôt pour explorer ... Quant à aujourd'hui ...

"Le dîner est une tradition pour le dix-huitième anniversaire d'un royal."

Ne se tournant pas encore vers Edrich, elle plissa les yeux et essaya de ne pas montrer la rage qui montait en elle. Si vous me parliez sur ce ton devant ma famille, vous seriez maintenant un dîner pour un Draken. Elle y réfléchit mais réussit à dire: "Et cela se déroule dans la pièce en haut des escaliers. Oui, Lord Edrich ... Je sais." Prenant une inspiration, elle continua, "Ethan, va m'escorter dans la pièce. S'il vous plaît, trouvez-lui quelque chose en raison de sa stature."

"Ethan? Oh, mais princesse ... tu ne préfèrerais pas beaucoup ...?"

Maintenant, elle se tourna brusquement pour lui faire face, ses yeux flamboyants de vraie colère et de rage frémissante. «Ce n'est pas à débattre, monsieur. C'est ma volonté. Et comme c'est mon dix-huitième anniversaire, vous n'êtes plus mon mandataire. Se détournant encore une fois, elle serra les dents et siffla, "Freya?"

«Votre grâce?

"S'il vous plaît, venez avec moi. J'aimerais voir une partie de ma maison avant d'avoir ma première apparition publique dans mon royaume."

Freya s'assura très calmement qu'elle avait assez de marge de manœuvre si Nisha laissait tomber son sang-froid. Puis, très poliment, il a répondu: "Bien sûr. Dois-je dire à vos dames où emporter vos affaires?"

"Pas besoin. Je les appellerai quand je serai prêt."

"Cul autoritaire et pompeux. Comment pourrait-il être mon mandataire? Et regardez ça?" Elle passa son doigt ganté noir sur le bord d'une tapisserie, "Il est presque ruiné. Poussière, acariens et qui sait quoi d'autre a commencé à y manger."

Marchant toujours un pas derrière sa reine Freya a essayé de la raisonner, "Il a été placé dans la position à cause de son neveu, pas parce qu'il était qualifié."

Dans un souffle, Nisha se tourna vers son amie et cracha: "Il n'est pas qualifié pour être un bouffon de la cour et encore moins mon mandataire."

Freya hocha la tête une fois et essaya de ne pas sourire de l'honnêteté de cette évaluation. "Très vrai, cependant, il vous incomberait de le signaler avant le lendemain, lorsque votre famille arrivera."

Cela la fit réfléchir. Dans la matinée, sa tante serait là et elle pourrait lui demander comme une reine à une autre comment gérer le cul. "Je suppose que tu as raison." Tournant un coin et presque franchi un esprit de maison. "Mes excuses ..." Pendant un moment, elle fit une pause et plissa les yeux. Quelque chose clochait dans cet esprit de maison.

"Vous devriez être plus prudent là où vous marchez." L'esprit d'un vieil elfe siffla.

Ce n'était pas le ricanement dans la voix mais la voix elle-même qui disait qu'elle avait raison sur le fait que cet esprit de la maison n'était pas ce qu'elle semblait être. «Vous savez qu'il est très imprudent de se cacher derrière un sort glamour en parlant à la princesse héritière?

L'esprit ne semblait pas déconcerté par l'avertissement. "Je doute que vous soyez jamais plus qu'une princesse héritière."

Et c'était assez de ça. Un petit geste avec son doigt et une fumée blanche remplit la salle engloutissant l'esprit avec elle. Une fois annulée, ce n'était plus un elfe mais un marcheur de feu se tenant devant elle. Peau grise qui ressemblait à de la cendre avec des notes de braises incandescentes. Des yeux qui étaient des flammes plutôt que des yeux. Et ses cheveux n'étaient que des vrilles de fumée coulant juste au-delà de ses épaules. Intéressant, un marcheur de feu ne devrait pas être capable de se transformer en esprit. Un citoyen solide sûr mais pas celui d'un esprit. Sauf s'il y avait des citoyens du Royaume souterrain qui étaient encore des citoyens de Darke. Et c'était quelque chose qui a été interdit après que le premier Fey ait colonisé cette terre. Plissant ses yeux dans de minuscules fentes, elle demanda très calmement: «Maintenant, voudrais-tu me dire pourquoi je ne serai pas couronnée.

"Vous avez brisé mon glamour!"

Lâchant un bâillement ennuyé, Nisha répondit: "De toute évidence."

Elle s'est jetée sur Nisha et a crié: "Salope! Je vais ..."

Encore un petit geste et cette fois pas de fumée blanche mais rouge. Alors qu'il obstruait la

salle, Nisha ferma les yeux et murmura «Lapin».
Quand la fumée s'est dissipée, elle ne savait pas ce
que c'était mais elle savait que ce n'était pas un lapin.

Pendant un moment, personne n'a parlé. Un
instant de plus, Freya attrapa la créature par les
longues oreilles et appartenait à une forme de lapin
qui vivait à Feyen. "Mon je demande ce que tu
essayais de créer?"

"Oh bien, David aime le lapin frais." Elle
haussa les épaules. "Je suppose que les lapins ne se
ressemblent pas ici."

Regardant la créature dans sa main, Freya
l'examina. "Et bien il a le visage et les oreilles d'un
lapin. En plus de la taille ... cependant ... les dents
sont celles d'un vampire? Les cornes ressemblent
plus à celles d'un satyre. Et je ne suis même pas sûr
d'où vient la griffe des orteils. "

"Oui, elle a l'air un peu confuse. J'espère que
ça a le goût d'un lapin ... peut-être?"

"Tu vas vraiment ..." Freya regarda la chose
dans les yeux. "... Tant que vous ne dites pas au
prince ce qu'il mange, je suis sûr qu'il vous donnera
une description précise de son repas."

"Oh, ne sois pas ridicule, tu sais aussi bien
que moi que David ne mangera jamais vraiment ça.
Même lui a des règles pour la nourriture. Comme il ne
mange rien, il ne peut pas identifier. Et puisque cette
chose n'a pas de nom. est sauvé de la table du dîner.
" Prenant une profonde inspiration, elle se permit de
sentir autour d'elle. «Grand-mère m'a dit une fois

qu'elle avait eu une ménagerie. Je crois qu'il devrait y avoir une cage assez petite pour celle-ci. Veux-tu voir si tu peux la trouver? J'ai besoin d'un peu de temps pour réfléchir avant le dîner.

"Bien sûr, votre Grâce. Shadow restera avec vous?" Pas tellement une question mais une confirmation.

Continuant dans le couloir, Nisha appela par-dessus son épaule: "Oh, j'ai presque oublié. L'ombre n'est pas vraiment une ombre. Il est une ombre. Il était limité dans ce qu'il pouvait faire pendant qu'il était en Lite. maintenant il n'est pas limité. "

Freya recula d'un pas. Une nuance? Et l'ombre réelle? Ils étaient indomptables. Sa respiration se coupa. Les ombres ne recevaient les ordres de personne… en fait, elles n'aidaient ni les vivants ni les morts. Si c'était son cher ami alors et alors seulement Nisha serait en sécurité …

Cependant, si c'était une autre. Si c'était celui qui ne lui était pas lié bien avant la Grande Guerre ...

Méfiante, elle recula dans le couloir pour surveiller une ombre qui ne devrait pas être là. Un flottement dans l'air. Tout ce qui dirait qu'un Shade était proche. Ses yeux ne quittaient jamais le dos de Nisha jusqu'à ce qu'elle ait disparu dans un autre couloir.

Une seule race est devenue Ombre après la mort. Ils avaient été de féroces chasseurs aussi bien que des guerriers. Elle pouvait s'en souvenir clairement avant sa propre mort. Elle pouvait clairement se rappeler comment ils n'avaient jamais été contrôlés que par une seule reine dans la vie. La première reine.

Il y avait tellement de danger maintenant que l'on avait choisi de se lier d'amitié avec sa reine. En supposant qu'il n'y en avait qu'un seul qui s'était lié d'amitié avec elle. Sinon… ce serait plus que des ennuis. Cela pourrait signifier la guerre.

Non, cela pourrait signifier que la guerre que sa reine avait prévue il y a longtemps était en train de se produire.

Chapitre 15:
Ethan

Chutant presque de la voiture, Ethan se figea. Lord Edrich le fixait du regard. Le seul regard noir ne le dérangeait pas ... la rage dans ces yeux sombres ... oh oui ... il avait des ennuis ... non ... plus que des ennuis. Ne me laisse pas seule avec lui. S'il vous plaît. Il était inutile de souhaiter que Nisha puisse l'entendre ... inutile de penser qu'elle comprendrait le danger que lord Edrich posait vraiment. Comment pourrait-elle? Après tout, elle venait d'arriver.

Perdu dans sa propre pensée, il entendit à peine la princesse dire: «Votre voiture était inadéquate. Cependant, celle de ma grand-mère ne l'était pas.

Merde. Tu ne devrais pas lui dire ça. Il vous détruira. La panique s'installa. Il devrait attraper sa main et courir. Il devrait le dire à sa garde. Il devrait ... ne rien faire. S'il touchait la princesse, elle le tuerait. S'il trahissait son oncle, il ferait bien pire.

Se forçant à respirer régulièrement, il monta lentement les marches. Surpris que son oncle ne l'ait pas frappé quand il passait, le fit presque s'arrêter à mi-chemin. S'il l'avait fait, il serait frappé à coup sûr. Ou pire, il pourrait être poussé dans les escaliers raides, brisant quelque chose qui ne serait pas réparé avant le mariage, l'empêchant d'être utile à la princesse.

Bien sûr, il n'a pas eu le temps de vraiment regarder autour de lui avant d'entendre la princesse dire: "Ethan, va m'escorter dans la pièce. S'il vous plaît, trouvez-lui quelque chose à cause de sa stature."

Ethan? Le nom signifiait peu pour lui bien qu'il signifiait clairement quelque chose pour son inconnu ... Un bout de mémoire. Une belle femme aux cheveux dorés rayonnants et aux oreilles délicatement pointues ... tenant ... ce devait être lui ... devait être ... il pouvait juste voir ses petites mains atteindre le visage de la femme. «Oh Ethan, mon garçon idiot et idiot.

"Vous ... Qu'avez-vous fait?!?!" Edrich était sur lui à la seconde où la princesse avait disparu dans l'un des couloirs.

"Je ..." Il ne bougea pas son oncle avant que son dos ne heurte le mur de pierre du parcours qui se trouvait derrière lui.

"Vous allez tout gâcher." Son oncle faisait les cent pas devant lui. Se penchant suffisamment près pour toucher presque le nez, Edrich siffla, "Je te tuerais si ce n'était pour l'inconvénient de lui dire à son Altesse votre départ ... Cependant ..." Il se tenait à nouveau devant lui. "... ne pense pas un seul instant que tu vas profiter de la fête. Ou d'ailleurs ne pense même pas à profiter d'un seul souffle que tu seras obligé de prendre."

Sa mère devait faire partie, Fey. Feyen ... Elfe? ... Fée? ... Un autre citoyen de Feyen? ... Mais cela n'avait pas de sens. Tous les Fey High-Born avaient été bannis il y a des décennies. N'est-ce pas? Il ne servait à rien d'essayer de trouver les réponses. Pas maintenant ... mais bientôt. Il devait connaître la vérité même si cela le tuait.

Ethan regarda autour de lui et essaya de trouver un moyen de ne pas faire un pas de plus. Il n'avait pas réalisé qu'il avait réfléchi et ne prêtait pas attention à ce qui se passait autour de lui. Maintenant ... c'était trop tard.

Il était profondément sous la maison de son oncle. Pas dans la cave mais plus bas. Dans une petite pièce, qui était couverte de son sang séché. Ses cris vibraient encore dans la boue et la roche. Edrich lui avait fait des choses viles quand il était venu ici pour la dernière fois. C'était il y a près de cinq ans. Cinq ans et jusqu'à aujourd'hui, c'était la dernière fois qu'il parlait. Cinq ans et c'était la dernière fois qu'il se rappelait avoir vu la vraie couleur de sa peau ou de ses cheveux.

Une poussée par derrière le fit tomber à genoux. Le bruit du feu grésillait dans l'air mais c'était le froid qui était le plus énervant.

"Ses mains et au-dessus des épaules doivent rester seuls. Soyez créatif mon cher le chien a failli ruiner mes plans." Il n'avait pas vu son oncle mais peu importait qu'il comprenne assez bien les mots. Il comprit la colère froide dans le grondement profond de l'homme.

Il ne se permit pas de lever les yeux pour voir le sourire du spectre. N'a pas osé montrer des signes de peur mais cela n'a pas arrêté le frisson quand elle a demandé, "Est-ce que Son Altesse aura besoin de son sang avant le dîner?"

Son Altesse. Le troisième en ligne vers le trône du serpent. La créature qui devait épouser la princesse. L'homme qui s'était régalé de son sang toutes les quelques nuits au cours des trois dernières années. Parfois directement de la veine, d'autres fois d'un gobelet d'or rempli à ras bord. Ils avaient essayé de le saigner à sec pendant ces années. J'ai essayé de le faire mourir de faim ... de le noyer. Brûlez-le vif. Ils avaient fait des choses viles qu'il aurait souhaité pouvoir oublier ... Mais ce soir, ce serait la plus cruelle.

Ce soir, il serait battu, brûlé, fouetté ... cela n'avait pas d'importance ... mais être habillé et obligé de jouer l'escorte de la princesse puis s'asseoir pendant le dîner avec des tables remplies de nourriture et ne pas être autorisé à en faire autant comme toucher. Ne pas boire une seule gorgée de vin dont il était sûr qu'il aurait un goût plus que merveilleux ... Au-delà de tout, ce serait le plus cruel ...

... du moins pensa-t-il.

Essayant de ne pas respirer, Ethan ferma les yeux et essaya de se calmer. La plante de ses pieds avait été fouettée et brûlée, alors juste la sensation de la respiration de quelqu'un lui donnait envie de crier. Donc, se tenir ici, et marcher ... il lui fallait chaque goutte d'énergie pour ne pas s'effondrer ... ne pas crier ... et plus que cela pour ne pas verser les larmes qu'il avait à cligner des yeux.

Dire à quiconque qu'il était malade ou qu'il souffrait était inacceptable. Ne pas escorter la princesse ... bien pire. Elle avait ordonné sa présence, il n'y avait donc aucune excuse acceptable pour ne pas l'escorter.

De minuscules respirations. Des pas lents et délibérés sur le bout de ses orteils ... résister à l'envie de décoller les couches de reliure qui empêchaient le sang de s'infiltrer jusqu'à la chemise était tout ce à quoi il pouvait penser ...

... Tout ce à quoi il se permettait de penser jusqu'à ce qu'il soit soulagé de ce cauchemar et qu'il puisse être seul dans sa minuscule cellule de parpaings qu'il appelait sa chambre.

Ouvrant les yeux, il baissa les yeux et la vit ...

... A vu une vision qui devait être un rêve car il n'avait jamais rien vu de plus beau ni de plus puissant.

Quand elle le regarda, la douleur n'avait plus d'importance. Les gens dans la pièce qui étaient derrière lui auraient pu être à un million de kilomètres. Non, pour le moment, la seule chose ... la seule personne qui comptait était cette vision qui montait les marches. Tout ce qui comptait maintenant était de trouver un moyen d'être à son service aussi longtemps qu'elle le lui permettrait.

Tout ce qui comptait, c'était la rage qui montait dans ses yeux. La rage froide et brutale qu'il pouvait voir brûler dans ces yeux implacables.

Chapitre 16: Nisha

Faisant irruption dans la première pièce qui ressemblait à une chambre, Nisha claqua la porte derrière elle. Ses capacités ne fonctionnaient pas ici.

Non, ce n'était pas vrai. Ils ont fonctionné mais pas comme ils l'ont fait dans Lite. Les résultats ici étaient plus terrifiants que la version raffinée à laquelle elle s'était habituée en grandissant avec sa cousine.

Une voix hésitante sortit de la porte. "Mademoiselle?"

Se tournant brusquement vers la porte maintenant ouverte, elle vit le petit elfe mince qu'elle connaissait depuis des années. Un sourire lent fit trembler ses lèvres. "Souci?"

"Vous devriez commencer à vous préparer pour la fête. Vous ne voudriez pas être en retard."

En retard? Ils ne pouvaient pas commencer sans elle et pour le moment, elle se souciait moins de tous ceux qui pourraient être présents. Là encore, cela lui donnerait le temps de parler à Ethan. Peut-être même en savoir plus sur les activités de la ville de son point de vue.

Et c'était la seule raison qu'elle avait pour aller à n'importe quelle fonction qu'Edrich avait prévue.

Regardant son amie qui n'était pas encore entrée dans la pièce, elle remarqua sa robe. Son sourire sincère maintenant. Bien sûr, son amie et femme de ménage trouverait la seule robe légèrement colorée qui avait l'air bien née et qui serait toujours considérée comme une tenue de domestique. Bien que si elle était vraiment une servante, elle devrait supprimer la bordure dorée sur le bas de la robe. "Oh bien, je suppose que je peux être l'invité aimable pour une nuit."

Faisant un pas complet dans la pièce Marigold appela plusieurs malles en onyx incrustées d'or. «J'ai des femmes qui ont besoin de mon attention mais je reviendrai dans quelques instants pour vous aider à vous préparer. Et Nisha, je ne suis peut-être qu'une elfe de maison mais cela ne veut pas dire que j'aime ramasser tous les vêtements sur le sol. Veuillez essayer de garder au moins certains d'entre eux dans les coffres jusqu'à ce que nous trouvions l'endroit approprié pour eux. " Elle pourrait lui demander de laisser les malles seule, mais cela ne lui servirait guère. Son seul espoir était de demander à Nisha de ne pas faire de dégâts.

Quand Marigold fut presque à la porte, Nisha l'appela: "Hmm, et je pensais que tu allais être ma bonne personnelle." Elle ne faisait que taquiner. Ils avaient grandi ensemble. Ou surtout ensemble puisque Marigold avait au moins dix ans de plus mais n'avait pas l'air d'avoir plus de seize ans.

«Demain, je serai votre elfe de maison personnel. Aujourd'hui, je demande à mon cher ami de ne pas prendre votre frustration sur votre garde-robe.

"Oh bien. Je vais trouver un autre âne pour me transformer en une nouvelle créature."

Surpris par la pensée Marigold a commencé à parler, "Tu ... Non, non, ne me dis pas. Je suis sûr que je ne veux pas savoir." Presque sortie, elle se retourna, "Je ne serai que quelques minutes."

"Allez, je vais bien jusqu'à ce que vous reveniez."

En ouvrant le couvercle du coffre le plus proche, elle commença à sortir des chemisiers et des jupes. "Maintenant, qu'est-ce que je porte à ma fête?" Tenant un chemisier bien ajusté en haut et évasé en bas, elle fronça le nez, «Trop simple». En tombant sur une robe bordeaux, elle hacka, "Oh beurk, pourquoi tante Celeste a-t-elle emballé ça?"

«Nisha?!?!

"Oh, Mari ..."

Arrachant un chemisier émietté de la main de Nisha, Marigold gronda d'une manière que seule elle oserait, "Je n'étais pas partie depuis deux minutes. Deux ..."

Nisha haussa les épaules. "Je pensais trouver quelque chose à porter ... Après tout, c'est ma fête."

"C'est pourquoi je t'ai fait quelque chose de spécial." Observant le désordre devant elle, elle secoua la tête. "Au moins, j'ai une idée de ce qui va dans la cheminée et de ce qui devra être accroché."

"Tu vois, je suis bon pour aider."

"Vous êtes doué pour faire des dégâts avec du tissu. Je devrais demander à David s'il peut vous trouver un vêtement personnel qui puisse choisir vos vêtements pour vous afin que vous n'ayez jamais besoin de toucher une armoire. En fait, j'insiste pour que vous n'en touchiez jamais un aussi longtemps que je supervise votre personnel de maison. "

Roulant des yeux, Nisha sourit. «Vous savez que vous n'êtes pas censé me gronder, je suis une reine.

"Tu as raison en tant que femme de chambre, je ne le suis pas. Cependant, tu es mon ami donc je vais très bien te gronder chaque fois que tu feras un gâchis sans raison. Plus encore quand je dois être celui qui nettoie."

S'allongeant sur le lit, elle fit semblant d'être maîtrisée pendant un bref moment avant de demander sèchement, "Oh bien ... alors ami, qu'est-ce que tu m'as fait porter?"

Plissant ses yeux de couleur lilas, Marigold siffla, "Je ne pense pas que tu le mérites." Pendant un long moment, les deux se regardèrent jusqu'à ce qu'un rire chaleureux remplit leurs yeux. "Mais je vais vous le donner de toute façon." Une bouffée de fumée blanche et ...

Sautant de nouveau sur ses pieds, Nisha prit la robe et se retourna avec elle de joie. "C'est parfait. Comment le saviez-vous?"

«Oui, bien, pendant que nous étions au Spire, j'ai demandé au sénéchal ce que votre mère portait à sa fête. En fait, elle avait écrit, un journal de ce qu'elle pensait que vous porteriez à votre fête de la majorité et avait liste sur liste de qui elle voulait là-bas. Ce qu'ils devaient porter. Et puis il y avait ce dessin ... »Elle le lui remit.

"Ma mère a dessiné ça?" L'incrédulité emplit sa voix. Est-ce que tante Celeste était au courant?

"Ce n'est pas la meilleure interprétation d'une robe, alors j'ai pris quelques libertés avec. J'espère que ça ne vous dérange pas."

Maintenant, elle a vraiment regardé le dessin et la robe. La même maille noire fluide sur le bas qui semblerait être une fine brume noire autour de ses pieds et de ses jambes. La même ceinture de velours rouge pour briser les différentes nuances de matière noire. Bordure dorée autour du col au lieu du blanc qui était illustré. Une ceinture de soie noire traditionnelle pour tenir les épingles de ses réalisations. Des larmes lui obstruèrent la gorge. "Tu m'as donné un cadeau qui compte tellement. Merci."

Jetant ses bras autour de son amie, Mari a chuchoté, "Votre accueil. Je n'ai rencontré votre mère qu'une fois dont je me souviens mais je pense qu'elle serait heureuse que vous ayez choisi de porter quelque chose qu'elle a suggéré."

Essuyant ses yeux, elle ne put que hocher la tête. "Avez-vous découvert combien de p-pins je devrais avoir?"

«Ta mère et ta tante en portaient six. Chaque reine avant elles seulement quatre. Alors, il ne nous reste plus, est-ce que nous annonçons à quel point vous êtes vraiment puissant ou en choisissons-nous juste une poignée?

Touchant légèrement la ceinture, elle laissa les vrilles des ténèbres s'infiltrer autour d'elle. Pendant un moment, elle écouta les chuchotements. Quand elle ouvrit les yeux et se tourna vers son amie, elle redressa les épaules. "Ma mère a fait une erreur en laissant son entourage connaître ses pouvoirs à sa fête. Il n'y a aucune raison pour moi de suivre cet exemple."

"Alors, nous choisissons."

"Non, je choisirai."

Appelant une petite boîte, Marigold la posa sur la petite table à côté d'un grand lit. Lentement, elle ouvrit le couvercle. Plusieurs petites broches. Certains or, d'autres en argent ou pierres précieuses bordaient le fond. Chacun a été conçu pour représenter une capacité et un pouvoir différents qui avaient été maîtrisés. Même les plus qualifiés n'en avaient généralement qu'une poignée à leur dix-huitième année. Très rarement, ils en maîtriseraient même plus de trois ou quatre autres dans les années suivantes. Nisha en avait déjà maîtrisé vingt et était sur le point d'en maîtriser sept de plus. "Ma reine."

"J'ai besoin d'avoir l'air puissant mais toujours incertain de toute capacité majeure."

"Alors, puis-je suggérer de ne pas porter de vêtements qui ne peuvent être maîtrisés que par ceux du Royaume inférieur."

"Oui. Il n'y a aucune raison pour que les citoyens de Darke connaissent mon autre royaume. Du moins pas avant le couronnement." Ou jusqu'à ce que j'en discute avec Lilly.

Pointant du doigt l'une des épingles de cristal, Marigold murmura: "Votre mère et votre père étaient des voyants; cependant, je ne pense pas qu'il soit sage de se vanter de cela."

"Très vrai." Elle fit une pause, "Tu sais que je n'y avais jamais pensé avant, mais ... En tant que voyant, ma mère ou mon père aurait été au courant de l'attaque. Maman, pouvait contrôler n'importe quel feu à la fois naturel et non naturel ... alors comment a-t-elle périr dans un feu? " Une autre épingle à ne pas porter. Les épingles représentant le feu à la fois naturel et non naturel.

Pesant ses mots, Marigold a finalement répondu: "Parfois, les choses ont deux significations. Maintenant pour moi ... et je ne parle que de moi car je n'ai aucune preuve ... mais ... tout le monde a dit que le feu avait pris la reine et tant d'autres. Je Je n'ai jamais entendu personne dire que la reine était morte. Ni qu'aucun corps n'a jamais été retrouvé. "

Une secousse la traversa alors qu'elle inspirait brusquement. "Mari, tu es un génie. Pourquoi n'y ai-je pas pensé?" Elle se retourna puis fit quelques pas. "Demain, une fois Lilly arrivée, nous explorerons le château. Je suis sûre qu'il y a un indice qui a été négligé."

«Dans ce cas, je commencerais par les appartements royaux. D'après ce que j'entends, c'est là que le feu a commencé. De plus, c'est la seule pièce qui n'a encore été touchée par personne depuis cette nuit.

Debout devant un grand miroir, Nisha sourit alors qu'elle était émerveillée de voir à quel point elle était magnifique dans la robe que sa mère avait conçue. Pourtant, elle ne pouvait pas cacher la mélancolie de sa voix alors qu'elle demandait: "Je devrais avoir une escorte jusqu'à ce que j'arrive au hall principal." Mon père devrait être là pour m'escorter.

Une toux légère et légère de la porte la fit se retourner. Elle ne l'avait pas vu dans le miroir… mais… Oh… comme elle l'avait souhaité.

C'était le plus bel homme qu'elle ait jamais vu. Eh bien, si vous avez dépassé le fait qu'il était entièrement constitué d'une fine brume. "Ma reine." il fit un salut bas et attendit qu'elle le reconnaisse.

"Ombre?"

Sa voix d'un bois profond mais aussi doux que le vent, "Mmm. L'ombre est ma ... ce que vous appelez la race. Ce n'est guère mon nom, ma chère."

Oh mon. Elle avait hâte de savoir ce qui serait différent entre une ombre et une ombre mais rien ne l'avait préparée à cela. Elle pouvait voir que son costume était un miroir de qualité supérieure. Pourrait juste distinguer l'endroit où se trouverait une broderie. Puis il sourit, révélant des dents si blanches qu'elles semblaient être des pierres polies. Encore un instant, elle remarqua les hauts finement pointus qui ressemblaient à des rasoirs. Quand il parlait, elle en voyait plus ... elle vit trois rangées de ces dents finement acérées. "Tu aurais vraiment pu avoir David pour une collation si tu le voulais."

«À mon avis, les Drakens, même en partie les Drakens, sont beaucoup trop osseux pour faire un repas décent. Mais ils ont un goût agréable. Il fit ce qui semblait être un pas dans la pièce. "Si vous préférez, je peux rester comme une ombre."

"Comme l'Enfer tu l'es. Regarde-toi. Juste la vue d'une Ombre devrait être un avertissement suffisant ... bien après demain. Si ça ne te dérange pas." Pendant un moment, elle le regarda faire quelques pas vers elle. Pour un œil non averti, il faisait un pas complet mais elle voyait la vérité. Quand il fit un pas, la brume disparut de la jambe qui se trouverait derrière lui et se remodela devant lui presque si parfaitement qu'elle ne l'avait presque pas remarqué. "C'est incroyable."

Shade fit une pause, "Qu'est-ce que c'est?"

Sa voix la submergea. S'il n'avait pas été lié par le sang à elle, elle savait qu'elle tomberait en transe ... savait que ceux qui le feraient deviendraient son prochain repas. Souriant vivement, elle répondit: "La façon dont tu bouges. C'est vraiment mémorisable."

"Je devrais l'espérer. Cela rend la recherche de mon prochain repas beaucoup plus facile."

«J'ai votre parole que vous ne ferez un repas d'aucun citoyen à moins que je ne dise le contraire.

«Je n'ai jamais fait de repas avec des invités. Cependant, vous avez ma parole, je ne mangerai aucun âne offensant à moins que vous ne le souhaitiez.

De toute évidence, ils pensaient tous les deux à Lord Edrich. Il lui suffisait de sourire.

En marchant avec Shade, elle a pu voir des choses qu'elle n'avait pas remarquées avec Freya.

Pas que quelque chose importait pour le moment, mais des choses sur lesquelles elle aimerait revenir et admirer leur rare beauté. "Alors, comment aimeriez-vous être appelé? Ou est-ce que Shade fonctionne?"

Pendant un long moment, il ne répondit pas: "Cela fait trop longtemps que je n'ai pas utilisé de nom."

«Ça vous dérange que je vous demande combien de temps?

"Près de deux mille ans donnent ou prennent un siècle."

Elle attendait une décennie ou deux, pas deux millénaires. "Oh wow."

"Hmmm. En vérité, ce n'est pas ma vraie forme. Sauf pour les dents."

"Me montreras-tu?"

"Plus tard ma chérie. Tu as beaucoup à prendre ce soir pour être distrait par ma vanité."

"Vous êtes des dents. Elles ressemblent aux photos du Serpent ... homme ... un ... déchiré?"

«Nous avons des dents similaires mais à peine les mêmes. Peut-être devrions-nous commencer par mon nom. J'ai été appelé une fois Gwydion. Mon peuple s'appelait autrefois Eostre. "

"Fascinant."

Pendant un moment, Gwydion fit une pause puis demanda très soigneusement, "Est-ce que c'est?"

"Oh oui. Lilly et moi avons débattu une fois de l'existence de l'Eostre. Elle a dit que c'étaient des contes de fées. J'ai dit qu'il devait y avoir du vrai dans les contes car ils étaient trop détaillés pour être simplement inventés."

"Oui, moi aussi j'ai entendu les histoires. Beaucoup laissent beaucoup de côté. Un jour, nous parlerons du passé. Pas aujourd'hui."

Encore une fois, elle regarda ce qu'il avait choisi de porter. Très faiblement, elle pouvait voir une bague ou l'ombre d'une bague sur sa main droite. "Vous étiez un haut-né."

Encore une fois, il fit une pause. "Vous voyez plus que la plupart."

"Oui, je suppose que oui."

Après avoir été lié à elle presque depuis sa naissance, il avait déjà appris l'une ou l'autre des réponses ou elle trouverait quelque chose de beaucoup plus inconfortable de parler. Heureusement, jusqu'à présent, il n'avait jamais été celui qui avait une de ces conversations. "J'étais autrefois le roi. Le dernier roi de mon peuple."

La véritable inquiétude et le chagrin emplirent sa voix alors qu'elle demandait: "Oh. Puis-je demander ce qui arrive à votre peuple?"

«J'ai été trahi par quelqu'un en qui j'avais confiance. Ne t'inquiète pas ma chère, cette personne n'a pas survécu à sa trahison. Je regrette seulement les vies innocentes qui ont été perdues ce jour-là.

"Y a-t-il quelque chose que je puisse faire? J'ai une très bonne amitié avec beaucoup de gens dans le Royaume souterrain."

"Non, ma chère. Nous avons tout ce dont nous avons besoin." S'arrêtant une fois de plus, il se tourna vers elle. «J'étais ici la nuit de l'incendie. Je n'ai rien fait pour aider. Peut-être aurais-je pu. Bien que je ne sache pas quoi.

«Tu es venu me voir cette nuit-là. Elle savait qu'une ombre lui était venue cette nuit-là. Sa tante n'a mentionné qu'une seule fois il y a quelques années.

"Oui."

"Vous avez choisi de vous lier à moi et de me protéger. Vous l'avez fait avec quelqu'un qui demande ou ne demande rien en retour. Alors, ne vous blâmez pas pour ce qui s'est passé dans le passé."

"Vous êtes un cadeau rare, ma reine." Il lui tapota la main. "Il y a une chose que vous devez savoir. En tant que roi, j'en ai encore beaucoup qui me sont liés par le sang. Même dans la mort, cette liaison ne se fane pas ... pas complètement. Ils peuvent ne pas prendre mes ordres ou même me considérer leur roi ... mais ils sont liés à vous ... complètement. Si jamais vous êtes en danger, vous avez plusieurs dizaines d'Eostre prêts à protéger et à détruire tout ce qui pourrait vous menacer. La soif de sang qu'ils possèdent maintenant les rend très dangereux pour ceux qui s'opposeraient à vous. " Il recula d'un pas et se fondit dans une ombre qui se glissa le long du mur.

Nisha attendit qu'il disparaisse de sa vue puis murmura: «Merci Gwydion. Je m'en souviendrai.

Pendant plusieurs longs moments, Nisha se maudit d'avoir choisi une pièce si loin du foyer principal. À l'époque, cela avait semblé être une idée novatrice… À l'époque, elle avait besoin d'être loin de la salle de bal et de Lord Edrich. Mais maintenant… étant si loin… c'était plus que frustrant. Pendant quelques instants de plus, elle grogna contre elle-même et jura d'épeler une chaise pour la faire flotter d'un côté du château à l'autre. Enfin, elle vit la porte cintrée qui la conduirait à sa fête. Si elle pouvait même appeler cette farce ou un rassemblement une fête. Après tout, une fête était où vous vous mêliez à des amis sans vous laisser regarder par des gens qui ne se souciaient vraiment pas de qui vous étiez… que vous soyez leur reine ou non. Des gens qui la verraient morte avant de lui permettre de remettre le royaume en ordre.

S'arrêtant à une autre porte cintrée, elle regarda le grand escalier vers où se tenait Ethan et la regarda ... attendant. Un second regard et elle n'aimait pas ce qu'elle voyait. Elle avait dit à Lord Edrich de trouver des vêtements appropriés à Ethan. Au début, coup d'œil qu'il avait. Mais cela avait été à première vue.

Gardant ses pas prudents et délibérés, elle monta prudemment les escaliers. À mi-chemin, elle pouvait voir les bords d'un autre sort d'illusion. Faisant quelques pas de plus, elle se figea, se permettant de vraiment voir au-delà du sort et de voir la vérité. Se permettant de voir la veste en lambeaux, la chemise habillée de crasse et les chaussures couvertes de boue qu'elle savait presque instantanément et qui étaient, au moins, d'une taille trop petite. Puis elle regarda profondément dans ses yeux bleu nuit et vit la douleur qu'il essayait de cacher. Paniquée et enragée, elle a gravi les quelques marches restantes. Haletant, elle a demandé "Est-ce que ça va? Que s'est-il passé?" Et donc, aidez-moi si Lord Edrich a quelque chose à voir avec cela.

"Je ..." Prenant une inspiration irrégulière, Ethan s'arrêta. Un mensonge serait si facile. Il l'avait dit mille fois mais jamais à quiconque pouvait l'aider. Mais lui mentir? Il ne pouvait pas s'empêcher de respirer, encore moins lui dire un mensonge. Il savait juste qu'il ne pouvait pas. "Je serai bien dans quelques jours."

Cela s'est déjà produit et il ne veut pas que je sache. «Edrich fait cela. »Pas tant une question qu'une confirmation.

Il secoua la tête puis murmura doucement: "Il a seulement donné l'ordre. Sa maîtresse était extrêmement fière de réaliser ce qu'il lui avait dit de faire."

Se retournant brusquement, elle avait la ferme intention de faire irruption dans la salle de bal en apportant chaque once de pouvoirs terrifiants avec elle. Appeler les morts-vivants et leur donner libre cours dans tout Darke. Bon sang, elle pouvait invoquer la foudre dans le ciel, ou le feu qui faisait rage dans les foyers et emmener chaque personne dans cette pièce avant même d'avoir une pensée sur ce qui allait se passer. Une main chaude et tremblante sur son coude était la seule chose qui l'empêchait de le faire. Très calmement, elle parlait d'une voix mortellement calme. Une voix qui terrifierait n'importe qui au sein de sa famille et avec raison. «Ethan, lâchez prise.

En vérité, il l'a presque fait, mais quelque chose au plus profond de lui-même l'a empêché de le faire. "Je vous remercie pour votre inquiétude, princesse. Mais ce n'est pas nécessaire."

Inutile? Comme l'enfer c'était. Et Edrich, ainsi que le reste de Darke, l'apprendraient rapidement. Mais peut-être pas ce soir. Peut-être que ce soir, elle céderait simplement à la demande d'Ethan une fois qu'il serait niché dans un endroit sûr… alors… et alors seulement elle prendrait soin de ceux qui avaient osé lui faire du mal. "Très bien. Je ne ferai pas de scène sur votre apparence. Du moins pas ce soir." Maintenant, elle lui faisait face. Elle pouvait voir la peur dans ses yeux. Pas peur d'elle, décida-t-elle, mais de ce qu'elle ferait. Les deux étaient complètement différents. "Cependant, vous n'êtes plus sous le contrôle de votre oncle. Vous êtes un membre de ma maison. Si lui ou quelqu'un d'autre a un problème avec cela, je serai plus qu'heureux d'en discuter avec eux."

"Mais mais…"

S'assurant que sa voix avait toute l'autorité qu'une reine devrait avoir, elle dit très calmement: «Ce n'est pas à débattre, Ethan. C'est à moi de le faire. Et c'est quelque chose que j'aurais dû faire avant de quitter le Spire. "

N'ayant rien d'autre à dire, il baissa la tête. Un soulagement écrit sur son visage aussi clair que le jour. "Je vous remercie."

Elle était venue habillée pour ne pas se vanter de ses capacités. Elle n'avait pas vraiment décidé de partager quoi que ce soit avec Ethan avant le mariage ... mais ... lentement elle toucha son esprit avec le sien. C'était dangereux si on ne savait pas ce qu'ils faisaient. Même alors ... très peu choisissent de l'utiliser. Encore moins utilisé pour communiquer plutôt que pour contrôler la personne avec laquelle ils s'étaient liés. Sachant cela, elle se permit un moment pour reconnaître sa peur de ce qu'elle faisait. Il savait qu'il s'attendait à un sort bien pire que les coups qu'il avait déjà reçus. Ethan

Il ne lui fallut qu'une respiration pour répondre. C'était quelque chose qui aurait dû lui prendre beaucoup plus de temps à moins qu'il ne traite lui aussi cette rare capacité. Pr-princesse?

Tu n'as aucune raison de me craindre.

Je ne comprenais pas vraiment ce qui se passait ou comment le contrôler. L'esprit d'Ethan retourna à tout ce qu'on lui avait dit. Revenons à toutes les tortures qu'il avait subies. Son esprit retraça chaque once de douleur qu'il avait été forcé d'endurer. Son esprit bourdonnait d'images, de souvenirs d'avoir été incendié ... presque noyé ... des moments où son oncle et d'autres avaient essayé de le saigner à sec. À chaque image, sa rage s'accentua jusqu'à ce qu'elle soit prête à éclater.

Maintenant, elle comprenait la peur. Plus tard, elle s'occuperait de ceux qui lui avaient fait du mal. Et bien ... bien plus tard, elle permettrait à sa fiancée de vraiment comprendre ce lien qu'elle créait pour lui. Mais pas aujourd'hui ... Très doucement, elle plaça son long doigt étroit sous son menton, "Ethan?"

Tout ce qu'il a fait, c'est avaler une fois.

À peine au-dessus d'un murmure, elle parla doucement, "Est-ce que tu iras bien pendant quelques instants dans cette pièce?" Indiquant la double porte devant laquelle ils se tenaient. S'il disait non, elle n'hésiterait pas à l'emmener dans un endroit sûr, puis détruisez chaque personne dans cette pièce.

Bon sang, même s'il disait oui, elle le pourrait encore.

Avalant fort, il força à sortir, "Oui."

Sa peur la rongeait mais elle devait s'assurer quoi qu'elle fasse, qu'elle n'aggrave pas cette peur. D'une manière ou d'une autre, elle devait s'assurer qu'il savait qu'il était en sécurité avec elle. «Vous avez ma parole, nous ne resterons que le temps de faire quelques petits dérangements, puis nous verrons ce qui doit être réparé ce soir et ce qui peut attendre que mon cousin arrive.

Une fois de plus, il attrapa son bras. Cette fois pour de bon, "Ne mangez rien. Vous ne pouvez pas faire confiance à la nourriture. Ne faites jamais confiance à ce que vous n'avez pas vu vous-même préparé. Je sais pertinemment que certains plats sont empoisonnés et d'autres ... le poison serait trop gentil . "

Maintenant, elle laissa un sourire commencer à recourber ses lèvres. «Ma chérie, je n'avais aucune intention de manger quoi que ce soit que mon cuisinier personnel n'a pas fait de ses propres mains. Mais je vous remercie de votre inquiétude. Inutile de lui dire que le poison ne lui ferait pas de mal, du moins pas depuis qu'elle est devenue la reine du royaume inférieur. Il ne sert à rien non plus de lui dire que d'autres additifs auraient très peu ou pas d'effet sur elle... et cela depuis la naissance. Non, ça ne servirait à rien… pas quand il ne pourrait pas comprendre.

"Et ..." Ethan prit une profonde inspiration puis la laissa lentement sortir, "Le prince serpent est là. Il a déjà tué au moins trois de ses frères et sœurs. Il est actuellement troisième sur le trône. Attention, il est très dangereux. Plus que tout autre de son royaume. À moins que vous ne comptiez son père. "

Eh bien, elle aurait juste à voir à ce sujet. Un moment pour réfléchir à ce qu'elle ferait avec le prince fautif. Puis une pensée qui l'apaisa… elle se demanda si son oncle aimait le goût du serpent.

Lorsque les portes de la salle de bal s'ouvrirent, Nisha retint son souffle. La pièce était beaucoup plus grande qu'elle ne l'avait supposé. Trois étages de haut. Chaque étage s'ouvre au centre sur la pièce du dessous. Et chaque étage a d'énormes piliers de pierre pour maintenir le sol au-dessus et une sorte de sortilège pour que les gens puissent sembler danser dans les airs tout en permettant une vue sur le rez-de-chaussée. Plus tard, elle explorerait chacun des autres étages mais ce soir ...

Elle prit le bras d'Ethan. Ce n'est que lorsqu'il a pris une profonde inspiration de douleur qu'elle a touché son esprit, Désolé.

Il ne répondit pas seulement fixa ses yeux sur la longue table qui reposait sur la longue plate-forme qui se trouvait à plus de trois marches plus haut que le rez-de-chaussée. Enchaînant sa peur, Ethan se força à rester complètement passif.

Étant liée, elle pouvait voir où il regardait mais elle se permettait toujours de suivre son regard même si elle n'en avait vraiment pas besoin. Lord Edrich parlait à un homme grand et mince qui, même de cette distance, pouvait voir les écailles sur la nuque malgré le sort d'illusion. "Est-ce que quelqu'un ne porte pas de sortilège glamour?" Tous les citoyens qui se tenaient sur les marches ont dû entendre sa question puisqu'ils ont jeté un regard sur elle et se sont précipités avant qu'Ethan ne puisse répondre.

"Non." Il fit une pause et baissa la voix en disant: «Tout le monde est convaincu que personne ne peut voir au-delà d'eux. Bien sûr, quiconque dit quoi que ce soit à leur sujet est puni.

"Je vois. Eh bien, il semble que ma petite perturbation sera un peu plus divertissante une fois que je les briserai."

"Pause? Oh, s'il vous plaît soyez prudent, princesse, il y a des gens très dangereux dans cette pièce et chacun d'eux est un tueur."

Lentement pour ne pas faire bouger Ethan plus vite qu'il n'était à l'aise, ils se frayèrent un chemin à travers une mer de gens. Aucun membre de la foule n'a incliné la tête ou n'a montré le moindre respect qu'il devrait avoir. Cela aussi pourrait attendre le matin. Après tout, elle avait déjà compris pour quoi elle avait besoin d'aide. Bien sûr, sa ruse de ne porter que cinq de ses épingles semblait fonctionner puisqu'elle pouvait entendre plusieurs personnes chuchoter sur sa faiblesse ou sur le fait que sa mère était deux fois plus douée. Bien que les commentaires sur la facilité avec laquelle il serait de la tuer ne soient pas passés inaperçus.

*Laissez-les penser ce qu'ils veulent.*Nisha s'arrêta juste hors de portée de l'homme qui allait être sa première partie du petit trouble, "Lord Edrich". Sa voix à la fois ennuyée et agacée. Rien de ce qui faisait allusion à ses vrais sentiments n'a été révélé dans ces deux mots simples.

Ce n'était pas Lord Edrich qu'elle la salua mais le prince se retourna, "Ah, princesse, c'est bon de vous rencontrer."

Un bon glamour pouvait cacher beaucoup de choses, mais même les meilleurs ne pouvaient pas cacher une langue fourchue. «Prince Ciron, je présume.

Son sourire était tout sauf charmant. "Je ne savais pas que tu savais que j'étais présent."

En passant devant lui, Nisha répondit: "Quelle folie de votre part de penser que je n'avais pas été informée. Cependant," Elle se retourna vers lui après être montée sur l'estrade. "Je crois que ma mère a interdit à tous vos parents de venir de Darke, alors je suis curieux de savoir comment vous êtes ici? "

La foule se rassemblait pour écouter et regarder ce petit drame. Personne ne semblait penser qu'elle, la princesse, serait la gagnante. Voyant cela, elle sentit Ethan l'appeler et entendit l'avertissement dans sa voix. Princesse.

Croyez-moi.

Ciron écarta sa question avec beaucoup d'enthousiasme. "Oh, le conseil a ressuscité il y a quelques temps."

"Je vois. Dans ce cas, je voudrais une copie du traité qui m'est présentée le matin. En attendant, nous pouvons nous asseoir et profiter des festivités." Elle fit une pause. Il était d'usage pour le chef de la famille royale de s'asseoir au centre. Son conjoint à droite et l'héritier à gauche. Depuis que sa mère et son père étaient partis ... Elle prit la place de sa mère et tapota le siège à sa droite, "Ethan, rejoignez-moi s'il vous plaît."

"Princesse, votre siège ..."

Très calmement, elle se redressa. "Lord Edrich, Comme je vous l'ai déjà expliqué, comme j'ai dix-huit ans, vous n'êtes plus le mandataire et n'avez aucune fonction dans cette salle ou à ma table. Vous, monsieur, êtes excusés."

Edrich claqua, "Tu n'es pas encore couronné ma chère."

"Très vrai, cependant, ma tante sera ici le lendemain et supervisera tout ce qui doit être pris en charge jusqu'au couronnement."

Le prince Ciron se pencha sur la table et la regarda profondément dans les yeux. "Je pense que ce serait déplacé."

N'importe qui d'autre aurait été la proie de ce regard mortel, elle laissa cependant échapper un bâillement ennuyé. Une légère touche de plume s'enroula autour de sa cheville. Son cher ami de l'ombre ou peut-être celui qui lui était toujours lié, comme elle était plus que sûre. «Ombrez mon ami, veuillez demander à Freya d'escorter le prince Ciron au donjon jusqu'à ce que je puisse m'occuper correctement de lui. Puis au prince, qui avait l'air confus de ne pas avoir été affecté par sa transe. "Je ne prends pas à la légère les gens qui essaient d'utiliser la force pour me forcer à faire quelque chose que je ne ferais pas autrement."

Une fine brume monta sur la chaise à sa gauche et une forme sombre commença à se former. Pas sa chère amie mais une autre nuance. Cette femme. De longs cheveux plumeux et des griffes acérées pour les doigts, "Votre garde est en route. Y a-t-il une aide que je puisse offrir?" Elle se rassit et croisa ses doigts en s'assurant que ses yeux étaient maintenant verrouillés avec le serpent. Sans doute évaluer son prochain repas.

La pièce s'emplit d'un halètement collectif. Ni Shades ni Shadows ne viennent aussi loin au nord. En fait, la plupart sont restés dans les ruines des os. Sinon dans les bois mystiques eux-mêmes. Mais jamais près du château. La vue de l'un justifiait la prudence. Le fait que ... elle ... offrait de l'aide à la princesse ... était une source de grande inquiétude. Plus encore si la petite princesse pouvait réellement le contrôler.

"Tu ... tu devrais être ..." bégaya Ciron en essayant de s'éloigner de l'estrade.

"Je ne suis pas dupe facilement Ciron." Se levant, elle éleva la voix pour que tout le monde à tous les étages soit sûr d'entendre. "Tous ceux qui sont citoyens des Marais doivent quitter Darke le matin. Quiconque ne tient pas compte de mon avertissement sera mort demain soir. Ceux d'entre vous qui ont des sorts d'illusion de quelque nature que ce soit, je vous le dis, ils ne le font pas. travailler sur ceux de la maison royale de Devros. Se cacher derrière eux ne vous conviendra plus et donc ils sont maintenant interdits aux portes du château. Quiconque osera franchir le seuil en portant un sera donné aux Ombres qui traquent maintenant ces salles . Vous êtes maintenant tous licenciés. " Quand personne ne bougeait, elle ajouta: "Mon cher ami Shade, s'il te plaît, fais ce que tu veux à ceux qui sont dans cette pièce. Ethan, avec moi." Une porte qui avait été cachée derrière elle s'ouvrit avec Freya dans son embrasure qui avait l'air tout sauf satisfaite.

Une fois dans une autre salle, la porte se referma derrière eux et Ethan haleta, "Une ombre?"

«Oh, eh bien, je ne sais pas comment elle s'appelle mais je suis ami avec beaucoup d'entre eux. Ce sont des gens vraiment intéressants. Au moins, le roi l'était de toute façon. Avec le temps, elle pourra peut-être en savoir plus sur les nuances. Non, elle en apprendrait plus sur eux. Survival a exigé qu'elle le fasse.

Chapitre 17 : Adrianna

Adrianna arpentait les limites de sa prison. Non pas que cela ressemblait à une prison, mais une belle suite pour une supposition divine ... eh bien, si vous dépassiez le dôme de verre qui avait été ensorcelé pour qu'aucun de ses sorts ou capacités ne fonctionne. Et le fait que le dôme soit à l'intérieur d'une pièce en pierre sans fenêtre pour voir ne serait-ce qu'un soupçon de lumière du jour rendait le temps passé ici exaspérant. Elle prit une profonde inspiration et fit un autre cercle autour du coin salon, un autre cercle autour du canapé bleu pastel avec une bordure dorée. Puis un autre autour de la pièce oblongue. Un chemin qu'elle avait parfois parcouru pendant des jours. Et d'autres fois juste pour bouger. Mais aujourd'hui, son rythme était dû à l'énergie nerveuse. Dae avait trouvé une issue il y a quelques jours. Un moyen de s'échapper. Bien sûr, elle devait se transformer en souris pour trouver le petit trou ... mais elle l'avait trouvé. Même cela lui avait pris dix-huit ans… Elle l'avait enfin trouvé. Donc, pour l'instant, tout ce qu'elle avait à faire était d'attendre et d'espérer que Dae avait trouvé de l'aide ... ou du moins n'avait pas été attrapée.

Là encore, il n'y avait aucune garantie que Dae puisse reprendre une forme utile une fois qu'elle aurait dégagé le dôme ou la pièce où ils étaient retenus. Son cœur s'arrêta lorsque la porte en pierre qui menait au-delà du dôme d'épeautre s'ouvrit et son ravisseur y regarda. Comme toujours, il était drapé d'une robe vert foncé qui cachait la plupart de ses écailles et ses jambes qui semblaient appartenir à un poulet plutôt qu'à un reptile. Rien que sa vue avait des mots qui lui brûlaient la gorge mais se permettait seulement de dire «Apep».

«Ma chère, où est ta bonne?

Un millier de choses lui traversèrent l'esprit… puis depuis la chambre, elle entendit: «Dis au serpent bâtard qu'il vient d'interrompre un rêve merveilleux. Se retournant légèrement, elle regarda son amie sortir de la pièce de ses cheveux roux ternes et dorés dans un tel désordre qu'il était difficile de ne pas savoir que cela n'avait pas été causé par le sommeil.

S'inspirant de son amie, elle a sèchement dit: «Eh bien, vous la voyez de vos propres yeux. Maintenant, pourquoi êtes-vous ici? Viens jubiler une fois de plus? Oh, je sais, tu es venu voir si j'ai décidé de t'épouser. Elle se détourna de lui et cracha: "Comme si je serais jamais, jamais avec quelqu'un qui me regarde juste me rend malade." Sans oublier qu'elle était déjà mariée. Peu importait que son mari soit vivant ou pas… elle était liée à lui… son cœur était le sien. Comme ce serait toujours même dans la mort. Tout comme le sien lui appartenait.

Ses yeux jaunes se plissèrent dans un accès de colère. "Je viens à sssshare newsssss. Sssssoon mon sssssson sera marié à ta fille. Sssssso naïf, celle-là. Sssssso mûr pour la prise."

Prenant une profonde inspiration, elle se retourna vers lui. Cela ne servirait à rien de discuter avec lui. Inutile de maudire ou de jurer des choses qu'elle n'avait plus le pouvoir de faire. Du moins pas avant qu'elle ne soit libérée de cette maudite prison abandonnée. «Vous oubliez Apep. Ma mère et ma sœur ont élevé ma fille. Puis elle se détourna de lui, ne pouvant plus cacher toutes les émotions qu'elle ressentait. Son cœur avait envie de voir sa fille. Plus encore maintenant qu'elle a reconnu qui avait élevé sa petite fille chérie, puis toutes les années qu'elle a dû passer emprisonnée dans cette prison.

"Je sais. Mes ssssspyss ont regardé pendant de nombreuses années. Non, ma chère, je sais tout ce dont j'ai besoin."

Putain de serpent irritant, il n'avait pas à paraître si suffisant. Au loin, elle pouvait entendre la porte de pierre claquer derrière lui. Une fois de plus, elle était seule ... ou presque seule. Adrianna cria à la seule personne qu'elle lui restait pour crier. "Dae, je t'ai dit de partir."

Sortant complètement de la chambre, Dae fit un pas à quelques mètres de sa reine et de son amie. "Addy vraiment. Je ne suis pas parti depuis toutes ces années, je ne te quitterai pas maintenant." Se dirigeant vers le miroir accroché au-dessus du foyer, elle secoua la tête. "Je serai si heureux quand nous serons libérés de cet endroit. Cet endroit est horrible pour ma peau. Et sans parler de mes cheveux."

"Libre? Avez-vous ..." Hope réchauffa sa voix d'une manière que peu de choses faisaient rarement plus.

"Je sais où nous en sommes. Mais pour le moment, ce n'est pas important."

«Faerydae? À la fois une question et une commande pour tout lui dire.

"Je dois vous dire plusieurs choses, mais d'abord. Quelques bonnes nouvelles. Tout d'abord Apep est un menteur et il ne faut pas lui faire confiance."

Elle le savait. Bon sang, elle le savait avant d'être retenue captive. C'était pourquoi elle avait banni tous ses semblables de Darke. Non pas qu'elle ait parlé à qui que ce soit de ses soupçons; oh non, elle avait utilisé d'autres informations qu'elle avait trouvées… ou plus au point que son cher mari avait trouvé. Mais ce n'était pas important aujourd'hui. Non, ce qui était important, c'était tout ce que Dae avait découvert. Elle tapota le canapé et tapota le siège à côté d'elle. Demander quoi que ce soit à son amie n'a jamais donné de réponses. Mais c'était une Fey. Leur nouvelle était racontée en leur temps et à leur manière. Jamais directement, et jamais lorsqu'on lui a demandé carrément. Alors, elle a plutôt choisi de demander: «Êtes-vous certain que le bâtard ne peut pas nous entendre?

Faerydae se redressa de toute sa hauteur et siffla d'agacement: "Suis-je ou ne suis-je pas un Feyen de troisième génération?"

Elle connaissait son amie et elle ne lui demandait pas où elle était née mais ses lignées. Il y avait plusieurs sortes de Fey. Les fées et les elfes étant les plus courants de Feyen. Mais, les vrais Feyen étaient ceux qui avaient un parent une fée et l'autre un elfe. Et pas seulement un Fey avec des capacités mineures, mais des capacités plus fortes que la plupart. Dans le cas de Faerydae, ses grands-parents des deux côtés étaient Feyen. Ses deux parents étaient des membres éminents du conseil de Feyen et des gens très difficiles. Au fil des ans, elle avait longtemps réfléchi aux raisons pour lesquelles ils n'avaient pas payé de rançon pour faire revenir leur fille ... la raison pour laquelle ils la croyaient morte. "Je suis désolé. Je suis peut-être la reine ici mais pour le moment, c'est toi qui as le pouvoir."

"Très vrai. Même s'il m'a fallu des années pour m'adapter à cet endroit maudit. Mais bonne nouvelle d'abord. Nos chers maris ne sont pas morts, comme l'a suggéré le salaud. Cependant, je ne pense pas qu'ils aient accès à leurs capacités à cette fois."

"S'ils sont vivants, être coupés de leurs pouvoirs serait le seul moyen pour l'un ou les deux de ne pas nous trouver." Cela signifiait également qu'ils étaient plus en difficulté et incapables de se défendre.

"Oui, eh bien ... Je peux dire sans hésiter que s'ils y ont accès, nous aurons deux Feyen très énervés qui sont ..."

"Difficile à contrôler même quand on n'est pas énervé par quelque chose?" Se souvenir de la dernière personne à avoir énervé son mari lui donna un frisson. Heureusement, elle n'avait jamais vraiment connu l'actuelle reine Feyen ni ne le souhaitait après avoir vu ce qui s'était passé.

"Oui et bien. Ton mari est connu pour être mortel lors d'une bonne journée alors que le mien est mieux connu pour être une douleur dans mon cul ... même s'il avait toujours raison."

Après un moment de souvenir de leur vie avant le soulèvement, Adrianna a finalement demandé, "Puis-je vous demander comment vous l'avez découvert?"

Maintenant, Dae sourit. Un tel sourire dément pour un Fey était presque effrayant. Puis elle a tendu la main. Deux bagues en or simples. «Tu te souviens du sort que j'ai jeté avant ton mariage?

Lentement, elle hocha la tête, "Oui."

«Tant que les deux respirent, les deux sont liés à la vie et à la mort. Quand Adrianna n'a pas pris la bague, elle a attrapé sa main et l'a enfoncée sur son doigt. «Vraiment, Addy, tu devrais faire plus attention à mes paroles. Tu dois porter la bague pour comprendre.

Fermant les yeux, elle se laissa ressentir. Pendant une minute, elle ne ressentit rien d'autre qu'un léger bourdonnement. Un pouls doux. Un battement de cœur qui bat avec le sien mais pas le sien. «Myrddin. Ses yeux s'ouvrirent sous le choc "Myrddin?"

"Comme je l'ai dit ... vivant. Mais quelque chose ne va pas. Je l'ai senti quand j'ai trouvé mon

Galeron. Je ne sais pas ce que cela signifie ... encore. Mais ils sont vivants."

Des larmes heureuses lui obstruaient la gorge. "Alors il y a de l'espoir."

Dae se redressa et sourit d'un vrai sourire authentique de la plus pure joie. "Oh, mon cher ami, nous avons plus que de l'espoir car je sais encore une chose avec certitude."

«Vas-tu me le dire, ou devrais-je deviner?

"Vous êtes un devineur terrible sans vos chuchotements, alors je vais vous le dire. La princesse a trouvé mon Ethan."

L'excitation l'emporta sur son meilleur jugement alors qu'elle jetait ses bras autour de son amie. "Alors nous avons plus que de l'espoir."

Puis son sourire s'est évanoui. "Oui, mais nos enfants seront nécessaires pour nous libérer."

Cela ne ressemblait pas à de l'espoir. Cela ressemblait à abandonner. Cela sonnait comme s'ils seraient là pour toujours. "Qu'est-ce que tu ne me dis pas?"

"Nous sommes dans les bois mystiques. Ici, les pouvoirs appris ne fonctionnent pas que les pouvoirs naturels. Mais pire encore, nous sommes enfermés dans l'ancienne maison d'Eostre. Je crains que la seule chose qui nous garde en vie maintenant, ce soient nos ravisseurs. Et pire encore, je Je pense que c'était l'un des sites d'atterrissage des premiers

Fey. Un endroit pour drainer leurs pouvoirs dans la terre. "

Merde. Les bois mystiques sont interdits depuis près d'un millénaire. Pas plus que ça ... Presque deux. Il en était ainsi depuis la grande guerre et ceux qui revendiquaient les bois menaçaient de détruire tous ceux qui osaient entrer. Alors, comment ou pourquoi les serpents avaient-ils la permission d'être ici? Travaillaient-ils maintenant ensemble? Ou les serpents étaient-ils devenus si puissants que ceux qui vivaient ici vivaient maintenant dans la peur d'eux. «Vous ne pouvez pas vous échapper, n'est-ce pas?

Jetant un regard ennuyé à Addy, Dae siffla, "Je ne te laisserai pas derrière, mon cher ami."

Le désespoir emplit sa voix. L'un d'eux devait être libre de cet endroit. L'un d'eux a dû avertir les enfants. "Dae ce n'est pas ce que je t'ai demandé. Si je t'ai commandé ..."

Elle posa un doigt sur les lèvres de sa reine. "Notre évasion se produira quand cela arrivera et non quand vous déciderez."

Bien sûr. Pourquoi penserait-elle que Dae écouterait la raison? "Alors pour ce soir, nous ne parlons plus de notre fléau uniquement dans l'espoir que nos maris sont en vie."

"Oui, et l'espoir que votre fille ait des capacités plus naturelles que sa mère."

Chapitre 18:
Ethan

Le moment où le mur de pierre grise a scellé Ethan a saisi le mur pour l'empêcher de tomber. Il pouvait sentir le liquide chaud et collant qui remplissait ses chaussures et savait qu'il n'y avait aucun moyen qu'il marcherait beaucoup plus loin. En fait, si le bourdonnement dans sa tête ne s'arrêtait pas, il ne serait pas suffisamment conscient pour essayer. C'était le plan de son oncle. Non seulement il a l'air faible, mais assurez-vous qu'il ne peut rien faire pour gagner sa subsistance. Je ne pouvais rien faire que la princesse trouverait utile.

Si ça ne faisait pas trop mal, il se moquerait de lui-même. Rire parce qu'utile ou pas il faisait déjà partie de la maison de la princesse. Il n'y avait rien qu'Edrich pouvait lui faire maintenant pour changer cela. Cependant, ce n'est pas parce qu'il faisait partie de sa maison qu'il pouvait partir sans gagner sa subsistance. Elle ne semblait pas aussi cruelle que les autres hauts-nés, alors peut-être qu'elle le laisserait peut-être commencer à gagner sa vie après l'arrêt du saignement. Une façon de le savoir. "Princesse."

Il la vit tourner vers lui mais ne la vit pas faire la poignée de pas qui la ramena à ses côtés. «Merde, Ethan, pourquoi ne m'as-tu pas dit que tu ne pouvais pas marcher? Nous ne serions jamais allés dans cette farce d'une fête.

"Je ..." Il essaya de reprendre une respiration normale et était à peine capable de le faire sans pleurer à cause de la façon dont ses côtes bougeaient sous la peau. Se donnant un moment pour se stabiliser, il parla doucement. "... je pensais que je pourrais."

"Très bien, je ne vous gronderai pas de m'avoir menti; cependant, vous ne le ferez plus jamais."

Quoi? Gronder ... crier? S'il avait attrapé un mur à la vue de son oncle, il serait battu jusqu'à ce qu'il s'évanouisse. Puis expulsé pour s'évanouir. Crier ne ressemblait pas à une punition mais là encore, il ne voulait pas non plus insister sur le sujet. "Vous avez ma parole."

"Bien." Nisha fit une pause pendant un moment puis soupira. «Si je t'aide à terre, est-ce que tu iras bien pour un moment?

"Je ... je pense que oui."

Une brume noire coulait autour de lui alors qu'il était doucement aidé à terre. «Maintenant je vais trouver une chaise, j'essaierai de ne pas y aller et de prendre trop de temps mais je ne suis pas encore allé de ce côté du château.

"Je vous remercie, mais..."

S'agenouillant devant lui, elle plaça son doigt sous le menton une fois de plus, "Ethan, tu es blessé et tu n'es pas en état de bouger. Maintenant, je peux m'asseoir ici et débattre avec moi pour trouver une chaise que je peux utiliser pour vous amener là où je veux que vous soyez pour la nuit. Ou vous pouvez simplement en débattre avec vous-même car cela fera sans aucun doute gagner du temps sur nos deux parties. "

Il a pensé à protester mais a décidé de ne pas le faire. Après tout, quand avait-il jamais réussi à plaider pour quoi que ce soit et à gagner plus que la punition qui avait suivi? "Merci princesse."

"Oh, c'était autre chose. Je m'appelle Nisha. Tu peux m'appeler par ça. Les titres officiels sont tellement ennuyeux. Je déteste ceux de ma maison qui les utilisent juste pour une conversation causale."

Pendant un moment, il la regarda se lever puis ferma les yeux. "Il devrait y avoir un salon non loin d'ici. Les meubles ne sont pas les meilleurs mais ils devraient convenir à tout ce que vous avez en tête." Peut-être qu'il devrait lui dire qu'il se faufilait dans le palais pour se cacher de son oncle. Peut-être qu'il devrait lui dire où se trouvaient les pièces les plus intéressantes. Peut-être… non, il le lui dirait dès qu'il pourrait reprendre une respiration normale.

"Tu vois maintenant, n'était-ce pas plus facile que de se disputer?"

Chapitre 19:

Nisha

Nisha a attendu qu'elle soit hors de la vue d'Ethan avant de dire, "Gwydion?" La brume tourbillonnait autour d'elle de manière presque ludique avant de se transformer en son amie.

"Ma reine?"

Regardant droit devant elle, Nisha plissa les yeux. "S'il vous plaît, marchez avec moi, je ne fais pas confiance à ceux qui se cachent dans les couloirs."

"Très bien. Deux de mes hommes veilleront sur le garçon ... Ethan."

Elle fit une pause. "Vous avez regardé?"

Il ne se tourna pas vers elle mais fixa ses yeux sur quelque chose de très loin. "Comme une ombre, je peux regarder plusieurs choses à la fois. Comme le salon qui est juste devant. Et le prince serpent qui est dans le palais."

«Un jour, j'aimerais en savoir plus sur vos capacités d'avant la Grande Guerre et maintenant. D'une manière ou d'une autre, je pense que la plupart de ce qui est connu n'est rien de plus que de la spéculation ou de peu de vérité.

"Comme vous le souhaitez, mais je suggère d'attendre après le couronnement. Vous aurez alors beaucoup plus de temps pour parler. Car il y a beaucoup de choses qui n'ont jamais été dites en dehors des bois. Plus de ce qui n'a pas été murmuré depuis la Grande Guerre."

Elle hocha la tête une fois d'accord. S'arrêtant à l'entrée de la porte, elle demanda: "Le prince serpent est-il placé quelque part où il ne peut pas s'échapper?"

«Le prince serpent valorise trop sa vie pour essayer. J'ai demandé à une garnison de vos meilleurs combattants de défendre ce palais. Freya a convenu qu'il y a plus de danger qu'elle ne l'avait prévu.

Nisha trébucha d'un pas en regardant son amie. Freya a rarement accepté tout ce qui n'était pas sa propre idée en premier. En entendant cela, elle ne pouvait pas y croire. "Vous deux ... avez parlé et elle a vraiment accepté?"

Gwydion eut l'air perplexe face à son ton mais répondit d'un ton plus terre-à-terre que désinvolte: «Vous êtes bien trop occupé en ce moment pour considérer tous ceux qui souhaitent vous faire du mal. Cependant, Freya et moi sommes libres pour se livrer à leur jeu. " Il fit une pause et décida de partager un peu plus non seulement sur lui-même mais aussi sur Freya. «D'ailleurs, je connais Lady Freya bien avant sa mort. Et c'était bien des années avant la guerre.

En choisissant de ne rien dire sur l'admission de la durée de la connaissance de ses deux amis de *confiance, elle s'est autorisée à réfléchir à des pensées plus constructives. Des questions sur la façon dont elle pourrait créer sa propre cour. Je me demande si je pourrais faire de l'ombre mon capitaine des gardes? Ou l'avez-vous dans mon conseil? Là encore, c'est mon conseil et je choisis qui en fait partie.*Mais c'était une pensée pour un autre jour. Aujourd'hui, cependant, ils avaient quelque chose à discuter. "Je vois. Alors merci, mais je vous prie de me consulter à l'avenir avant de faire venir ici plusieurs dizaines de citoyens qui ne sont pas ... comment dire cela poliment ... pleinement vivants dans la nuit. Je n'ai pas encore décidé de comment je servira les deux royaumes, mais je doute que permettre à ceux du Royaume inférieur de se déplacer librement conviendrait parfaitement aux citoyens de Darke. "

"Bien sûr, cependant, vous avez déclaré que ceux qui appartiennent au royaume des serpents quittent ce Darke le matin ou seront morts demain à la tombée de la nuit. N'est-ce pas?"

Elle était appâtée ... elle pouvait le sentir, "Oui ..."

«Qui espérez-vous exécuter cet ordre? Ceux sont parmi les vivants et attendent que vous échouiez. Ou ceux qui appartiennent au Royaume souterrain et savent que vous ne le ferez pas?

Elle ferma les yeux, "Merde, tu as vraiment accordé beaucoup plus d'attention à cet endroit que moi."

«Être ce que je suis aussi longtemps que je l'ai a ses avantages, ma chère.

Roulant des yeux, elle fit un pas dans le salon et s'arrêta net. Ethan avait dit que les meubles n'étaient pas les meilleurs mais elle avait espéré qu'ils auraient l'air à moitié décents. Cependant, la chaise rembourrée avec le dossier haut semblait ne pas s'effondrer si elle plaçait un sort de flotteur dessus.

Quelques pas plus près pour l'inspecter et deux yeux jaunes la fixèrent. "Oh wow. Je ne savais pas qu'il y en avait qui pouvaient se transformer en meubles." Elle a dit avec admiration totale.

Restant dans l'embrasure de la porte, Gwydion se cambra en voyant la créature qui avait attiré l'attention de sa petite reine. "Je doute que la créature l'ait fait toute seule."

"Vous voulez dire..."

Lentement, Gwydion entra dans la pièce. "Il y a quelques années, plusieurs créatures, pardonnez-moi, il a été trop long de se souvenir de ce qu'elles étaient." C'était un mensonge, mais ce n'était pas à lui de révéler la vérité.

«Dis-moi juste ce que tu sais… Il doit y avoir un livre ou quelque chose autour d'elle qui puisse me dire le reste.

Il fit un signe de tête de compréhension puis continua: "Ils ont été transformés en ce qu'on appelle communément une Fury. Les créatures sont placées dans des zones communes où des suppositions sans importance ou gênantes peuvent attendre. On s'approche de la Fury en voyant que c'est le seul siège qui semble invitant ... et sera son prochain repas. Cependant, la plupart peuvent vivre des années, voire une poignée de décennies sans avoir besoin d'un repas. "

"Comme c'est fascinant." S'approchant de la chaise ... Fury ... elle s'agenouilla devant. Ses doigts caressent son bras. "Vous ne mangerez pas ceux qui sont assis sur vous. En échange, j'essaierai d'inverser le sort dès que je trouverai le bon qui a été utilisé sur vous."

Les deux yeux jaunes clignèrent de compréhension. Ou du moins, elle pensait que c'était compréhensif. «Voyez, c'était simple. Maintenant, pour mon sort de flotteur ... "Une bouffée de fumée noire et la chaise a été soulevée à un souffle du sol." Splendide. Maintenant pour chercher Ethan et trouver... quelque part... »

Gwydion regarda par-dessus son épaule en hochant la tête vers une brume grise planant près de la porte. «Ton elfe de maison a trouvé une pièce convenable de ce côté du château. Sans doute plus rapide à atteindre que l'autre.

198

Chapitre 20:
Ethan

Ethan ferma les yeux alors que Nisha disparaissait dans le couloir. Cela faisait mal de respirer, mais ne pas le faire n'était pas une option. Essayant de se concentrer sur quelque chose ... tout, il laissa son esprit s'interroger sur le fragment d'un souvenir dont il s'était souvenu ce matin. Il ne savait pas comment mais il savait que Nisha l'avait déclenché ... il espérait seulement pouvoir s'en souvenir suffisamment maintenant.

Lentement, le visage de la femme apparut. Pommettes saillantes. Nez fin. lèvres rouge sang. Était-ce la couleur naturelle ou avait-elle fait quelque chose pour les faire apparaître de cette façon? Pas quelque chose qu'il ne pourrait jamais vraiment découvrir. Pas avec elle morte ...

Prenant une lente inspiration irrégulière, il se concentra sur ses cheveux rouge feu et ses oreilles délicatement pointues. Le sien avait été comme ça une fois ... jusqu'à ce que son oncle décide que les mutiler serait mieux adapté à son but. Il pouvait, même maintenant, sentir le couteau émoussé se creuser dans sa chair. J'entendais les cris qui avaient échappé à ses lèvres ce jour-là, et les larmes qui avaient coulé sur son visage alors qu'il était lié et forcé de supporter la douleur. Obligé de regarder à travers le miroir qui s'était tenu devant lui. Ethan essaya de se débarrasser du souvenir. Mieux vaut ne pas y penser maintenant. Non ... il voulait juste penser à elle ... à sa mère et à son seul souvenir d'elle.

Un petit sourire se crispa sur ses lèvres lorsqu'il vit ses yeux. La même couleur que la sienne ... enfin presque ... la sienne avait ce qui ressemblait à des paillettes étincelantes là où la sienne était une couleur unie. Ou du moins, il pensait qu'ils l'étaient.

«Ethan?

Cette voix légère qu'il connaissait. Doux comme le vent d'été.

Un toucher doux sur son visage. «Ethan. La sensation de velours pur sur sa peau.

Lentement, il ouvrit les yeux sur la voix féminine ... sur la princesse. "Je suis désolé ... je ..." Son doigt pressé contre ses lèvres pour l'empêcher de parler.

«J'ai trouvé une chaise. Et mon ami a trouvé une pièce convenable non loin d'ici.

Chaise? Pièce? Son esprit était trop confus pour vraiment comprendre ce qu'elle lui disait. Oui, ça devait être la réponse puisqu'il était sûr que l'homme qui l'aidait maintenant à s'asseoir n'était pas là depuis un instant. Ou pourquoi la chaise semblait ronronner. Oui, ça devait être la raison.

Là encore, l'homme a disparu dans le brouillard. Une nuance? Une ombre venait de l'aider à s'asseoir sur une chaise qui ronronnait? Oui, il devait être en train de mourir car rien n'avait de sens. Ou peut-être était-ce ainsi que les dignes du Royaume inférieur avaient été emmenés… sur une chaise qui ronronnait escorté d'une ombre. Dommage qu'il n'ait pas pu garder les yeux ouverts assez longtemps pour le savoir.

Chapitre 21: Lilly et David

Lilly s'assit sur son lit trop moelleux, lisant intensément les lois de Darke. Des lois sur lesquelles elle était sûre que son cher cousin n'avait jamais posé les yeux. Des livres sur des livres qu'elle savait que Nisha ne regarderait jamais à moins que quelqu'un ne les oblige à les lire. Avec un profond soupir, elle se résigna à être celle qui avait amené sa cousine à lire ces livres.

Tournant encore une autre page, elle laissa ses doigts danser à travers la douce fourrure gris pierre de David. Bien sûr, s'il n'était pas sous forme de chat, elle débattre des lois du royaume de son cousin avec lui au lieu de le caresser paresseusement. Laquelle elle préférerait prendre des notes mentales sur les lois qui doivent être jetées par la fenêtre et celles qui doivent être ajustées pour avoir un meilleur sens. Non pas qu'elle en ait trouvé beaucoup qui devraient être gardés mais elle les gardait quand même.

Un léger coup sur la porte de couleur pâle la fit lever les yeux de son volume actuel, "Vous pouvez entrer."

La porte s'ouvrit juste assez pour qu'un valet de pied de la flèche puisse regarder dans la pièce. Son costume bleu foncé était suffisant pour savoir de quel côté de la flèche il venait. La peau de braise ... eh bien, elle s'inquiéterait de savoir pourquoi un marcheur de feu avait choisi de devenir valet de pied plus tard.

Quand il ne parlait pas, elle a dit: "Vous avez un message pour moi?" C'était plus vif qu'elle ne l'aurait dit normalement, mais quelque chose à propos de sa posture était mélangé à tout ce qu'elle avait lu ... l'avait mise sur le bord ... maintenant si elle pouvait seulement trouver une raison. Un qui ne finirait pas avec la mort du messager.

"La princesse Nisha demande votre présence immédiate."

La façon dont sa voix ressemblait à du feu crépitant dans le foyer la dérangeait ... mais c'était la façon dont il avait l'air d'être prêt pour une attaque qui la fit cambrer le dos. Un mouvement qui fit que sa fiancée étendit ses pattes de chat et reprit sa vraie forme. La peur résonna dans les yeux du valet de pied alors qu'il la regardait David. Il suffisait de ne plus avoir peur de cette personne alors elle a retrouvé son calme. "Et ma chère cousine a-t-elle dit pourquoi elle avait besoin que je vienne avant son couronnement?"

Ses yeux ne quittèrent jamais le Draken qui préparait maintenant son prochain repas. "Je n'ai pas été dit."

David bâilla permettant à sa longue queue écailleuse de clignoter en guise d'avertissement, "Puisque vous n'avez pas d'autres instructions, vous pouvez partir."

"JE..."

Se penchant en avant, David sourit révélant ses dents acérées comme un rasoir. «Partez ou soyez dîner. Laissez-moi vous assurer que les marcheurs de feu ont un goût délicieux. Il se tourna vers Lilly et continua, "Pensez-vous que Nisha en aura un au menu pour le banquet?"

Souriant oh si gentiment, elle répondit: "Si vous demandez, je suis sûre qu'elle serait ravie d'en trouver une dont Darke pourrait se passer ... après tout votre père a déjà demandé plusieurs mets différents pour lui-même." Si c'était vrai ou pas, cela importait peu. Faire croire au valet de pied qu'elle disait la vérité ... eh bien ... c'était une toute autre histoire.

Aucun des deux ne prêta beaucoup d'attention au marcheur de feu alors qu'il s'enfuyait de leur chambre et dans le long couloir. Pourtant, Lilly s'assura d'attendre quelques instants pour s'assurer qu'il était vraiment parti avant de se lever et de fermer la porte. "Pensez-vous que quelque chose ne va pas ... Je veux dire avec Nisha ... Je sais que quelque chose n'allait pas avec le valet de pied."

Allongé sur le grand lit moelleux, David regarda le baldaquin rose pâle, "Si quelque chose n'allait vraiment pas, Freya serait venue elle-même ... ou aurait envoyé un des autres amis de notre cher cousin. Cela dit, je ne pense pas qu'il soit sage de laissez-la seule trop longtemps. Père détesterait devoir trouver une autre ... hum ... personne? ... qui serait prête à lui couper les ongles. "

Tirant ses longs cheveux dorés en une queue de cheval lâche, elle a demandé, "Pourquoi est-ce que votre mère refuse de ... elle a dit une fois, mais je ne parlais pas la langue Feyen alors."

"Apparemment, elle ne se soucie pas de savoir qui ou ce qui reste dans ses ongles puisque le père a tendance à se vanter après la chasse. C'est aussi pourquoi il ne chasse plus aussi souvent qu'il le souhaite." Pendant un moment, il ferma ses yeux rouges de lave, "Je pensais juste ..."

«Oh, ne fais pas ça... à chaque fois que tu le fais, maman ne sait pas plutôt rire, pleurer ou te renvoyer dans ta famille. Et franchement, moi non plus.

"Drôle, très drôle." Il attendit qu'elle soit assez proche puis enroula sa queue autour d'elle en l'épinglant au lit. Une inspiration plus tard, il utilisait son corps pour la tenir contre son propre lit. "Je pense que j'ai encore besoin de travailler sur vos compétences défensives."

"Tu penses vraiment que je ne peux pas t'éloigner de toi si je le voulais vraiment?" Son sourire n'était pas réconfortant.

"Tu n'oserais pas ... pas si tu souhaites devenir mère."

Doucement, elle leva la main et caressa ses longues cornes incurvées en sachant qu'il bougerait plutôt que de se livrer à ce que la caresse mènerait s'ils étaient déjà mariés. Au moment où il se leva et grogna, elle sourit. «Tu vois, je n'ai plus besoin d'entraînement défensif. Maintenant, qu'est-ce que tu pensais qui nous causerait indubitablement des ennuis à tous les deux?

"Juste pour que tu saches que ça ne marchera pas une fois que nous nous marierons."

Elle haussa les épaules, "Je penserai à quelque chose quand ce moment viendra ... en plus tu n'es qu'à moitié Draken."

Pendant une minute, il fit les cent pas dans sa chambre. Un jour, il dormait dans une pièce qui n'était pas toute lumineuse et dorée. Un jour, il aurait un lit dans lequel il ne s'enfoncerait pas ... d'une manière ou d'une autre, il ne pensait pas qu'il serait en vie quand ce jour viendrait. «Es-tu prêt à entendre ce que je pensais ou devrais-je redevenir un chat et continuer à être caressé?

Déjà en train de fouiller dans le placard de sa garde-robe, Lilly sourit, "Oh vas-y. Tu peux parler pendant que je fais mes valises."

"Si vous faites vos valises, vos dames vous regarderont."

«Si nous ne sommes pas là, alors ils ne peuvent pas», rétorqua Lilly.

Cela ne servait à rien de discuter avec elle ... pas quand il ne pouvait pas gagner de toute façon ... pas quand il ne se souciait vraiment pas de ce qu'ils disputaient au départ. «Connaissez-vous l'histoire de la rencontre de ma mère et de mon père?

«Maman a dit que l'oncle Myrddin avait quelque chose à voir avec ça, mais puisque même mentionner son nom lui avait fait penser à sa sœur, je n'ai jamais demandé tous les détails. Et tu sais que je ne demanderais jamais à ta mère.

Lentement, il se dirigea vers la fenêtre et regarda son jardin. Même à partir de trois étages, il pouvait voir la plus petite des fées s'occuper des fleurs. Il savait que la plupart les voyaient comme des abeilles ou des papillons ... seul quelqu'un qui comprenait les fées du jardin serait capable de voir leur vraie forme ... seul quelqu'un qui était de sang Feyen serait capable de leur parler ... pour le moment cela ne le faisait pas. peu importe. "Myrddin est ... était le frère de ma mère."

"Quoi?!?" Lilly sauta de son placard de garde-robe. "Et vous venez de me le dire!"

«Mère ne voulait pas que tu saches avant que Nisha soit prête à régner.

Il ne s'était pas tourné vers elle et son refus de rencontrer son visage sur… oh oui, il cachait quelque chose, «Davkren regarde-moi.

Si elle utilisait son vrai nom, alors il était en difficulté. Il soupira pour lui-même. Au moins, elle n'utilisait pas son nom complet ou il aurait besoin d'être un chat juste pour rester hors de vue. «J'ai besoin de te dire quelque chose et je ne veux pas que tu réagisses de manière excessive.

Merde. Cela ne pouvait pas être bon. Pas bon du tout. «Devriez-vous attendre que Nisha soit proche pour l'entendre aussi?

Maintenant, il se tourna vers elle. En dix ans, il ne s'était jamais senti aussi nerveux, "Non. Je pense … Je veux que tu saches d'abord, puis si tu penses que ça va, alors nous lui dirons. Qui sait ce qu'elle fera de l'information."

Posant sa main sur sa hanche, Lilly renifla, "Tu sais ce qu'elle va faire … Elle aura ce regard dans ses yeux … tu connais celui qui dit que nous allons avoir des ennuis. Puis elle sourira. . Pas son sourire amical mais terrifiant qui dit que tu vas être crié dessus … puis elle dira que j'ai une idée merveilleuse. Alors nous serons ceux qui ont des ennuis, je ne sais pas avec qui. "

"Oui, c'est ce dont j'ai peur." Cela et ce que Nisha ferait après avoir été seule avec l'information… seule sans personne pour l'empêcher de faire quelque chose de si incroyable qu'il faudrait des années pour comprendre la pleine conséquence de cette décision.

«Alors pourquoi ne me dis-tu pas sur le chemin pour la voir. Alors si elle doit savoir, nous pouvons lui dire dans son château et loin de nos deux parents.

David a fait une pause assez longtemps pour prendre le temps avant d'ajouter avec hésitation: "Si nous partons maintenant, nous serons là avant le matin."

Prenant son visage entre ses mains, elle sourit, "Chérie, si nous partons maintenant nous serons là bien avant l'aube."

Soigneusement assise dans son entraîneur privé, Lilly demanda gentiment, "Ok, puisqu'il faudra quelques heures avant que nous atteignions la flèche, qu'est-ce que j'ai besoin d'entendre et de décider si notre cousin doit le savoir?"

David prit une profonde inspiration. "Très bien. S'il vous plaît laissez-moi terminer avant de vous interrompre." Quand elle hocha la tête, il recommença: «Il y a une centaine d'années, peut-être plus longtemps puisque maman est très proche de son âge réel. Ma mère était connue sous un autre nom… Je pense que c'était Tenanye. Quoi qu'il en soit, elle a été apprenti à la cour de la reine Feyen. Je pense que le nom de la reine était Elista. À cette époque, son frère est revenu de Mystic Woods. Maman n'a jamais dit pourquoi il était là, mais il est revenu connaissant les arts sombres entre autres. Il lui a dit que il avait arrangé son mariage. Étant l'aîné et leurs deux parents, je suppose, n'étant plus en vie, c'était son droit même si elle n'était pas très contente de lui depuis qu'elle était si jeune. "

Lilly leva légèrement la main pour l'interrompre même si elle avait promis de ne pas le faire, "Plus de dix-huit ans mais moins de deux siècles?"

Roulant ses yeux rouges de lave, David continua: "Quelque chose comme ça. Selon la mère, sa brute de frère l'a traînée jusqu'à la frontière pour Darken et l'a laissée tomber sur une souche d'arbre pourri. Je suis sûr qu'elle a exagéré un peu mais j'ai personne d'autre à qui demander. Et le père dit seulement qu'il aurait dû manger Myrddin plusieurs fois pour l'avoir présenté à ma mère. "

«Ton père dit à tout le monde qu'il devrait les manger. C'est un éloge, je pense.

"Bien sûr que ça l'est. Après tout, Père ne dit jamais à ses repas s'il doit les manger … il le fait simplement."

Une gifle ludique sur son bras et Lilly siffla, "Je ne veux pas vraiment connaître les habitudes alimentaires de votre famille. C'est déjà assez mauvais que votre frère a dévoré ce troll devant moi."

David plissa les yeux et haussa les épaules. "Il vous a attaqué. Que voudriez-vous faire d'autre à mon frère? Le laisser tuer une princesse en visite?"

«Eh bien non. Mais il n'avait pas à le manger devant moi. Je suis sûr que le tuer aurait fait la même chose.

«Lilly ma douce. Il ne faut jamais gaspiller de nourriture. Surtout les trolls. Ils passent si rarement en Draken.

Lilly cligna des yeux sans vraiment s'en soucier quand les trolls entrèrent dans Draken tant qu'elle n'avait pas à s'occuper des méchantes bêtes. "Nous discuterons des trolls plus tard. Continuez votre histoire."

"Très bien. Myrddin devait épouser la princesse Larna. Quelque chose est arrivé à sa famille. Mère ne donnera aucun détail sur ce qui s'était passé. Mais le jour du mariage, Larna déclara comme son premier acte en tant que reine qu'elle déclarait tout enfant que Myrddin a engendré soit nommé l'héritier de la couronne de Feyen. "

Elle tendit la main vers le bras de David. "N'importe quoi? Elle était Fey ... elle n'aurait pas ..."

"Elle avait à peine deux cents ans. Encore une enfant et pas formée au jeu de mots. Maman a formé tous ses enfants au jeu de mots depuis la naissance à cause de cela."

Les yeux vert menthe de Lilly s'écarquillèrent, "Cela signifie ..."

"Nisha est la princesse héritière de Feyen. Mais ce n'est pas le pire."

Avec un gémissement, Lilly demanda, "Qu'est-ce qui peut être pire alors ..."

"Les vœux de mariage que Larna a prononcés disent comme dans la tradition qu'elle donne son cœur à Myrddin. Il a littéralement pris son cœur battant de sa poitrine et l'a enfermé dans une boîte d'épeautre. Seuls lui ou ses enfants peuvent tenir le cœur pour rendre À moins qu'elle ne trouve quelqu'un d'autre qui pourrait le tenir. Ou du moins c'est l'hypothèse selon laquelle maman choisit de vivre. "

"Je ne veux pas entendre ça."

Exactement la réponse qu'il avait pensé que Lilly aurait. Et la raison pour laquelle il voulait qu'elle sache avant de dire quoi que ce soit à Nisha. "La grand-mère de Larna a régné officieusement depuis lors. Il y a vingt ans, un homme est venu à Feyen. Il s'est intéressé à Larna. Maintenant, souvenez-vous qu'elle était ... est ... surtout une coquille. Elle mange, s'habille, agit en conséquence. pour une marionnette, mais n'a pas d'émotions. D'après ce que j'ai appris, elle n'a pas dit un mot depuis ce jour. "

Cela figurait puisque chaque sort qu'elle connaissait et qui impliquait le cœur d'une personne laissait la personne morte ou presque morte. D'une manière ou d'une autre, elle ne pensait pas que le père de Nisha avait utilisé l'un de ces sorts. Lilly ne voulait pas demander mais elle l'a fait quand même. "Qu'est-ce que cela a à voir avec Nisha?"

"Deux ans plus tard, il a été expulsé de Feyen et a reçu l'ordre de ne jamais revenir. Il s'est enfui à Darke. Mère pense que c'était le parent de Faerydae. Ou du moins, il a dit qu'il l'était. Mais quelques jours après avoir fui vers Darke ... l'incendie s'est produit. . Maintenant, ça pourrait être juste une coïncidence mais ... »Il haussa les épaules,« Je pensais ... »

Lilly se pencha en arrière sur son siège et gémit, "J'aurais vraiment aimé que tu ne l'es pas... mais à quoi penses-tu?"

"Et s'il ... en supposant que c'est le même gars ... il découvrait qui était fiancé à la princesse héritière et voulait l'utiliser pour diriger à la fois Darke et Feyen."

"Alors il est deux fois fou. Merde, David, as-tu oublié ce que Nisha a fait la première fois que nous sommes allés chez toi? Nous avions à peine cinq ans quand ces trolls ont attaqué. Ton frère, qui avait déjà vingt ans, a mangé le premier mais Nisha a déchiqueté les quatre autres en morceaux avec rien de plus qu'un regard. Un regard. Je me souviens à quel point elle était terrifiante après ça. Elle a tourné la tête et les yeux ... Je n'ai rien reconnu qui ressemblait à ma cousine sur son visage. "

«Lilly ...»

"Non, vous êtes venu après. Votre frère a pris le mérite de nous avoir défendus parce qu'il la protégeait. La prochaine fois que nous sommes venus ... et que votre peuple a essayé d'attaquer Nisha ..."

«Lilly, j'étais là à l'époque. Je sais. Et c'est la raison pour laquelle je n'ai pas quitté ton côté. Pendant un battement de cœur, il fit une pause puis lui dit la vérité qu'il gardait depuis plus d'années qu'autrement. «Ils n'étaient pas là pour attaquer Nisha, ils étaient là pour vous tuer.

"Moi? Mais ... pourquoi? Je n'ai aucun problème avec votre peuple. En fait, je trouve le plus très intéressant."

«Vous êtes le seul enfant de votre mère. Certains pensent que si vous n'étiez pas en vie, Nisha pourrait diriger toutes les terres Feyen.

Les yeux écarquillés, Lilly haleta, "Nous devons lui dire."

David lui a pris les mains en s'assurant qu'il avait toute son attention avant de dire: «Je sais».

"David, tu ne comprends pas. Nisha est la reine du Royaume souterrain. Si quelqu'un essaie de l'utiliser pour gouverner ..."

Avec un hoquet, David put à peine murmurer: "Ils vont se déchaîner ..."

"Ceux qui ne peuvent plus mourir ... cela inclut des races qui n'existent plus qui sont bien plus meurtrières que les Drakens. Nisha a déjà laissé entendre qu'elles sont très protectrices envers elle."

Assis sur son siège, David ferma les yeux. "Alors je prie pour que nous ne soyons pas trop tard."

Chapitre 22: Nisha

La chaise la suivant, Nisha s'arrêta à quelques mètres de l'endroit où elle avait laissé Ethan. Ses yeux étaient bien fermés maintenant ... et sa respiration ... Elle avait entendu des trolls avec des infections des poumons qui sonnaient mieux que lui. Pour qu'une Fey ... ou même une partie de Fey sonne comme ça ... son cœur lui sauta dans la gorge. "Bon sang."

"Un tel langage pour une jeune reine."

«Pas maintenant, Gwydion, je dois arrêter son saignement. Ou du moins assez pour que Lilly pense que j'ai une certaine habileté à guérir.

Faisant les deux pas vers Ethan, Gwydion sourit. «Ma chérie, tu ne peux rien faire pour l'aggraver.

Elle tourna brusquement la tête pour lui faire face. «Vous savez ce qui le maintient en vie?

"Oui, je le sais. Bien qu'il y en ait très peu de vivants qui connaissent cette incantation. Encore moins qui pourraient la compléter sans laisser d'empreinte digitale pour ainsi dire sur leur identité."

Trop inquiète pour se soucier de ce qu'elle disait ou à qui, Nisha sèchement, "Oh bien. Nous pouvons discuter des personnes possibles après l'avoir installé pour la nuit."

"Comme vous le souhaitez ma reine, cependant ..."

"Mais rien. Je veux qu'il soit à l'aise avant l'arrivée de Lilly." Retournant son attention vers Ethan, elle lui cria doucement, "Ethan?"

Quand il ne fit qu'un léger gémissement, elle laissa une douce vrille de brume caresser son visage. «Ethan.

Lentement, il ouvrit les yeux sur sa voix douce… «Je suis désolé… je…» Son doigt pressé contre ses lèvres pour l'empêcher de parler.

«Nous allons vous installer pour la nuit assez bientôt. Vous avez ma parole.

Après avoir passé trois couloirs voûtés et une douzaine de pièces, Nisha laissa échapper un grognement frustré. "N'y a-t-il pas de chambre près du hall principal?"

Retenant un rire, Gwydion dit doucement alors qu'il tournait encore un autre coin, "Par ici ma reine."

Deux couloirs plus tard, elle utilisa une rafale de vent pour ouvrir la porte de la chambre. «Mari.

Marigold se précipita hors de la pièce voisine. «J'ai un bain prêt. De quoi d'autre avez-vous besoin?

«Mon sac. Le bleu que Lilly m'a donné pour contenir des toniques de guérison.

Le tenant en l'air, Mari sourit. «Dites-moi simplement ce qu'il faut faire. Miss Lilly sera là le matin pour le reste.

Bien sûr, Mari saurait qui était le meilleur guérisseur. "Le flacon bleu. Mettez trois bouchons pleins dans la baignoire."

S'assurant que Nisha était au courant de toutes les variables dont elle aurait besoin pour commencer la guérison dans l'eau, Marigold répliqua: «La baignoire est assez grande pour un hippocampe.

"C'est bien. Trois casquettes suffiraient pour traiter six hippocampes et un morse dans la même piscine."

Mari balbutia: "Un ... morse ... tant pis, je demande humblement qu'on ne le dise pas."

Nisha roula des yeux et continua, "Et trois gouttes de vert." Nisha regarda Ethan toujours inconsciente. "Mieux vaut faire six gouttes. Je veux qu'il soit complètement engourdi jusqu'à ce que Lilly puisse décider de ce qu'il faut faire d'autre. Oh, Mari ..."

"Oui?"

«J'ai besoin de mon costume. Celui que la reine Sedna m'a commandé pour que je puisse visiter son royaume sous-marin. Je ne voudrais pas m'endormir en m'occupant de lui.

«Bien sûr. Puis-je suggérer à Edgar de vous aider à faire entrer le jeune homme dans la baignoire pendant que vous vous changez?

"Merci, Mari." Elle se tourna pour voir Edgar debout dans l'embrasure de la porte, attendant d'être remarquée. Je me demande pourquoi je ne l'avais pas vu se tenir là avant. Ce n'était pas comme s'il était difficile à manquer. Là encore, il s'est bien fondu dans un mur. Le regardant maintenant penché, il occupait encore toute la porte et aurait pu se tromper pour une porte s'il était habillé avec autre chose que son uniforme. «Edgar, voulez-vous s'il vous plaît aider Ethan à entrer dans la baignoire? Je m'occuperai de ses vêtements une fois qu'il y sera.

"Bien sûr, votre grâce." Sa voix profonde et douce emplit la pièce alors qu'il faisait un pas à l'intérieur. Debout de toute sa hauteur, sa voix profonde était remplie du plus grand respect alors qu'il demandait, "La chaise n'essaiera pas de me manger si j'aide le garçon?"

Regardant par-dessus son épaule, Nisha haussa les épaules. "Ari ne mangera personne qui est lié à moi s'il souhaite revenir à la forme qu'il devrait être." N'attendant aucune question qui pourrait être posée, elle se précipita dans l'antichambre pour se changer et laisser à son gardien de confiance le temps d'installer Ethan dans la baignoire.

Chapitre 23: Ethan

Il s'était perdu dans ce qu'il supposait être un rêve. Et un beau rêve à cela.

Une femme - sa mère - assise près d'un ruisseau en train de chanter. Il pouvait presque entendre la douce mélodie glisser de ses lèvres. Des fleurs jaillissaient du sol alors que ses paroles se fanaient au vent. Un homme Feyen atterrissant légèrement à quelques mètres. Une sorte d'uniforme bleu foncé. Il était attaché à sa taille une grande épée dorée et des gants d'un blanc pur couvrant ses mains. Les ailes dorées de l'homme tenaient librement dans son dos. Sa mère se leva lentement en souriant. Un soleil doré transformant ses cheveux rouge feu en une rivière d'or rouge coulant le long de son dos couvrant ses ailes rouges translucides.

Elle se retourna vers lui et commença à parler juste avant qu'une vague ne le tire vers le bas et dans la rivière.

Quelque chose de chaud et humide s'enroula autour de ses jambes, le tirant vers le bas. Frénétiquement, il essaya de s'éloigner de tout ce qui le retenait ... S'il vous plaît ... Pas d'eau ... Tout sauf de l'eau ...

«Ethan?

Paniqué maintenant, il ouvrit les yeux sur la voix. Même après avoir reconnu la voix, il lui a fallu un peu plus de temps pour voir vraiment qui parlait. Un souffle de plus pour comprendre qui était assis avec lui vêtu d'une sorte de combinaison en caoutchouc noir. Ethan haleta en essayant de former des mots. «Pri- Nisha?

Lentement, elle prit sa main dans la sienne, ses yeux s'adoucissant alors qu'elle regardait les siens. «Tu es en sécurité, Ethan. Je te jure que tu l'es.

Il n'en était pas sûr. Il était dans une mare d'eau jusqu'au cou. La pensée de ne pas parler ne dominait plus ses meilleurs sens alors qu'il essayait de se calmer, "Je- je ..." Il prit une inspiration aussi profonde que possible avant que ses côtes ne lui font mal. "Où sommes-nous?" Une piscine en pierre quelconque. Murs noirs lisses. Rien qu'il puisse reconnaître au-delà de cela.

Tirant ses longs cheveux en arrière et en faisant un nœud sur le dessus de sa tête, Nisha sourit: «Eh bien, si je devais deviner, je dirais que nous sommes dans une chambre d'amis qui serait donnée à un habitant de l'eau. Mais c'était le chambre la plus proche avec baignoire et lit adaptés. Au moins pour la nuit. "

Chambre d'amis? Baignoire? Lit? Il savait qu'il devrait mettre fin à cette mascarade mais il ne pourrait jamais avoir un autre jour ... une autre nuit pour ... Non ... Attendre jusqu'au matin ou même pour une autre heure ne ferait que lui gagner un pire sort. «Il y a quelque chose que je dois te dire.

Glissant des vrilles sombres de brume noire sous la chemise en lambeaux, Nisha s'arrêta un instant. «J'ai besoin que vous soyez très immobile. Je n'ai fait cela qu'une fois auparavant et je ne souhaite pas faire plus de dégâts que ce à quoi je m'attendais déjà.

"Je-" Il hocha simplement la tête, s'attendant à la douleur. Au lieu de cela, il regarda une brume noire translucide traverser le tissu de son pantalon, de ses sous-vêtements et de sa chemise. J'ai regardé le tissu déchiré se détacher de sa peau et flotter dans l'eau. Une brume plus sombre couvrait son ventre pendant que les vêtements étaient enlevés.

"Là, maintenant je peux avoir un bon coup d'oeil-"

Elle était assise derrière lui mais il pouvait sentir la colère monter sur elle. "Je peux expliquer."

Chapitre 24: Karnack

Au fond du château des os. Côté profondément caché de son bureau privé, Karnack serra fermement la pierre du voyant entre ses faibles mains. Au fil des années depuis la naissance du garçon, il l'avait regardé de temps en temps. Il avait soigneusement gardé ses notes sur la vie et l'éducation du garçon. À chaque fois, il avait fait part de ses inquiétudes au conseil alors qu'il pouvait être dérangé de l'écouter.

À chacune de ces occasions, il les avait mis en garde contre les abus que le garçon subissait. Et maintenant….

Bien qu'il ne soit pas dans le même royaume que la reine du royaume souterrain, bien qu'il n'ait pas de véritable lien émotionnel avec elle… il pouvait sentir sa sombre fureur tourbillonner… s'enrouler dans les profondeurs de la pierre qu'il tenait maintenant entre ses mains. Il pouvait sentir sa rage de voir de tels abus envers quelqu'un qui lui appartenait. Je pouvais voir sa rage prendre forme dans les ailes de dragon qui étaient maintenant fermement pressées contre ses côtés.

Se repoussant de son bureau, il se donna un moment pour se laisser reconnaître le tremblement de peur qu'il ressentait maintenant. Il ne s'est donné qu'un moment pour décider de la meilleure façon de gérer ce problème prévu.

Et par la lumière, Magmas allait s'en occuper. Ou du moins utiliser le pouvoir qu'il détenait sur les autres pour convaincre Magnar qu'il avait eu tort. Et c'était après que l'ancien roi de Feyen eut expliqué cela à Appollo. Et alors …

Et alors seulement…

La grande Fey de la guerre oubliée pourrait-elle commencer à se préparer à la rage de leur reine une fois qu'elle aurait découvert que non seulement ils étaient tous au courant de cet abus, mais qu'ils n'avaient rien fait pour y mettre fin.

Glissant la pierre dans ses robes en lambeaux, il permit à ses lourdes bottes de tonner du bureau.

Il n'a pas beaucoup utilisé son tempérament. Mais il n'assumait pas la responsabilité de cela seul. Et il ne traitait PAS avec la reine quand ses capacités étaient suffisamment terrifiantes sans être provoquées.

Cela faisait un siècle ou mieux qu'il n'avait pas suffisamment retenu cette fureur pour que les citoyens du Royaume inférieur se précipitent hors de son chemin. Plus longtemps que cela puisque les os des morts avaient tremblé en passant. Mais ce n'était pas la vraie rage qui le faisait bouger.

Oh non, c'était la peur. Froid et mortel. C'était la rage qu'il pouvait encore ressentir palpiter de la pierre qui était tenue avec en poche. C'était ainsi que ceux qui étaient complètement liés à la reine aiguisaient leurs lames et se préparaient au combat.

Ils l'ont senti. Ils comprenaient sa rage et ce seraient eux qui se déchaîneraient dès que leur reine le commanderait.

Se dépêcher dans la grande rue de Dabria,Karnack a fait irruption dans la villa en forme de dôme que Nisha avait créée il y a quelques années à peine. Poussé les doubles portes ouvertes de la grande salle de réunion où l'avocat s'est réuni à son ordre.

Les yeux rivés sur le Grand Roi de Feyen, il siffla: «Je vous ai prévenu. Maintenant, vous allez vraiment bien le réparer.

Chapitre 25 :

Nisha

En enlevant les couches de tissu de la chair d'Ethan, elle savait que ça allait être mauvais. Elle savait qu'il y avait eu des couches de plaies qui avaient été à divers stades de guérison ... mais c'était ce matin ...

Rien de ce qu'elle avait ressenti alors comparé à cela. Des taches noires qui étaient des ecchymoses profondes. Des coupures qui allaient presque jusqu'aux os. Au cours de ces brûlures profondes, des furoncles infectés et des dizaines d'autres blessures qui sentaient déjà la pourriture alors qu'elles venaient d'être faites.

Elle n'entendit pas Ethan bégayer essayant d'expliquer ... Quoi qu'il essayait de dire. Seule sa colère comptait pour le moment ... seule la rage froide et mortelle qui parcourait son corps ... Seulement ...

Prenant une profonde inspiration, elle la relâcha lentement. Lilly serait là le matin ... plus important encore, David serait là ... Il pourrait trouver les morceaux de saleté et trouver quelque chose de si créatif à faire avec ceux qui avaient osé faire ça à un membre de leur famille que les Draken les gens en écrivaient une chanson. Mais ce serait demain ... maintenant ...

Nisha tourna la tête pour faire face à la porte de la chambre et appela «Mari».

Arrivant jusqu'à la porte, elle commença à dire «Nis» puis Marigold eut le souffle coupé en voyant l'état du dos d'Ethan. "A la lumière ..." Elle se précipita vers le côté de la baignoire. "Que puis-je faire pour aider?"

«Est-ce que Lilly a envoyé du savon qu'elle utilise?

Un petit plat flotta sur l'eau pas un instant plus tard. Gel liquide assis dans son bol en cristal. Un petit morceau de chiffon doux et propre a été pressé dans la main de Nisha. "Rien d'autre?"

"S'il vous plaît, voyez qu'il y a beaucoup de bandages secs. Et j'aurai besoin de tous les onguents qui ont été faits avant que nous quittions Lite."

"Je les aurai prêts pour vous quand vous en aurez besoin." Marigold fit une pause. «Dois-je demander à maman de faire du thé? Je parie qu'elle en a un pour calmer les nerfs? Celui-là pas pour Ethan mais pour Nisha… Elle avait déjà décidé qu'Ethan avait besoin d'un thé de guérison et de quelque chose pour l'aider à se détendre tout en étant guéri.

"Oui s'il vous plaît." Nisha attendit d'être à nouveau seule avec sa fiancée. «Ethan?

"Princesse?"

Elle roula des yeux, "Je vais essayer de faire preuve de douceur, mais même avec ce qui a été mis dans l'eau, nettoyer ces blessures peut faire mal."

"Je comprends."

"Non, je ne pense pas que tu le fasses mais ça a plus à voir avec le cul qui t'a élevé qu'autre chose. Mais c'est une discussion pour un autre jour." Avant de le toucher, elle laissa les tendres vrilles noires s'enrouler autour de lui, le berçant en libérant ses deux mains pendant qu'elle travaillait.

L'eau était tiède et lui faisait presque oublier la douleur dans ses côtes ... presque engourdissait sa peau suffisamment pour ne pas penser à l'eau ou à y être. Quelque chose de froid toucha sa peau tendre ... Nisha dit que ça pouvait faire mal ... blesser n'était pas le mot qu'il choisirait pour décrire la douleur brûlante et boursouflante et tout ce qu'elle faisait qui la causait. Même ainsi, ce n'était rien qu'il n'ait vécu auparavant. Attirant ses genoux contre sa poitrine, il enroula ses bras autour de ses genoux et décida de parler pour ne pas penser à tout ce qu'elle décidait de faire ... et espère qu'en parlant, il n'empirera pas les choses. «Vous ne savez pas grand-chose sur la façon dont Darke est dirigé… voulez-vous que je vous en dise quelques-uns?

Elle regarda autour de son épaule pour voir son visage serré de douleur. «Si parler vous aide à ne pas penser à ce que je fais… alors s'il vous plaît, éclairez-moi.

Elle avait l'air folle, presque énervée mais il ne pensait pas qu'elle était en colère contre lui ... ce qui était plus que déroutant ... "Savez-vous comment les citoyens sont divisés?"

Sa main s'arrêta au-dessus de son épaule alors qu'elle parlait, "Voulez-vous dire pourquoi certains sont nés hauts et d'autres bas?"

"O-oui ..." siffla-t-il quand elle toucha son côté.

"Désolé. Je ne suis pas aussi douée pour ça que ma cousine Lilly. Elle est beaucoup plus douée pour ce genre de choses."

Ethan hocha la tête pour comprendre qu'il le fasse ou non. "Dans Darke, il y a quatre types de ... euh ... citoyens."

Maintenant, elle fit une pause. "Veuillez expliquer. Je connais les hauts-nés et les bas-nés mais pas les autres."

"High-Born sont les employeurs. Low-Born travaille pour High-Born." Il fit une pause, il voulait qu'elle comprenne ... peut-être que s'il lui disait de cette façon au lieu qu'elle le découvre par quelqu'un d'autre, elle lui pardonnerait tout le les lois qu'il a enfreintes depuis son arrivée ...

... probablement pas. Mais cela valait le risque.

"Les esclaves sont plus nombreux que les deux contre un."

"Des esclaves?" On dirait qu'elle testait le mot.

"Hmm. Leur propriétaire leur donne une chambre. Uniforme et suffisamment de nourriture pour les soutenir. La plupart ont peu ou pas de capacités naturelles ou n'ont jamais eu le droit de les développer. Il n'y a aucun moyen de savoir avec certitude quelles sont ces capacités. être. Ou du moins, je ne connais aucun moyen de le dire. "

«Je vois. Ensuite, j'en saurai plus une fois que ma cousine arrivera. Elle a tendance à lire les lois avant de visiter n'importe quel pays. Cela peut être ennuyeux mais elle connaît très bien les lois.

Merde. Peut-être que je vais devoir m'occuper d'elle au lieu de la princesse. Comprendrait-elle que j'ai essayé de suivre les lois? S'en soucierait-elle?

"Maintenant, quel est le quatrième groupe?"

Elle ne le touchait plus. Le fait qu'elle soit toujours derrière lui ... n'était pas réconfortant. La perspective de traiter avec quelqu'un d'autre à propos de tout était beaucoup plus terrifiante, "Chiens".

"Chiens? Que doivent faire les chiens ..." elle s'arrêta, "Ohhh ... je me demandais ce que signifiaient les signes?"

"Les chiens sont une forme d'esclave. La plupart travaillent dans des emplois trop dangereux comme dans les parties les plus profondes des mines ou dans les grottes de trolls. La plupart mais pas tous."

"Continue."

Ces paroles lui ont fait penser que lui dire maintenant avait été une erreur de jugement, alors il a dit à la hâte: "N'importe lequel des trois groupes supérieurs peut posséder un chien. Les esclaves les utilisent comme pièce de monnaie pour ce qu'ils veulent ou ont besoin."

"Ils font du commerce ..." La colère résonnait dans ces deux mots.

"Une pinte de sang peut acheter l'équivalent d'une journée de rations. De fines tranches de chair ... un nouvel uniforme."

"Je vois."

Il l'entendit se lever. Puis je n'ai rien entendu après ça. Ni ressentir la douleur qu'il pensait mériter.

Chapitre 26: Magmas

Les doubles portes de la chambre des avocats de la reine s'ouvrirent et pendant un bref instant, il crut que Nisha avait amené toute sa sombre fureur dans le Royaume souterrain. D'un seul battement de cœur, il s'inquiétait de ne pas être assez fort pour faire face à ce tempérament. Puis Karnack entra et la rage et la peur qui jaillissaient de lui étaient plus un avertissement qu'autre chose.

Il n'a pas eu l'occasion de demander quoi que ce soit avant que Karnack siffle: «Je vous ai prévenu. Maintenant, vous allez vraiment bien le réparer.

Cela n'expliquait rien. «Réparer quoi?»

Cherchant dans sa poche, Karnack lui lança la pierre précieuse. «Que ressentez-vous Magmas? Dîtes-moi?"

Refermant ses doigts autour de la pierre, il voulait la laisser tomber. Pour s'éloigner de l'objet qui criait menace. Mais ce n'était pas la pierre qui provoquait le sentiment... c'était... «Nisha?»

Il comprenait maintenant. Karnack l'avait averti… les avait tous avertis de la manipuler avec soin. Et maintenant… "Que s'est-il passé?"

Avec précaution, Karnack s'approcha de la table ronde et se pencha en avant. «Notre reine a retrouvé Ethan. Elle a été témoin des abus dont je vous ai tous mis en garde. C'est la réaction que je craignais. S'éloignant de la table, il pointa un seul petit doigt vers Magmas: «Vous traitez avec elle. Ou demandez à Magnar d'expliquer pourquoi cet abus est acceptable. Mais je vous le dis maintenant. Je ne fais pas face à sa rage. Et je ne règle pas cela avec les morts.

Aucun Karnack ne ferait jamais face à une reine enragée. Magnar, en revanche, trouvait généralement cela divertissant. «Je vous dirai ce que le conseil a décidé lorsque je les informerai. Pendant ce temps. Je vous rappellerai que c'est Vasilissa qui a décidé où le garçon serait élevé. Et c'est toujours Magnar qui s'est rangé du côté de Vasilissa sur cette question malgré les objections répétées des autres membres du conseil. Cependant, c'est peut-être la réaction qui amènera Magnar à admettre qu'il s'est peut-être trompé sur la question.

«Cet abus est depuis longtemps interdit dans les villes étoiles dirigées par Magnar ou les autres membres du conseil.»

Magmas hocha la tête une fois. «Il a…» Il fit une pause et se leva. Un souffle de plus et se balança avant qu'il s'est effondré de nouveau dans sa chaise «Par les dieux, c'est pourquoi ils avaient besoin du garçon…»

Karnack se tourna très lentement vers lui. N'aimant pas ce qu'il voyait sur le visage du Grand Roi, il parla trop soigneusement, «Magmas?»

«Elle ne comprendrait pas les abus qui sont tolérés par Pallas à moins que quelqu'un qui lui appartienne…» Il s'effondra sur son siège, ne sachant pas s'il devait être terrifié ou rire comme un imbécile. «Elle les tuera quand elle le découvrira. Je n'ai aucun doute là-dessus. Mais ils comprendront tous les deux pourquoi elle doit être celle qui défend les plus gravement touchés par le règne de Pallas.

Les conseils se rassemblèrent une fois de plus, mais cette fois la reine choisie ne les avait pas convoqués. Cette fois, c'était le premier roi de Feyen. Sa cuirasse à crête de dragon brillait sous sa longue robe bleu royal.

«Messieurs, mesdames.» Il fit un signe de tête à Vasilissa et Alista alors qu'ils prenaient place à la grande table. «Nous avons une situation et nous devons tous parvenir à un accord sur ce qui sera ou ne sera pas fait selon les lois établies par Primitiva.»

Moments étouffés et soupçon de peur. Personne n'avait prononcé son nom depuis qu'elle s'était cachée. Personne n'a osé le dire pour ce qui pourrait arriver si elle l'entendait trop. Aucun jusqu'à présent.

Magnar se pencha en arrière sur son siège, ses bottes ruisselant de boue appuyées sur la table. Crachant un morceau d'os, il sourit. «Et sur quoi devons-nous nous entendre, mon garçon?»

«La reine a vu les abus que sa fiancée avait subis.» Il se pencha en avant, ses yeux ne quittant jamais le visage de Magnar. "Et la Dame n'est pas s'il vous plaît."

«Bien sûr qu'elle n'est pas contente,» sèchement Vasilissa. «C'était le but.»

Lançant la pierre à Vasilissa, Magmas sourit. «Tellement content que tu le penses. Alors, dis-moi, comment gérer une Fey quand elle suinte de cette rage froide? Parce que pour la vie de moi, je n'ai jamais rien ressenti de tel. Pas même pendant la Grande Guerre.

Arrachant la pierre à Vasilissa, Magnar le fusilla du regard. "C'est impossible."

C'était satisfaisant de voir Magnar abandonner sa foulée. «Et pourtant... vous avez la preuve entre vos mains.»

Chapitre 27:
Ethan

Ethan bougea très légèrement. Il ne se souvenait pas de s'être endormi ... ni de trouver quelque chose de mou sur lequel s'allonger ... mais il se rappelait avoir été dans la piscine d'eau avec la princesse. Il se souvint de l'avoir sentie se tenir debout et l'eau ruisselait d'elle et retournait dans la piscine. Alors rien. Pas un bruit ni un éclair de douleur et pour l'instant il ne savait pas s'il devait être reconnaissant ou terrifié. Quelque chose frôla son pied. Pas de peau. Non, il s'attendait à de la peau, mais ce quelque chose qui le touchait bougeait aussi un tissu soyeux qui était enroulé autour de son pied. Le simple contact n'avait pas été ce qui l'avait réveillé ... non ce qui était venu après ...

Et alors...

Restant parfaitement immobile, il essaya d'identifier où il se trouvait, qui était dans la pièce et tout ce qu'il pouvait utiliser pour décider de l'ampleur des problèmes dans lesquels il serait une fois réveillé. Crépitement occasionnel d'un feu. Pas de fumée qu'il pouvait sentir, donc le feu devait être dans un foyer à proximité mais pas trop près. C'est alors qu'il a senti ... entendu ce qui n'allait pas avec ce sur quoi sa tête reposait ... cela bougeait très légèrement et avait un battement de cœur. Quelque chose lui caressa la tête. Pas menaçant, mais un contact qui s'est calmé d'une manière qu'il n'avait jamais expérimentée. Une touche qui lui donna envie de flotter en ce moment pour toujours. Mais il savait qu'il ne pouvait pas ... En essayant de s'asseoir, il trouva cela presque impossible avec ses os palpitant, sans parler de la brûlure dans sa poitrine. "Tu devrais dormir."

Nisha? Difficile de dire à quel point sa voix était lourde. "JE-"

"Mari sera bientôt avec un bon thé. Cela éliminera une partie de la congestion de votre poitrine. Vous aidera à respirer un peu plus facilement." Gardant toujours les yeux fermés, il se renfonça dans la douceur qui l'entourait. «Je suis dans un lit?

Lentement, elle bougea, l'aidant soigneusement à se positionner hors de sa poitrine qu'il avait utilisée comme oreiller en la remplaçant par du coton doux comme des nuages   sous sa tête.

Pendant un long moment, elle ne s'assit qu'à côté de lui, ses doigts traçant les courbes de son oreille et le poil grossier qu'il avait pour cheveux. Finalement, elle poussa un soupir: «Si je vous donnais un ordre, obéiriez-vous?

Il connaissait un piège quand il en a entendu un, mais il n'y avait qu'une seule réponse à ce type de question, n'est-ce pas? "Oui."

"J'ai pensé ainsi."

Elle n'avait pas l'air très contente de sa réponse alors il força ses yeux à s'ouvrir sur la pièce doucement éclairée. Il a lentement pris conscience de ce qu'il voyait. Le lit était assez grand pour être sa propre chambre. Le foyer où le feu brûlait lentement était assez haut pour y rester ou y dormir. Et la pièce elle-même. Murs gris, il ne pouvait pas être sûr s'ils avaient été peints ou s'il s'agissait d'une sorte de pierre polie ... du moins pas avec la lumière qui éclairait à peine la pièce. Très lentement, il bougeait juste assez pour la voir assise près de lui ... le regardant sans faire de commentaire. Incertain de ce qu'il pouvait dire ou devrait, il a choisi de demander: "Y a-t-il une raison pour laquelle je ne devrais pas?"

«Plusieurs en fait, mais je pense que ce serait mieux si je laisse David discuter de ça avec toi. Il comprend bien mieux que moi quoi faire avec les gens. Plus encore quand la personne n'a pas encore trouvé son équilibre autour de moi.

David? Pied? "Je ne comprends pas." Et il ne l'a pas fait. C'était un serviteur, un esclave. Non, moins qu'un esclave; c'était un chien sans valeur. Si elle lui disait de faire quelque chose, il le ferait sans aucun doute par crainte de la punition. Pourtant, plus il était autour d'elle, moins il commençait à penser qu'elle lui ferait vraiment du mal. Bas de formulaire «Pendant que vous dormiez, j'ai tout découvert sur tous les citoyens de Darke. Après l'arrivée de ma tante, je ferai ce que je peux avant le couronnement et puis tout le reste quelque temps après.

Encore une fois, il est allé encore, "Je - je peux expliquer."

Son doigt pressé sur ses lèvres, quelque chose qu'il était en train de comprendre qui signifiait qu'il ne devait pas parler pendant un moment, "Je vais vous donner un ordre, j'ai besoin que celui-ci soit obéi."

Ethan hocha la tête une fois.

«Lilly est une meilleure guérisseuse que moi, donc une fois qu'elle a bien examiné vos blessures, j'ai besoin que vous écoutiez ses instructions. Jusque-là, j'ai besoin que vous restiez dans ce lit. Indépendamment de ce que vous entendez hors de cette pièce, vous ne doivent pas quitter ce lit. "

C'était ça? «Alors, tout ce que j'ai à faire est de rester dans ce lit jusqu'à ce que Lilly dise le contraire? Ça devait être un truc.

"Oui. Mes gardes ont confirmé que le château n'est pas aussi sûr qu'il devrait l'être. Je n'ai pas non plus été en mesure de localiser M. Edrich, ce qui est très pénible compte tenu de qui le cherche."

Edrich? Lord Edrich? «Vous avez fouillé sous sa maison?

Nisha fit une pause avant de commencer à sortir du lit. «Ta maison, Ethan, pas la sienne. Et oui, elle a été fouillée.

"Ma maison?" Ethan hurla.

Elle enfila sa robe de chambre noire par-dessus son pyjama bleu nuit avant de répondre, "J'allais attendre le matin pour tout vous expliquer, mais je peux commencer maintenant si vous préférez?"

La porte de la chambre s'ouvrit facilement alors que la femme qu'il se rappelait vaguement avoir vue plus tôt pénétrait dans la pièce. Une longue chemise de nuit qui la couvrait sur ses pieds et un bonnet de bas ...

"Oh beurk, je n'avais pas réalisé que quiconque portait encore des chapeaux de sommeil."

La femme fit une pause, clairement stupéfaite que la princesse ait parlé de quelque chose d'aussi banal. «Si je veux des boucles généreuses le matin, je porterai très bien ma casquette ce soir. Et si vous faites un autre commentaire, je vous en attacherai une pour votre nuit de noces.

"Si vous le faites, je vais inverser le sort."

«Ma chère, vous pourrez peut-être manipuler nombre de mes capacités, mais mes sorts que j'ai créés sont encore bien hors de votre portée.

Il regarda Nisha regarder la femme. "Oh bien. Je serai gentil pour moi-même."

Glissant le reste du chemin hors du lit, Nisha se traîna vers le foyer. «Tante Celeste ne plaisantait pas quand elle a dit que les nuits étaient glaciales ici.

La grande femme lança un regard noir, puis claqua, "Vous autant que toucher une bûche, je refuserai d'enlever la suie de tout ce que vous touchez."

"Oh bien." Nisha fit une pause et se tourna vers la fenêtre. «Lilly est juste à l'extérieur des murs de la ville. Veux-tu s'il te plaît voir qu'Ethan est à l'aise et ne lui en demande pas trop. Il n'a pas encore trouvé son pied.

"Très bien, je vais me comporter moi-même. Puisqu'il est malade." Attendant que Nisha sorte de la pièce, Ethan demanda, "Tu as le droit de lui parler comme ça?"

"Bien sur que je le suis." La femme plaça sa fine main osseuse sur son cœur. "Nisha est ma chère amie et nous avons un accord."

"Oh?"

"Je suis un Fey. Par conséquent, je n'ai pas besoin d'être gentil juste parce que quelqu'un vient d'une maison élevée. Ils doivent gagner mon respect comme tout le monde. En plus, voudrais-tu que je te raconte la première fois que j'ai rencontré Nisha ? "

"S'il vous plaît?"

Prenant place sur le bord du lit, elle tendit la main. «Nous n'avons pas été correctement présentés; je suis Marigold, au fait, l'elfe de maison personnel de Nisha.

Prenant sa main, il essaya de sourire, "Plaisir de vous rencontrer?"

"J'en doute, mais nous verrons." Son sourire était tout sauf amical. «De toute façon, j'avais environ vingt ans à l'époque. Nish jure que j'étais plus jeune, mais qui suis-je pour discuter. J'ai entendu ma mère, qui était cuisinière à Castle Sun Tear - c'est le château le plus proche de la frontière de Feyen- - que la pauvre petite princesse orpheline avait été si grincheuse ces derniers temps, et comment elle n'aurait jamais eu un seul ami. Bien sûr, moi étant, eh bien moi, je devais voir qui était la petite orpheline. "

"Tu lui as hurlé dessus la première fois que tu t'es rencontrée." Comment le nom de Darke est-ce que je sais ça?

Marigold fit une grimace "Oui?" Puis elle se redressa, "Oh Nish s'est connecté avec toi. Elle a dû établir une connexion permanente pour que tu puisses partager des choses entre eux."

"Je- je ne comprends pas."

"Vraiment, moi non plus, mais ce que je sais, c'est que si elle établissait une connexion permanente, vous seriez capable de savoir des choses sur elle ... comme un souvenir et elle avec vous. Alors, devrais-je continuer avec l'histoire ? "

"Je ... Euh ... oui?" Alors, est-ce que ça veut dire qu'elle sait tout de ma vie? Était-ce ainsi qu'elle avait découvert les esclaves? La possibilité était suffisante pour forcer un frisson.

"Eh bien, j'ai trouvé son genou haut dans des robes, des couvertures et d'autres formes de tissu et j'ai crié. Ne vous y trompez pas, j'avais tout à fait le droit de lui crier dessus. Elle avait fait un tel gâchis qu'il m'a fallu une heure entière pour comprendre ce que à faire avec tout cela. Et c'était en utilisant mes capacités. "

Ethan sourit, mais baissa les yeux sur ses genoux.

«Quoi qu'il en soit, je lui ai dit catégoriquement juste parce qu'elle était une princesse ne lui donnait pas le droit de faire un gâchis et de rendre tout le monde autour d'elle misérable. Il y a plus, mais cela a été dit en toute confiance et je refuse de briser cette confiance. De toute façon, elle a promis de gagner ma confiance. Quand elle est la princesse ou la reine ou quoi que ce soit, je suis son elfe de maison silencieux qui voit tout et ne sait rien. Je suis également responsable de tout le personnel de nettoyage. "

"Et quand elle est ... seule dans son appartement?"

Ethan hocha la tête une fois.

«Ensuite, c'est Nisha ma chère amie que je gronde parce que personne d'autre n'oserait le faire. Je lui dis ce que j'entends qu'elle ne saurait autrement. Et nous sommes toujours honnêtes les uns avec les autres. conversation ponctuelle. C'est mieux ainsi. "

Elle regarda le plateau qui flottait maintenant au milieu de la pièce. "Oh bien, votre thé est arrivé. Il devrait vous aider à vous détendre jusqu'à ce que Lilly puisse vous regarder."

«Lilly? Nisha m'a dit que sa cousine venait mais n'a pas dit grand-chose à son sujet.

"Ah, oui. Laissez-moi voir ... la princesse Lilly Aileen Kairavi, la princesse héritière de Lite. Et une cousine de notre Nisha. Fiancée à un fils de Draken. Et vous devriez aussi savoir que Lilly a le don de se mettre en difficulté et tirant son animal de compagnie Draken dans le feu avec elle. "

Pet Draken? Comment pourrait-elle… était-elle si puissante qu'elle a asservi un Draken? "Elle vient ici?! Pour me voir?!"

"Eh bien, je ne dirais pas juste de te voir mais il n'y a pas de meilleure personne Fey ou autre qui soit un guérisseur doué. De plus, je soupçonne que tu aimerais trouver tes pieds avant que Nisha ne propose un schéma de cheveux-cerveau qui profitera au maximum les citoyens de Darke s'assoient et pleurent ou se boivent dans la stupeur. À condition qu'ils ne se cachent pas pour éviter d'entendre l'idée, pour commencer. "

"Elle ferait vraiment ça? Faire quelque chose pour effrayer tous les citoyens de Darke?"

«Chérie, tu n'en as aucune idée. Tu as vu sa veste au Spire?

"O-Oui. Il était fait de plumes."

"Oui. Elle a pris les plumes d'une douzaine de merles, puis a fait chacun d'eux des pulls jusqu'à ce que leurs plumes repoussent. Bien sûr, elle jure encore aujourd'hui que les oiseaux ont eu l'idée et ont expliqué comment enlever leurs plumes en toute sécurité. Puis tu as ce costume noir qu'elle portait dans la baignoire. "

Merde. Il n'y avait prêté aucune attention à part cela correspondait à sa forme. "Je ne me souviens pas."

"Uh huh. Il a été fait pour elle par la reine Sedna et elle vit dans la mer sans fin. Pensez-y un instant. Nisha aurait dû la rencontrer et la reine ne quitte jamais son palais ... jamais."

"C'est impossible ... personne n'a jamais ... vu ..." Non, attendez, il y avait des histoires de gens allant à la mer ... la question a toujours été de savoir s'ils revenaient un jour. Là encore, elle avait semblé intéressée par les habitants de l'eau lorsqu'ils parlaient.

"Exactement. Alors, voudrais-tu connaître ton travail dans la maison de Nisha?"

Ethan gémit, "Non, mais je pense que je devrais de toute façon."

«Vous arrivez à l'empêcher de faire quelque chose avant qu'elle n'y réfléchisse.

Chapitre 28:

Lilly

Lilly regarda par la fenêtre de la voiture et son cœur lui fit mal. Il était bien plus de minuit mais encore à des heures de l'aube, et pourtant il y avait des gens qui couraient dans l'ombre. Qu'il s'agisse d'hommes ou de femmes ou non, elle ne pouvait pas le dire, mais elle pouvait voir qu'ils n'étaient guère habillés que de chiffons. De plus, elle pouvait ressentir la sensation distincte du sang de Fey. Le pouvoir contenu dans ce sang rend l'air lourd d'inquiétude et de peur. «David?

Il feuilletait l'un des livres de lois qu'elle avait lu mais lui aussi essayait de trouver la source de ce qu'il ressentait. "Tu le sens aussi." Le livre se referma entre ses mains alors qu'il essayait de localiser la cause de l'odeur. Ou la raison de la peur.

Concentrant ses yeux sur la rue, elle haleta, "Fey. Beaucoup de Fey ... mais ..."

"D'après tout ce que le conseil a fourni, il n'y a pas de Fey ou même de partie de Fey nulle part dans Darke." David fit une pause. «Pensez-vous que Nisha le sait?

A cela, Lilly renifla. "Si elle ne le fait pas maintenant, elle le fera à l'aube."

Trop vite, il attrapa son bras. "Il pourrait y avoir un autre problème."

«David».

Ses narines s'enflèrent alors qu'il reniflait l'air. "Je peux sentir le sang. Du sang de Fey frais et chaud. Pas seulement les restes."

Elle avait l'air inquiète maintenant. "Êtes-vous sûr?"

"Je suis Darken. Je connais la différence d'odeur. Je contacterai mon père une fois que nous arriverons."

"M-mais." Il se présenterait prêt pour la bataille avec des dizaines de ses meilleurs combattants. Nisha ne serait pas contente.

"Lilly écoute-moi. Fey, peu importe où ils vivent, sont protégés par Feyen. Si l'un d'eux est blessé ici, cela pourrait signifier la guerre. Si des dizaines d'entre eux sont ici sans papiers et subissent des dommages, cela déchirera tout le continent ou pire. . "

Regardant par la fenêtre, Lilly pâlit. "Ton père pourrait ..." Tuer tout ce qui nuit à un Fey? C'était une bonne possibilité. Empêcher la guerre d'éclater? C'était maintenant une bonne question. Au cours des mille dernières années, ils avaient été la force de police incontestée de toutes les terres. Ils avaient été chargés d'empêcher la guerre d'éclater entre le Fey et le Serpent Marsh. Maintenant que la menace était beaucoup plus proche ...

«Entre mon père et ta mère, je pense que nous pouvons convaincre Nisha de lancer une enquête formelle. Non pas que je doute qu'elle n'ait pas déjà commencé à comprendre ce qui doit être fait. Une fois qu'elle se serait habituée à être ici, elle saurait quelque chose n'allait pas du tout. Ou du moins Freya ou son ombre le découvrirait à sa place. "

Très calmement, Lilly prit une profonde inspiration avant de dire: "D'accord. Alors, on intimide notre cousin pour qu'il fasse quelque chose de raisonnable au lieu de quelque chose d'imprudent?"

«Non, nous nous démarquons si elle a déjà décidé de quelque chose d'imprudent et espérons pouvoir la convaincre de faire quelque chose de raisonnable.

Lilly prit une profonde inspiration et regarda le château apparaître. "Très bien, je pense que nous pouvons le faire. Cependant, je ne pense pas que nous ne devrions pas laisser les citoyens de Darke voir qui ou plus au point ce que vous êtes en ce moment."

David roula des yeux. "La princesse voyage aussi avec son chien de garde vicieux ou son chat de confiance."

"Je pense ... qu'une princesse choyée devrait avoir un minou tout aussi choyé."

Bien sûr."Alors, tu veux quelque chose de pelucheux et qui a l'air paresseux." Et rien qui ressemble à une menace.

Elle eut un sourire enjoué. "Pense juste que si tu as une longue fourrure dorée, ce serait plus facile de te caresser."

"Très bien. Je vais me changer en un putain de gros chat."

"Oh, tu sais que tu aimes être caressé." Elle sourit alors qu'il sautait sur ses genoux, déjà content de jouer son rôle.

En sortant de l'entraîneur, elle n'avait jamais été aussi nerveuse. Elle ne pouvait pas voir le sommet du château mais pouvait sentir des yeux - des yeux sauvages - la regarder. Il n'y avait pas un seul lampadaire allumé, ni de lumière provenant d'aucune fenêtre. Pas tant qu'une lueur de feu provenant de n'importe quelle pièce qu'elle pouvait voir. "Le personnel n'arrivera que le matin. Mère en apporte plusieurs de Lite." Se dit-elle en caressant David qui était blotti dans ses bras. Une respiration profonde. Elle était en sécurité. David était avec elle. Il ne laisserait rien lui faire de mal.

D'ailleurs, Nisha ou ses légions de gens de l'ombre ne le feraient pas non plus.

Lentement, elle monta les marches de pierre sombre et attendit que la porte s'ouvre. Quand ce ne fut pas le cas, elle souleva le heurtoir en or et le laissa tomber. Le bruit du métal résonna à la fois dans le château et dans l'air autour d'elle.

La porte s'ouvrit brusquement. «Que voulez-vous au nom de Darke? Un grand homme en uniforme de garde grogna. Enveloppé par les ténèbres, rien d'autre que sa taille et ses yeux couleur de braise ne fut montré.

Lilly sursauta au crépitement de la voix du garde, s'attendant à moitié à ce que le feu suive ses paroles. "Je suis la princesse Lilly de Lite. Je suis ici à la demande de la princesse héritière Nisha."

Le garde la fixa pendant un long moment, ses yeux de braise clignotant pour l'avertissement, "Personne n'entre sans approbation. Et non ... chats ... permis. Jamais."

Nish, j'ai besoin de toi.

"Qu'est-ce que tu veux dire, mon chaton ne peut pas entrer?" Lilly a piétiné son pied devant le garde. Son grand-père avait adoré se transformer en chat... Elle savait qu'après tout, sa grand-mère lui avait raconté les histoires à plusieurs reprises.

"Pas de chats autorisés dans le palais. Aucune exception."

De toute évidence, il n'avait pas entendu les histoires de la famille royale. «On m'a dit de venir aussi vite que possible et vous retardez mon audience avec mon cousin. Maintenant, tenez-vous à l'écart. Elle piétina son pied avec frustration. Ou de donner l'impression qu'elle était frustrée maintenant qu'elle voyait son cousin apparaître.

"Revenez le matin et laissez le ... la chose à la maison."

Chapitre 29:

Nisha

Nisha fit une pause pour s'assurer qu'elle avait l'attention de Lilly. Après avoir écouté pendant un moment le dribble que le garde vomissait, elle grogna, "C'est le milieu de la nuit. Quel est le problème ici?"

Le garde se retourna pour voir Nisha se tenant à quelques pas de lui. Des vrilles noires coulaient librement de tout autour d'elle. Une brume tourbillonnante noire et grise créant une paire d'ailes à la fois époustouflante et mortelle. Il déglutit difficilement en voyant quelque chose qu'il ne pouvait pas nommer vaciller au fond de ses yeux. "Troublemaker Votre Majesté."

«Oui, je peux voir que tu l'es. Maintenant laisse passer mon cousin avant que je te donne à manger à un Draken.

Le garde recula de quelques pas. "M-mais ..."

Les yeux de Nisha se plissèrent d'agacement. «Est-ce que j'ai bégayé? Et ne pensez pas une minute que je ne contacterais pas mon oncle pour lui dire que j'ai un marcheur de feu pour qu'il puisse dîner.

Le garde a fait un autre pas en arrière. «Non madame, mais le chat...»

«Est le bienvenu dans ma maison. Allez Lilly, le hall principal est beaucoup trop froid pour garder le pauvre minou à la porte.

Ce n'est que lorsqu'ils furent hors de vue du garde que David sauta et prit sa forme complète. «Alors, est-ce que je peux dîner maintenant ou devrais-je être l'invité poli? À condition que tu ne veuilles vraiment pas ce cul pour mon père.

Nisha lui lança un regard ennuyé. «Ce soir, vous êtes un invité d'honneur. Demain, j'aurai peut-être plusieurs choses à choisir pour votre dîner.

David attrapa son bras et la balança dans le premier recoin qu'il put trouver. "Qu'est-il arrivé?"

"Pas maintenant. Cette salle a des oreilles qui ne m'appartiennent pas."

"J'ai une réponse à cela."

Tenant son terrain, Nisha siffla brusquement: «Pas maintenant, Prince Davkren.

Après avoir tourné plusieurs coins, Nisha prit une profonde inspiration et sourit. "Nous pouvons parler maintenant."

"Êtes-vous sûr?"

"Lil, honnêtement tu penses que je dirais que nous pourrions le faire s'il y avait autant qu'une souris qui n'était pas liée à moi dans cette zone."

"Eh bien, non ... mais ..."

«Gwydion a des gens dans cette aile à tous les étages. Ni lui ni Freya n'ont pu parcourir tout le château pour voir à qui on peut faire confiance et qui ne peut pas. Je suppose que tante Céleste peut m'aider quand elle arrivera.

Qui est Gwydion? Pas mieux de ne pas demander ça.Pensa Lilly. Au lieu de cela, elle a demandé: "Avez-vous déjà lu les lois? David et moi avons commencé à et ..."

Nisha renifla. «Si vous voulez dire les lois que le conseil a faites, j'en ai entendu parler et après demain, la plupart seront annulées.

«Et le Fey?

Maintenant Nisha se figea. «Je pensais que j'avais tort», se murmura-t-elle. "Merde. Allez, je veux votre opinion, alors j'ai besoin que vous soyez le guérisseur doué que vous êtes et s'il vous plaît ne me dites pas que j'ai fait un gâchis de choses."

Liant son bras avec Lilly de Nisha essaya de sourire. «Eh bien, chérie, tu fais toujours un gâchis si tu essayes de le guérir. Cependant, tu es très compétent pour ramener ceux qui devraient être morts à la vie. Et c'était quelque chose qui, en dehors d'eux trois, ne serait jamais dit à une autre personne ... y compris sa mère. Enfin sauf Edgar, qui était celui que Nisha avait ramené à la vie après une rencontre avec un troll.

Ouvrant la porte noire polie, Nisha se figea, voyant Ethan seul et essayant de se glisser sur une chaise. Il portait toujours la chemise de nuit en soie et les bas assortis dans lesquels elle l'avait aidé pendant qu'il dormait ... Il portait toujours ses kilomètres de bandages qui étaient sous la chemise de nuit ... et avait toujours l'air de douleur. Ce qu'il était. Un regard sur son visage lui dit cela. "Je pensais avoir dit de rester au lit."

Il la regarda et soupira, "La bonne ... Marigold ... a dit qu'elle ne me donnerait pas le thé tant que je ne serais pas sur une chaise."

Elle parlerait à Mari plus tard. Et sans aucun doute, ils auraient l'un de leurs arguments très restreints qui ferait en sorte que l'un d'eux se souvienne de qui était la reine et qui devait céder aux ordres directs. "Très bien. Je m'occuperai d'elle demain." Elle fit un pas complet dans la pièce. "Ethan, voici ma cousine Lilly. Lilly si ça ne vous dérange pas ..." Elle ne termina pas la phrase quand sa cousine la poussa.

Lilly a dérapé pour s'arrêter juste avant le lit. Ses yeux étaient déjà fixés sur ce qui était caché sous les couches de tissu. Avec un hoquet, elle demanda: "Par les dieux ... que s'est-il passé?"

"Je-" commença Ethan en même temps que Nisha souffla, "Mon mandataire a décidé de prendre quelques libertés."

David ferma la porte derrière lui. Entre Nisha ouvrant la porte et Lilly passant le seuil, il avait caché ses cornes recourbées et ses oreilles pointues. En ce moment, il avait plus l'air de serpent dans les yeux que Draken ou Feyen. «Nish, peut-être que pendant que Lilly travaille, nous pouvons aller dans une autre pièce et vous pouvez expliquer certaines choses.

«Lilly?

"Cela me prendra un certain temps pour bien voir tout. Cela aiderait si vous étiez ..." Elle s'arrêta en regardant le bout de l'oreille d'Ethan. "... pas ici pendant que je regarde bien tout."

S'appuyant sur la porte qui menait au salon, David grogna: «Maintenant, voudrais-tu me dire ce qui se passe et qui est ce garçon?

Ses yeux se plissèrent. Pour toute personne sensée, ce serait un avertissement de ne pas pousser. Les obscurcissements étaient exclus. Cependant, David comprendrait son grognement profond et prendrait soin de ne pas la provoquer. «Le garçon est Ethan, est ma fiancée. Il est autorisé à être dans ma chambre à moins que vous ne vouliez discuter de votre présence dans le lit de Lilly ces dernières années. Et c'était avant que tante Céleste ne sache que vous étiez même dans le château.

David nota les nuances sombres de la voix de Nisha. Il remarqua le rétrécissement de ses yeux et savait que son cousin était à un souffle de les terrifier tous. Donnant un sourire qu'il espérait avoir l'air amical, il a concédé: "Très bien, je ne le mangerai pas."

Bien sûr, vous ne le ferez pas. Bouffant ses cheveux, Nisha s'éloigna de David et se rapprocha de l'un des longs canapés. "Maintenant, d'après ce que je sais, c'est que quelque temps après l'incendie, un grand groupe de personnes ... Les gens qui, je suppose, étaient liés par le sang à ma mère et étaient très confus d'être soudainement détachés ... ont été en quelque sorte rassemblés et enfermés jusqu'à ce qu'ils se soumettent à l'esclavage. Ceux qui étaient enfants, comme Ethan, se sont fait dire très tôt qu'ils étaient des chiens. Leur chair est monnaie pour tous ceux qui les possèdent et leur sang est pour ceux qui en dépendent. J'espérais que j'étais tort qu'ils étaient le Fey disparu. "

Disparu? Que voulait-elle dire «disparue» et pourquoi ne l'avait-on pas dit aux Draken? La réponse était que Celeste ou Alista ne pensaient pas qu'ils manquaient autant que de vivre ailleurs. Et l'un ou les deux les recherchaient très tranquillement. "Merde."

«J'ai un plan pour y faire face une fois que tante Celeste arrivera. Mais pour être honnête, je ne pense pas qu'elle en sera du tout satisfaite. C'est pourquoi je n'ai pas l'intention de tout lui dire avant le fait.

David roula ses yeux dorés et secoua la tête. "Elle sera moins contente si le royaume de Feyen déclare la guerre à cause de cela."

Se traînant vers l'autre long canapé aux bras rembourrés, Nisha se pencha sur le bras et croisa les bras. "Très vrai. C'est pourquoi j'ai envoyé Freya à Feyen pour parler non pas à Larna mais à sa grand-mère Alista. Il vaut mieux qu'elle sache que c'est déjà géré puisque je viens juste d'être mis au courant de la situation. Avec de la chance, ça devrait me donner une semaine. ou plus pour faire face à tout avant d'exiger des représailles. "

"Semble raisonnable." David poussa la porte et se dressa sur elle. «Alors, qu'est-ce que tu ne me dis pas qui me conduira sans aucun doute à souhaiter vraiment être un chat?

Tapotant son doigt sur ses lèvres, Nisha s'assit tranquillement pendant quelques battements de cœur avant de sourire. "Eh bien, je ne sais pas si je suis un chat ... mais je pourrais utiliser un Draken maintenant."

Ce que David ne s'attendait pas. Ou peut-être après avoir senti le sang de Fey qu'il avait. Quoi qu'il en soit, il a demandé: "Eh bien, vous en avez un devant vous, alors comment puis-je être utile?"

S'arrêtant pour un autre battement de cœur, Nisha confirma ce qu'elle avait déjà entendu au moins une fois dans les ombres avant de tenter d'expliquer au seul Draken qui était actuellement dans tout Darke. "Le mandataire qui devait élever Ethan lui a fait beaucoup de mal ... j'ai besoin de lui ..." la limace troll glissante "... retrouvée. Jusqu'à présent, il a pu se cacher de Freya et d'une légion d'ombres. mentionnez les autres qui le traquent actuellement. "

Trébuchant d'un pas, David grogna, "Des nuances? Ici?" Comment? Pourquoi? Il n'est pas préférable de ne pas demander cela ou il pourrait en fait obtenir une réponse.

Tapotant le dos de David de manière rassurante, Nisha sourit en disant: "Oh, ce sont les gens les plus charmants qui sont aussi liés par le sang. Alors, ne vous inquiétez pas, ils ne peuvent pas nuire à ceux qui sont mon sang. Croyez-moi, vous êtes en sécurité mais s'il vous plaît demandez à l'oncle Craykren de ne pas me paraître menaçant. Je doute qu'ils soient aussi indulgents que l'ombre l'a été avec vous. "

Reprenant son souffle, David essaya de sourire. Presque réussi. "D'accord, je ferai ce que je peux pour mon père mais tu sais qu'il aime un bon combat."

"Oui, mais ce ne serait pas un combat loyal puisqu'il ne pouvait pas nuire à une ombre ... elles étant faites de brouillard et tout." Nisha laissa sa main pendre librement à ses côtés puis fit un mouvement tourbillonnant avec ses doigts. Une brume sombre taquina le bout de ses doigts, donnant l'impression qu'elle caressait quoi que ce soit ou qui que ce soit.

Forçant un sourire, David ne dit rien de la brume. "Bon point. Maintenant, qu'est-ce que j'ai besoin de savoir sur ma proie?"

«Il fait partie de Wendigo et de Fey.» Puis Nisha croisa les yeux de David et dans un grognement sourd dit: «Je le veux vivant.

Chapitre 30:

Lilly

Aidant Ethan à se remettre dans son lit, Lilly lui fit flotter la tasse de thé. "Ici vous allez. C'est un tonique anesthésiant mélangé avec quelque chose pour vous aider à vous reposer."

Ne prenant pas encore une gorgée, Ethan demanda, "Pourquoi la bonne me dirait-elle de bouger si elle savait que ça ferait chier la princesse?"

Assise aux pieds d'Ethan, Lilly avait l'air de réfléchir à la réponse pendant un long moment avant de hausser les épaules. "Eh bien, si je devais deviner qu'elle voulait que tu lui dises non. Mais c'est Mari, tu finiras par la connaître. Peut-être. Bien sûr, la seule personne que Mari est gentille aussi est Nisha mais à peine. Encore une fois, la plupart les elfes de maison sont rarement agréables à côtoyer. Donc, il est plutôt possible qu'elle essaye d'être ennuyeuse. "

Ethan prit une gorgée de thé et changea de sujet. "Ceci est vraiment bon."

"Bien sûr, ça l'est, Marta est une magnifique cuisinière et est également formée en tant qu'assistante guérisseuse, donc elle sait une chose ou deux sur la façon de préparer des thés de guérison appropriés." Puis elle lui tapota la jambe de manière rassurante. "Ne demandez jamais à Nisha d'en faire un elle-même. Elle essaie, mais faire des thés ou des toniques n'est pas quelque chose pour quoi elle est douée. Ne lui dites pas, mais son dernier lot a tué les plantes à la Spire. Zilla qui est le… euh… le guérisseur en chef de la flèche… n'était pas content. "

"D'accord."

Puisqu'il commençait à avoir l'air somnolent, elle demanda, "Est-ce que tu vas bien que j'enlève ta chemise?"

"Je peux…"

"Non Ethan, je ne veux pas que tu bouges plus que nécessaire."

Il hocha simplement la tête.

Lentement, elle déboutonna le haut et le laissa glisser de ses épaules bandées et tomber sur le lit. Soigneusement, elle commença à déballer la couche extérieure pâle de tissu pour révéler une couche de gaze qui commençait à s'infiltrer avec du sang pas rouge auquel on pouvait s'attendre ... ou même vert que certains des citoyens modestes avaient mais un sang bleu profond qui était si rare que très peu de Fey de haute naissance l'avaient ... et aucun en dehors de Feyen ne l'avait jamais vu. Une bouffée de fumée argentée et une boîte en or incrustée d'argent se trouvaient à côté d'elle.

«Est-ce que la princesse a une boîte comme ça? C'était la seule question acceptable à laquelle il pouvait penser. Ou du moins la seule question qu'il pouvait poser et qui pourrait obtenir une réponse.

Vérifiant plusieurs des petites bouteilles pour celle qu'elle cherchait, Lilly lui répondit aussi nonchalamment qu'elle le pouvait pour ne pas l'inquiéter. "Oh, ça? Nisha en a un mais il n'est pas aussi bien approvisionné que le mien. De plus, c'est juste pour les urgences. J'ai laissé mon plus gros au Spire."

"Oh mais ..."

Regardant autour de son épaule, elle sourit. «Ethan, chérie, tu saignes; j'appelle ça une urgence.

"La plupart des saignements ont cessé."

"Eh bien, c'est bien beau, mais la chair va être guérie. Maintenant ..." Elle fouilla dans sa boîte et en sortit deux tubes avec de petits compte-gouttes attachés. «Tirez la langue, s'il vous plaît. Je pense que vous serez beaucoup plus heureux si vous avez dormi pendant cette période. "

"Je-" Voyant un regard dans ses yeux qui l'osa argumenter, il ouvrit sagement la bouche et tendit la langue comme demandé. Trois gouttes de chaque flacon ont été placées sur sa langue. Avant qu'il ne puisse fermer la bouche, sa vision a basculé. "Dois-je me sentir étourdi?"

«Dors juste, Ethan. Tu te sentiras beaucoup mieux le matin.

Lilly claqua la lourde porte de la chambre derrière elle, laissant le grondement profond résonner dans la pièce. Une douce brume blanche tourbillonnait autour de ses jambes et le long de son dos, créant une paire d'ailes spectaculaire qui pourrait appartenir à un papillon de fantaisie. "Nous devons parler. Maintenant."

Nisha croisa les bras imperturbable par la petite démonstration de colère. Après tout, c'était Lilly et elle montrait rarement du tempérament, et quand elle le faisait, cela s'éteignait aussi soudainement que cela venait. Cependant, sa chère cousine semblait plus énervée qu'elle ne l'avait jamais vue auparavant. "Tu ne devrais pas prendre soin d'Ethan?"

"Lord Ethan est parfaitement endormi et le restera jusqu'à l'aube. A condition qu'il y ait une aube ici. Et à condition qu'il ne combat pas le sommeil dont son corps a besoin."

David se rapprocha de sa fiancée. "Il y a une aube chérie, on dirait que tu la regardes depuis un endroit sous un arbre d'ombrage."

«Ne commence pas, David. N'ose pas. J'ai parfaitement droit à ma colère. Et je n'ai pas besoin que tu me dises le contraire.

Nisha sourit en essayant de ne pas rire. Oui, sa cousine était définitivement plus énervée qu'elle ne l'avait jamais été auparavant. «David, veux-tu s'il te plaît tenir compagnie à Ethan pendant que Lilly et moi parlons?

David hocha la tête une fois. À tout autre moment, il embrassait la joue de Lilly en quittant la pièce ou au moins en touchant doucement son bras. Pour le moment, il ne pensait pas qu'elle accepterait l'un ou l'autre de ces mouvements, alors il se transforma en un chat tigré mince avec des rayures brunes et grises et se glissa hors de la pièce.

"D'accord, de quoi as-tu d'être fou dont je n'ai pas encore pensé?"

En regardant sa cousine, elle n'a pas vu une femme qui était folle, pas même un peu énervée mais qui la regardait plus profondément dans les yeux et voyait des flammes scintiller derrière les rivières de glace. Et pire encore, elle pouvait juste distinguer les âmes des morts qui criaient pour être libérés ... oh oui, elle ferait mieux de faire très attention. "Ethan est Fey."

"Oui. Je le sais. Cependant, ce n'est que lorsque je l'ai mis dans une piscine d'eau et que j'ai regardé chaque centimètre carré de sa peau que j'ai pu le dire. Dans tous les cas, j'ai déjà chargé David de m'apporter le sac de chair pourrie qui a décidé qu'ils valaient plus qu'un membre de ma maison. Et comme pour l'autre Fey ... j'ai déjà un plan pour eux mais je ne vous le dirai pas car je veux que les gens sachent pourquoi je devrais être craint. "

La brume qui avait coulé autour d'elle s'est déposée trop vite au sol. Elle savait que sa cousine et Nisha ne voulaient jamais que personne la craigne… jamais… «Nisha…? L'inquiétude emplit sa voix douce.

"Je sais ce que je fais Lilly." La voix de Nisha s'accéléra, ne voulant pas encore admettre ce qu'elle devait faire. "J'ai toujours pris grand soin de m'assurer que les gens ne me craignaient pas. Ne pas faire savoir à qui que ce soit à quel point je suis vraiment puissante et c'était avant de devenir la reine des sous. Royaume. Mais cela est fait maintenant. Je connais la légende du Fey bien mieux que quiconque vivant. Donc, je sais qui et quoi vengera ceux qui sont du vrai sang Feyen. "

La colère de Lilly se dissipa, tout comme la couleur de son visage. "Êtes-vous sûr?"

"Vous et moi sommes une famille. Des amis. Ainsi que des soeurs de sang. Je ne veux jamais que vous me craigniez mais ... Si c'est le prix que je dois payer pour assurer la sécurité de notre famille ... Alors c'est le prix que je paiera volontiers. " Nisha s'assit sur un bras d'un court canapé et ferma les yeux. "Saviez-vous que mon père était redouté par la plupart des hauts-nés, mais aucun des bas-nés? Et ma mère bien que ce soit un exploit bien plus grand qu'elle n'en était capable à l'époque, elle était soupçonnée d'avoir tué la famille royale de Feyen? "

«Oh, Nisha…» Lilly l'enroula armée autour de sa cousine pour lui donner autant de réconfort qu'elle le pouvait. "Maintenant, ne fais pas ça ..."

Essuyant une seule larme de son visage, Nisha renifla. "Faire quoi? Je n'ai pas appris à connaître mes parents parce que quelqu'un d'autre ne les comprenait pas. Je les ai perdus tous les deux parce qu'aucun des deux ne s'est rendu compte que les gens avaient besoin de les craindre pour protéger ce qu'ils avaient construit. Et bon sang, ils étaient tous les deux des voyants. ... ils auraient dû être au courant de l'attaque ... ils auraient dû ... »Elle essuya son nez sur la manche de sa robe de chambre. «Je suis désolé. Être ici... savoir combien ont souffert depuis que ma mère a été enlevée… ça fait mal. Je ne m'attendais pas à ce que ça fasse autant de mal.

«Voulez-vous que je vous réconforte?

"Je ne pense pas que se transformer en papillons et écouter des conversations que nous ne devrions pas entendre soit une bonne idée pour le moment."

"Oh bien. Que diriez-vous de décider si je devrais réparer les ailes et les oreilles d'Ethan ou les laisser coupées." Non pas que les ailes aient été coupées, mais plutôt arrachées de son dos... à la fois de la peau et du muscle où elles étaient attachées.

"Je pense ..." Nisha fit une pause en essuyant les larmes restantes de ses yeux, "J'ai besoin qu'il soit capable de se tenir debout pour le couronnement ... après notre départ pour le Spire, alors si vous vous sentez enclin, vous pouvez lui rendre ce qui était pris de lui. " Elle se recula juste assez pour regarder son cousin. «J'aimerais voir ses ailes si possible, mais il serait peut-être bon d'attendre un peu avant qu'il soit installé dans sa nouvelle station.

"D'accord." Prenant une profonde inspiration et s'éloignant de sa cousine Lilly demanda: «Alors, que fera David pendant que vous effrayez tout le monde?

"Eh bien, Ethan aura besoin de quelque chose à porter. Alors, j'ai pensé qu'il adore bricoler avec des bouts de tissu ..."

Caressant les cheveux couleur corbeau de Nisha, Lilly dit doucement, "Si ça ne vous dérange pas que je dise."

"Lil, j'apprécie toujours votre perspicacité."

"Je pense que dire à un tailleur de faire quelque chose pour votre fiancé enverra un meilleur message à votre peuple."

Un sourire triste secoua ses lèvres alors qu'elle reniflait. "Oui, je pense que je vais leur poser la question. Sinon, je serai simplement supposé."

Roulant des yeux, Lilly se força à rire. "Bien sûr. Cependant, je pense qu'ajouter que Draken aura sa peau si vous n'êtes pas complètement satisfait du travail, ferait un merveilleux ajout."

"Oh mon Dieu. Je dois simplement demander à David de demander si ses frères seront également présents."

*Était-ce la manière de Nisha de changer de sujet?*D'une manière ou d'une autre, elle ne le pensait pas. Fermant les yeux, Lilly détestait presque demander, "P-Pourquoi?"

"Eh bien, à ce stade, David et son père auront plus de choix potentiels pour le dîner qu'ils n'en auraient besoin pendant deux ans."

Fermant les yeux, Lilly marmonna, "Pourquoi ai-je déjà demandé?"

Chapitre 31: Ethan

Ethan essaya de ne pas gémir à cause de la douleur sourde dans ses articulations… essayé et échoué. Au moins, il était seul… du moins…

Quelque chose bougea sur le bord du lit … quelque chose … "Facile maintenant, Lilly aura ma peau si je te laisse trop bouger."

Merde. Trop vite, il ouvrit les yeux pour voir un garçon Feyen incroyablement beau… homme… assis près de ses pieds et le regardant avec trop d'intérêt. "Je n'avais pas réalisé que je n'étais pas seul."

"C'est bon." L'homme tendit la main vers la table de chevet et versa un verre de liquide rouge dans un verre transparent. "Ici, cela aidera avec la rigidité."

«Merci? Le liquide était doux. Fruité… Et mieux que tout ce qu'il avait jamais goûté. "Qui êtes-vous, si cela ne vous dérange pas que je le demande?" Le dernier a été dit un peu trop vite après avoir pensé qu'il avait offensé cet inconnu.

"Vous pouvez m'appeler David. La plupart des membres de la famille royale de Lite le font. Et Nisha aussi je suppose."

David? Ce n'était pas un nom Feyen. Ou du moins, il ne pensait pas que c'était le cas. «C'est un... euh... nom peu commun.

Se versant un peu de la boisson, David dit avec désinvolture, "Oui, eh bien, mon vrai nom est beaucoup trop long pour une conversation informelle, alors Lilly a choisi David. Après dix ans, il s'est développé sur moi."

Pendant un long moment, Ethan regarda dans son verre faire tourbillonner le liquide rouge autour avant de demander très doucement, "C'est bien que nous parlions?"

David pencha la tête en question avant de répondre: "Pourquoi ne le serait-il pas? Cette fois, demain, tu vas épouser mon cher cousin."

"M-marié? Demain?" Non, cela ne pouvait pas être vrai. Le couronnement était dans deux semaines, pas demain. Et il n'était pas le prétendant choisi... pas même proche du prétendant choisi. En fait, il ne pouvait pas l'être. C'était un chien pas un royal Fey ou une autre sorte de royal.

"Bien sûr. Oh, mais on vous a dit qu'elle épouserait le prince serpent. Est-ce exact?"

Y avait-il une bonne réponse? Lentement, Ethan hocha la tête.

"Oui, bien, c'était clairement un mensonge. Et Nisha déteste quand les gens lui mentent ou à des membres de sa maison. Vous ne croiriez pas à quel point ce petit mensonge a causé des ennuis. Ou ce que Nisha prévoit à cause de cela. Mais s'il vous plaît ne Ne lui posez pas la question. Je suis sûr qu'il vaudra mieux que tout le monde le sache plus tard qu'avant. "

"Oh?" Était-ce un mensonge? Mais pourquoi son oncle mentirait-il? Alors pourquoi lui aurait-il jamais dit la vérité?

"Oh oui. Voudriez-vous que je vous dise ce que je sais pour un fait ou aimeriez-vous entendre la Légende de la Fée?"

Prenant une autre gorgée de liquide, Ethan dit avec un bâillement, "Ce que tu préfères dire."

"Ah très bien. Commençons par l'histoire de votre famille. Nous allons commencer par le côté de votre mère de la famille. Son nom était Lady Faerydae, pardonnez-moi mais je ne connais pas son nom de monsieur. Cependant, je sais qu'elle était en quelque sorte liée avec la maison royale de Feyen, ces liens sont un secret soigneusement gardé. D'après ce que j'ai pu découvrir, elle était liée à la dernière reine par des lignées de sang mais n'était pas assez étroitement liée pour être considérée comme royale. Quoi qu'il en soit, elle était toujours une dame de la cour.

Lorsque le père et la mère de Nisha ont déménagé à Darke, elle est venue avec eux. En échange, on lui a donné plusieurs magasins et confiseries pour créer les revenus auxquels elle était habituée. Depuis l'incendie, tous les magasins de Darke devaient cependant vous être donnés en raison de votre âge au moment où votre oncle en a pris le contrôle. D'après ce que je peux dire, il a employé n'importe qui, il a jugé bon et a gardé tous les revenus pour lui-même. David s'assit un peu et s'assura qu'il avait toute l'attention d'Ethan avant d'ajouter: «Nisha n'est pas satisfaite de tout cela au fait. Et je doute qu'une fois que la reine Céleste le découvre, elle sera moins que satisfaite de la façon dont vous avez été élevée. "

«Non, ça… ne peut pas…» Un autre fragment de mémoire. Il était dans un magasin. La musique jouait doucement dans le dos. Il ne pouvait rien distinguer d'autre. Sa mère l'avait-il emmené dans ses magasins avec elle? Si ce que David lui disait, cela aurait pu être possible.

"Oh, mais ça l'est. Vous voyez que votre oncle a été expulsé de Feyen pour quelque chose. Je ne suis pas au courant de ces dossiers. En partant, il s'est frayé un chemin dans la maison de votre mère. Dans la semaine, un soulèvement s'est produit et a été écrasé. en quelques instants. Cette nuit-là, l'incendie s'est produit. Maintenant, je n'ai aucune preuve, mais je soupçonne que votre oncle a quelque chose à voir avec cela. Sinon, il sait qui l'a fait et pourquoi. Quoi qu'il en soit, Nisha a décidé de superviser son exécution personnellement. "

Oui, maintenant cela avait du sens. Sorte de."Prince Ciron. Je pense qu'il le sait peut-être. Depuis quelques années, il se nourrit ..." Ethan se frotta le cou là où le prince mordait habituellement.

«Tu étais lié de sang à Nisha peu de temps après sa naissance. Il espérait que s'il se nourrissait de ton sang, il pourrait la tromper assez longtemps pour l'épouser et la convaincre de te tuer en éliminant toute trace de liaison. Il ne comptait pas sur le fait que même si vous saigniez à sec, Nisha saurait que vous étiez à elle. Il y a quelque chose dans le sang royal qui semble se lier aux cellules mêmes d'un corps, de sorte que la liaison ne peut pas être défaite même pas dans la mort. J'apprécierais que vous ne Je ne le mentionnerai pas à Nisha… ou bien… à personne d'ailleurs. Je détesterais penser à ce qu'elle ou Lilly ferait avec l'information. Non, je sais ce qu'ils feraient. Une des dames lierait le serpent à elle-même alors l'autre essaierait de le tuer pour voir s'ils pouvaient briser la liaison. "

Ils ne le feraient pas ... s'ils ne pouvaient pas casser la reliure pourquoi… «Il a essayé de me tuer plusieurs fois… tu penses que…»

Tapotant la jambe d'Ethan, David sourit. «Nous allons régler ça après le couronnement. Maintenant, voudrais-tu savoir pour ton père?

S'asseyant juste un peu Ethan a demandé, "S'il vous plaît?"

«Je ne sais pas grand-chose sur lui à part qu'il était autrefois garde à la cour de Feyen puis est devenu capitaine de la garde ici. De plus, il a été le premier président du conseil ici à Darke. Je pense mais je ne trop sûr, mais son nom était quelque chose comme Gale… Galton ou quelque chose de similaire. Tous les enregistrements d'avant son arrivée à Darke sont conservés sous clé. Le Fey peut être très épineux lorsqu'il s'agit de partager des informations avec n'importe qui. les archives qui se trouvaient ici ont été détruites dans l'incendie. "

"Mais tu es Fey."

"C'est vrai. Mais je ne suis pas digne de confiance avec de tels documents. Du moins pas pour le moment. Un jour peut-être… mais maintenant?" David haussa les épaules. «Tout à Feyen se produit quand cela arrive. Les étrangers sont rarement en vie assez longtemps pour trouver des réponses à des questions longtemps posées. Plus encore si ces questions peuvent donner une réponse réelle.

Il avait écouté attentivement David. Écouter chaque mot. Et il savait d'abord deux choses, David n'était pas seulement un Fey. Il ne pouvait pas être - ses compétences linguistiques étaient plus proches de Draken ou d'un citoyen bas-né de Darke que d'un Fey qui avait vécu en parlant correctement. Plus encore… Fey ne vous a jamais simplement dit quelque chose sans obtenir quelque chose en retour. Et deuxièmement, Il pouvait juste voir le contour de deux cornes courbes. Distinguez simplement les écailles autour de ses yeux. Malheureusement, il ne demanda rien parce que la porte de l'autre pièce s'ouvrit et que Lilly et Nisha se tinrent sur le pas de la porte.

"Merde David, je t'ai dit de ne pas le réveiller." Enfin, pas exactement mais elle l'avait sous-entendu.

Un tel langage de la princesse de Lite. Mais il n'allait pas en parler. Oh non il ne l'était pas. «David ne m'a pas réveillé.

«Euh ha. J'en suis sûr. Mais comme je n'ai aucune preuve pour le moment, je lui épargnerai la conférence sur les raisons pour lesquelles je voulais que tu dors encore.

Cela ne ressemblait pas vraiment à une menace. Pas quand Nisha faisait de son mieux pour ne pas rire ou quand David ne semblait pas du tout décontenancé. «Avez-vous plus du liquide rouge?

"Liquide rouge ... Rouge ..." Lilly se retourna vers David qui essayait de se faufiler par la porte en se faisant remarquer, "Putain de merde, David, tu ne devrais pas lui donner de l'alcool dans son état. Je te jure que tu deviens l'assistant d'un guérisseur pire alors Nisha. » Attrapant un oreiller posé sur le lit, elle utilisa une rafale de vent pour le lancer sur David qui lui frappait le dos. «Je suis tellement en colère contre toi en ce moment que je devrais demander à tes frères de te sauter à la seconde où ils arrivent. " Elle prit une profonde inspiration. «Nish, pourriez-vous s'il vous plaît lui trouver quelque chose à faire avant qu'il ne se mette encore plus en difficulté?

«Bien sûr, après tout, j'aimerais voir les appartements royaux avant l'arrivée de tante Céleste. Nisha sourit si gentiment avant de faire une demande qui aurait été un avertissement à quiconque savait déjà comment les Fey avaient colonisé cette terre. "Lilly avant qu'Ethan ne dorme bien, veux-tu lui parler de la Légende de la Fey. Ça fait une merveilleuse histoire au coucher."

"Je suppose que j'ai le temps de réciter la Légende du premier Fey."

Lilly a attendu que Nisha et David soient tous les deux sortis avant de soupirer, "David n'avait pas le droit de vous donner de l'alcool pour le moment. Pas avec les toniques et les thés que je vous ai déjà donnés. Mais vous avez un peu de couleur alors je suppose qu'il y en avait pas de mal cette fois. "

"Il a dit que cela aiderait à réduire la raideur de mes articulations."

"Bien sûr qu'il l'a fait. Les Drakens voient rarement des guérisseurs; au lieu de cela, ils se boivent dans une stupeur ou, au moins, boivent jusqu'à ce que l'ecchymose ou la douleur qu'ils aient soit complètement engourdie."

"Ah." Cela avait du sens.

"Tu n'as pas l'air trop surpris."

Ethan ferma les yeux. "J'ai vu les cornes. Cela a du sens qu'il soit Draken."

«Tu as vu… non, ne dis plus. Je blâmerai Nisha puisque tu es lié avec elle. Maintenant, que dirais-je de te raconter la légende?

C'était la deuxième personne qui avait dit qu'il était lié à Nisha. J'espère que quelqu'un lui dira ce que cela signifiait. "Pourquoi c'est important?"

"Eh bien, parce que chaque enfant se voit raconter une version de la légende. C'est à interpréter mais c'est une histoire délicieuse pour s'endormir." Et vous dire pourrait me permettre de trouver une réponse pour éviter la guerre. Non pas qu'elle puisse lui dire ça.

"Bien." Lentement, il tira la couverture chaude par-dessus son épaule et se résigna à entendre l'histoire.

Chapitre 32: Nisha

David ouvrit lentement la porte en bois sombre brûlé. Sa longue queue effleura avec avertissement la dent empoisonnée qu'il cachait normalement dans la touffe de sa queue à peine ressortant. «Attention Nish. Ça sent comme si le feu n'était pas éteint depuis si longtemps.

Elle le savait, car elle pouvait sentir le bois fraîchement brûlé aussi vivement que David.

Pendant un moment, elle resta juste sur le pas de la porte. Pour l'instant, tout était impeccable et neuf. Ensuite…

Nisha plissa les yeux. Juste une autre illusion.

Alors qu'elle faisait son premier pas complet dans ce qui avait été la salle à manger de sa mère, le sort ou l'enchantement se rompit. Et pour la première fois, elle vit pleinement ce qui avait été caché.

Des plats encore posés sur la table. Les restes du dernier repas que sa mère avait mangé recouvraient encore les assiettes. Il y a longtemps, les insectes avaient dévoré ce qui restait sur le chemin de la nourriture. Puis les araignées avaient dîné sur eux. Les toiles désormais vides de vie. Certains maintenant déchirés et soufflant doucement avec les courants d'air frais.

Sur le sol, quatre gobelets en cristal posés.

«Nish?

«Cette pièce n'a jamais été touchée par le feu. Fumée? Cela semble avoir été le cas. Et la suie? Trop frais pour être de cette nuit.

En utilisant sa queue, David attrapa le gobelet sur le sol. «Ça sent le poison, mais pas celui que je connais au hasard.»

Peu importe dans quoi elle était assise ou sur quoi elle était assise, Nisha s'installa confortablement sur le bord de la longue table. «Donc, je suppose que mes parents ont été empoisonnés par quelque chose auquel aucun d'eux n'était immunisé. Mais c'était après le début de l'incendie pour les attirer ici.

"À quoi penses-tu? Cet Edrich s'est frayé un chemin au service de ta mère. A commencé le soulèvement puis maîtrisé la reine de Darke et tous ceux qui lui étaient liés?

"Non. Bien sûr que non."

"Bien"

«Edrich est bien trop stupide pour réussir ça. Cependant… »Elle s'éloigna de son perchoir et pénétra dans la pièce. «Un firewalker est venu ici récemment. Et cela soulève plus que quelques questions. »

En poussant une autre porte, David siffla: «Bâtards».

«David?» L'inquiétude éclaira sa voix avant que la rage froide ne s'infiltre dans sa moelle osseuse, «Qu'est-ce qui a fait... oh...»

Là, à quelques pas d'elle, se trouvait le berceau dans lequel elle aurait dû être élevée. Brisé puis brûlé, il ne restait plus que le cadre. Le squelette d'une femme posée sur le sol. Son bras tendu. Avait-elle essayé de s'échapper ou avait-elle essayé d'atteindre le berceau?

Dans un doux murmure, Nisha appela, "Gwydion?"

"Ma reine?"

David se tourna vers la voix et se retint de lancer un défi. Il s'est arrêté de faire quoi que ce soit pour que cet homme puisse décider que lui un Draken serait une délicieuse collation.

«Savez-vous qui cela peut être?»

Pendant un moment, il se dissipa puis se reforma près du corps de la femme. "Une femme de ménage. Pas une de vos mères ». Ses os sont trop frais pour avoir été laissés de cette nuit-là.

Tout comme elle l'avait pensé. Alors pourquoi la laisser ici?

"Je vois." Se redressant de toute sa hauteur, Nisha hocha la tête une fois. «S'il vous plaît, apportez ce qu'il y a à quelqu'un en qui on peut avoir confiance. Je veux savoir tout ce dont les os se souviennent.

David n'a pas compris. Gwydion l'a fait.

«Comme vous le souhaitez ma reine. Ce sera fait immédiatement. » Il fit une pause et fixa David. «J'espère que votre cousin restera avec vous jusqu'à mon retour.

Ce qui restait de la porte de la crèche s'est transformé en cendre. «Il ne serait pas sage que quiconque reste avec moi jusqu'à l'arrivée de la reine Céleste.

Laisser Nisha seule n'était pas la meilleure idée qu'il ait jamais eue mais il ne pouvait rien faire qu'elle ne puisse pas faire mieux. Encore…

Ses pensées s'enfuirent alors qu'une main glacée attrapait la manche de sa veste. Tournant la tête pour voir qui avait osé, il comprit autre chose… Gwydion n'était pas seulement une Ombre. Il était la mort et en ce moment la mort le fixait.

«Lord Gwydion? David n'était pas sûr que c'était le bon titre, mais c'était le meilleur auquel il pouvait penser à ce moment-là.

«Je vous offre un avertissement. Ma reine a pris des décisions sur certaines choses, il serait préférable que vous n'étiez pas là pour assister à ces choix.

«Je-» Il regarda attentivement les yeux de l'homme. Brume qu'ils étaient encore... il avait peur. A Shade avait peur de ce que Nisha avait déjà décidé. Par les dieux... "-Merci. Je pense que je resterai avec Lord Ethan jusqu'à ce que je sois nécessaire ailleurs.

Chapitre 33:
La légende de la fée

Lilly ferma les yeux et commença à réciter la légende du mieux qu'elle put. D'une voix de conteuse, elle a commencé, Legend of the Fey:

Il y a longtemps, le Fey vivait sur une étoile lointaine. Puis un jour, on a trouvé leur chemin vers notre monde, bien qu'à l'époque il était gouverné par ce qu'on appelait alors les humains. Des créatures qui ressemblaient beaucoup à la Fey en ce sens qu'elles marchaient debout et partageaient un style de corps commun. Mais ils manquaient de tout autre pouvoir que les mots et ce qu'ils faisaient de leurs propres mains. Intrigué, l'un des Fey prit un humain comme âme sœur. Dans le cadre de leur union, le Fey a donné à l'humain quelques gouttes de son sang et a prêté serment, ils partageraient ce que chacun avait.

Comme cela n'avait pas été fait auparavant, il ne pouvait pas savoir que ses paroles donneraient ses pouvoirs à son épouse. Une fois qu'il est devenu clair que ce qui s'était passé, ceux qui avaient été la famille de la femme se sont détournés d'elle en la traitant de sorcière. Ainsi, devenant la première sorcière de l'histoire de Fey.

De retour sur la star, le Fey a regardé attentivement l'évolution de cette union, créant une nouvelle vie et donnant naissance au premier enfant d'une décence mixte. Cela a donné à d'autres leurs propres idées.

Certains ont vu les humains comme des versions plus faibles d'eux-mêmes et ont cherché ce qu'ils ont décidé être des vaisseaux plus forts. Bien qu'elles ne parlent pas de mots, les autres créatures avaient leur propre langue. Et leurs propres idées sur ce que serait un partenaire acceptable. Voyant cela comme rien de plus qu'un jeu pour devenir plus fort dans son ensemble, la Fey a commencé à prendre les formes des autres créatures. Les loups deviendraient des loups garous après l'accouplement. Les poissons et autres créatures aquatiques deviendraient les ancêtres de Bunyip, Kelpie, Kraken, Morgawr, Ogopogo et bien d'autres.

Alors que d'autres se sont couplés avec des reptiles et d'autres créatures plus petites pour commencer les races d'Amphisbaena, Cerastes, Lernaean Hydra. Ceux-là aussi évolueraient un jour vers les races que nous avons aujourd'hui.

Cependant, il y a toujours eu du pur Fey. Ceux qui choisissent de ne s'accoupler avec aucun autre que le leur. Nous les connaissons sous le nom de fées, elfes et lutins pour n'en citer que quelques-uns. D'eux, nous en avons quelques-uns qui se sont couplés entre eux. Ils sont plus puissants que les autres parce que leurs lignées n'ont jamais été diluées. Ils ont toujours été les Hauts-nés. Ceux qui gouvernent. Ceux qui, même s'ils ne sont pas choisis, sont des lois pour eux-mêmes que personne d'autre que leur roi ou leur reine ne peut les gérer. Même dans ce cas, tous ne choisissent pas d'être manipulés, mais vivent simplement sous le règne du roi ou de la reine.

Arrivant à la version la plus récente, disons il y a quatre ou cinq millénaires, le monde maintenant envahi par les descendants de Fey a commencé à se détacher de lui. Ceux de descendance serpentine ou reptile ont voyagé vers le sud au climat chaud. Ceux qui préféraient les endroits sombres ou ombragés ont créé ce qui s'appelle maintenant Darke. Les premiers habitants de Darke ont créé un voile sur la terre. Personne n'a jamais essayé de le comprendre, il suffit de reconnaître qu'il est là pour le confort des citoyens.

D'autres se sont interrompus, créant ce qui est maintenant Draken, Manicoria et Lite. Bien sûr, Lite est plus brillant que tout autre pays. On a toujours supposé que parce que le voile était sur Darke, la lumière était forcée d'aller ailleurs. Le choix le plus raisonnable était Lite.

Finissant ce qu'elle savait, Lilly regarda Ethan qui avait été beaucoup trop calme et le vit enfin dans un profond sommeil.

Chapitre 34:
Ethan

Ethan se réveilla avec une lumière irisée chaude qui l'entourait. Rien de plus qu'un rêve familier; il en avait eu plusieurs fois au fil des ans, mais jusqu'à présent, la lumière n'avait pas été si brillante… si presque aveuglante. Pas à chaque autre fois, c'était comme marcher dans un tunnel fait d'ombre et de lumière… cette lumière était là juste hors de portée. Près de la fin du long tunnel.

Aujourd'hui, ce n'était pas le cas. Non aujourd'hui, il pouvait à peine distinguer la forme de son ami de rêve. À peine voir la façon dont ses cheveux noirs de minuit tombaient en cascade dans son dos. Pourrait presque voir ses ailes d'une fine brume bleue. Mais je ne pouvais pas voir si elle était ennuyée ou satisfaite de lui. Il ne connaissait pas encore son nom, il ne l'avait jamais demandé. Timidement, il essaya de sourire en demandant, "Je ne me souviens pas que c'était aussi brillant avant."

La femme sourit en voltigeant près de lui. La lumière s'estompe comme elle le fit. "Tu es plus fort aujourd'hui. Il est temps pour toi d'apprendre mes secrets."

Inclinant la tête, Ethan fronça les sourcils, elle n'avait jamais parlé auparavant, même si elle avait la plus belle voix. Il tombait entre le vent soufflant doucement à travers les arbres et un oiseau chantant pour saluer le matin. Puis il se souvint de ce qu'elle avait dit. «Des secrets? C'était la seule question sûre… n'est-ce pas?

Elle se détourna rapidement de lui. "Viens. Tu es assez fort pour marcher parmi mon peuple."

Impair. Elle le tenait normalement pendant qu'il parlait de sa journée. Le retint alors qu'il pleurait à cause de la douleur que son oncle avait causée. Et le retiendrait jusqu'à ce qu'il soit temps pour lui de se réveiller. En se levant, il remarqua une autre bizarrerie, le tailleur bleu finement ajusté et une chemise blanche en dessous qu'il portait maintenant. Pas de la soie mais quelque chose de si doux qu'il ne pouvait être fabriqué que dans son rêve. «Vous ne m'avez jamais dit votre nom.

La femme fit une pause et se renfrogna avant de sourire à nouveau… même si cette fois cela semblait forcé. "Estare. Ma maison est Lunaista. C'est l'une des nombreuses étoiles que vous appelez."

Étoiles? L'histoire qu'on lui racontait alors qu'il s'endormait. Oui, c'était ça. Ça aurait du être. Peut-être aurait-il dû accorder plus d'attention à l'histoire. Là encore, son esprit faisait déjà un rêve merveilleux, alors était-ce vraiment important?

Après avoir marché pendant ce qui semblait être une éternité, il recommença à parler. Pas sur le tunnel sans fin. Ou les créatures qu'il pouvait maintenant voir apparaître, mais des choses banales dans sa vie comme il l'avait toujours fait auparavant. "Je n'appartiens plus à la maison de mon oncle."

Estare s'arrêta et le regarda vraiment puis son sourire s'adoucit. "C'est bien. C'est une créature de mauvaise humeur." Faisant un seul pas, elle a demandé: "Vous n'êtes pas assez vieux pour avoir votre propre maison?"

«Oh, la princesse Nisha m'a emmenée chez elle. Encore une fois, Ethan fronça les sourcils. "Elle dit que nous sommes fiancés."

Estare haleta. «Nisha? Nisha Trovos?

Quelque chose n'allait pas, il pouvait le sentir, mais il ne savait pas quoi. «Je pense que c'était le nom de famille de sa mère. Je pense que la princesse passe par Devros; ce qui est déroutant puisqu'on donne à un enfant le nom de famille du parent qui a la plus grande capacité. Ethan fit une pause avant de continuer à parler. Un souffle plus tard, il demanda: «La connaissez-vous? Pas probable mais c'était un rêve donc tout était possible.

«Je pense…» Estare hocha la tête pour elle-même, «Je pense que je vais vous emmener chez moi puis nous parlerons. Elle faillit faire un pas puis siffla: «Ne dis rien de plus jusqu'à ce que nous soyons chez moi. Ce sont des temps dangereux. Dangereux en effet.

Sa maison n'était pas seulement une maison mais un palais fait de cristaux et de poussière scintillante. Les couleurs dont il n'avait que rêvé étaient prises dans la lumière se reflétant sur tout. Des nuances de bleu qui mémorisaient, des rouges qui parlaient à son cœur, du vert la couleur des yeux de sa mère. Il connaissait d'une manière ou d'une autre la couleur maintenant bien qu'on ne lui en ait jamais parlé. "C'est spectaculaire ici."

«C'est le palais de Lunaista. Tous ceux qui ont vécu ici ont ajouté à sa grandeur. Je n'ai pas… pas encore. Je dois décider ce que je pourrais éventuellement ajouter à un tel endroit.

La place de Lunaista? Peut-être que Nisha aimerait entendre parler de son rêve. Aurait-il le courage de lui dire? Non, il lui dirait. Il devait lui dire. Ce rêve semblait trop important pour ne pas le faire. "Est-ce que c'est sûr de parler ici?"

"Ces murs renferment de nombreux secrets. Je vais vous le montrer. Venez, la carte de la Fey est par ici."

Plusieurs salles aux murs translucides. Des escaliers de lumière résonnent de ses pas. Et la sensation glaciale de tout ce qu'il touchait. "Les murs sont de glace?"

"De la glace? Je ne connais pas le mot. Les murs sont des murs faits de terre sous nos pieds." Elle s'arrêta devant une porte solide. La seule porte solide qu'ils avaient franchie. "Vos murs ne viennent-ils pas de la terre?"

Ont-ils? "Je suppose mais ils ne sont pas translucides."

«Alors je suis vraiment béni de ne pas vivre dans ton monde. Sans tout voir, on pourrait cacher de nombreux secrets. Et ces secrets pourraient conduire à une guerre terrible.

D'accord? Qu'est-ce que c'était censé signifier?

Poussant légèrement la porte solide, elle murmura: «Voici la salle des cartes. Je vais essayer de vous expliquer ce que vous devez savoir.

Ethan hocha la tête. Son rêve devenait beaucoup plus étrange qu'il ne l'aurait jamais pensé. Ça doit être les toniques qui dérangent son esprit. Oui, c'était un bon pari que c'était la raison pour laquelle son esprit faisait ça ce soir de toutes les nuits.

La porte s'ouvrit lentement et la carte... n'était pas seulement un morceau de parchemin sur une table mais c'était la pièce elle-même. Des chevilles brillantes dans tous les pays. Jaune en Lite. Violet profond dans Darke. Vert dans le marais du serpent. Gray dans Draken. Et du bleu dans ce qui était connu sous le nom de Mystic Woods. Puis des chevilles blanches brillantes se sont regroupées en masse à Feyen. Puis certains se sont dispersés à la fois dans Lite et Draken. Mais plus encore dans Darke. "Qu'est-ce que c'est?"

"Le blanc est ce que vous appelez Feyen. True Fey."

Ethan regarda à nouveau. «Les lumières sont tamisées à Darke. Presque complètement brûlé.

"Les Fey sont en train de mourir. Quand les lumières seront presque éteintes, Darke le sera aussi."

Il y avait Feyen dans Darke? Non... sa main toucha son oreille. L'oreille qui avait autrefois eu la pointe délicate semblable à celle de son ami. «Mon oncle a fait ça.

Estare secoua la tête. "Pas seuls. Il y a des forces obscures à l'œuvre ici. Elles viennent des Bois Mystiques. Vous y trouverez des réponses. À moins que les lumières ne s'éteignent. Alors il n'y aura pas de réponse du tout."

Pas de Darke? Pas de vie? La peur le traversait… il devait faire quelque chose. Mais quoi? «Puis-je dire à la princesse ce que vous m'avez montré?

«Vous pouvez le dire à Nisha. Assurez-vous qu'elle garde la boîte fermée et ne l'ouvre jamais. Ce qu'elle contient est plus dangereux que moi.

Boîte? Quelle boîte?

Le feu commençait juste à s'éteindre lorsque ses yeux s'ouvrirent. Il aimait ses rêves mais il souhaitait vraiment ne pas être si fatigué après eux. Un mouvement d'un petit animal à ses pieds le fit sortir de sa tourbière. Clignant des yeux, il regarda la… créature…. chat? … Est devenu l'homme qu'il avait rencontré hier soir.

«David?

"Oh bien, tu t'es souvenu de mon nom."

Bavarder pour un Draken. Bon sang, il était bavard pour un Fey. «Est-ce que Nisha est là?

David grimaça. «Elle rencontre la reine Céleste et le conseil. Personnellement, je ne la dérangerais pas pour le moment… mais si vous avez vraiment besoin d'elle…» Il laissa le reste s'éloigner.

«Je pense…» Ethan essaya de s'asseoir juste un peu et était très heureux que rien ne semble faire mal pour le moment. «… Je peux attendre. Sais-tu ce que je dois faire… pour aujourd'hui au moins. Hein?

David eut l'air soulagé. «Nisha a un tailleur qui vous attend non loin d'ici. Apparemment, il est le meilleur du royaume.

Le meilleur du royaume? «Lord Taliare?

"Je pense que c'est le nom. Nish n'a pas été très impressionné par sa tenue donc je doute qu'il soit très bon dans son métier." Ou qu'il était censé vivre la rencontre.

"S'il est payé généreusement, il est très talentueux. Cependant, si vous payez son tarif standard, les vêtements durent rarement une journée entière."

«Ethan, chérie, la princesse lui a dit que si ta garde-robe de couronnement ne répondait pas à ses attentes, je vais le manger. Pensez-vous vraiment qu'il choisirait de mourir d'une mort très lente?

Oh bien, dis-le comme ça? "Je pense qu'il sera moins content d'être menacé mais ne se plaindra pas trop fort."

Assis juste un cheveu, David plissa les yeux. "Vous ne semblez pas surpris que je mange quelqu'un."

"Vous êtes Draken. Ou du moins, en partie Draken. Je suppose que manger un ennemi est normal."

David eut un sourire chaleureux et fit un clin d'œil. "Vrai. Très vrai. Bien que cela prenne généralement plus de temps pour comprendre cela."

«De toute évidence, ils n'ont pas grandi à Darke.

David lança un regard étrange à Ethan, puis sourit. "Non, je suppose qu'ils ne l'ont pas fait."

Chapitre 23: Nisha

Une minute après l'aube, Nisha était dans le hall principal, attendant l'arrivée de sa tante. L'appartement royal était parfaitement vierge pour un endroit qui aurait dû être ruiné par l'incendie. Oh, à première vue, ça l'avait été. Un autre putain de sortilège celui-ci a finalement fait qu'il lui a fallu plus d'une minute pour le casser, et c'était après avoir compris qu'il était là, pour commencer. David avait été tout aussi surpris de cette découverte. Bien avant qu'il ne commence à reconstituer certaines choses. Aucun d'eux n'est bon. Et aucun d'entre eux n'ajoute au fait que ses parents ont été tués il y a dix-huit ans.

Pourquoi quelqu'un passerait-il par tous les ennuis d'incendier la majeure partie de la ville et…?

Non, elle ne trouverait jamais les réponses de cette façon. Peut-être qu'elle devrait aller rendre visite au prince Ciron. Ou peut-être remonter à l'étage et explorer chaque centimètre carré de l'appartement par elle-même, mais ni l'un ni l'autre ne lui plaisaient pour le moment. Non, pour le moment, elle voulait faire quelque chose. Quelque chose qui mériterait sa colère et sa frustration. Quelque chose qui effrayerait la merde préverbale de tout être vivant dans tout Darke et peut-être dans tout le royaume.

Non, elle attendrait pour effrayer le royaume, mais aujourd'hui, elle devait effrayer les citoyens de

Darke. Elle avait besoin que tous comprennent qu'elle n'était pas seulement l'héritière… elle était quelque chose de plus. Quelque chose que les morts appelaient un créateur.

Alors, elle se tint au bas du grand escalier et attendit que les doubles portes en pierre noire s'ouvrent et que sa tante fasse son premier pas complet dans son palais. «Est-ce que l'oncle Blake est venu avec vous?

La reine Céleste a fait un pas en arrière comme si elle avait été giflée. Retrouvant son calme, elle dit très calmement: "Vous savez qu'il l'a fait. Il parle actuellement aux gardes devant pour voir pourquoi des squelettes gardent l'entrée au lieu des citoyens de votre royaume."

Nisha l'a fait signe. "Depuis, ce sont des citoyens de mon royaume, qui suis-je pour discuter où ils choisissent de garder?"

Fermant les yeux, Celeste sourit. "Alors, ça va être un de ces jours," se murmura-t-elle. «Je pensais que tu dormirais encore à cette heure. Après tout, depuis dix-huit ans, elle n'avait jamais su que sa nièce était réveillée avant midi.

Croisant les bras, Nisha tapota son pied avec impatience. "C'est plus important que le sommeil."

Ça ne pouvait pas être bon. Pas quand Nisha ne se réveillait jamais avant midi. Et certainement pas quand elle était déjà énervée et agitée avant le repas du matin. "Oh?" Celeste fit un petit pas vers Nisha.

"Peut-être devrions-nous parler dans un cadre plus privé?"

Secouant la tête, Nisha parla très calmement: "Lord Edrich n'est plus mon mandataire, vous l'êtes. Et parce que vous êtes mon mandataire, nous devons parler au conseil. Il y a quelque chose que j'ai besoin de dire et que vous devez entendre. Ensuite vous devez contacter ceux qui doivent assister à mon couronnement pour que cela puisse être fait ce soir. "

Elle avait élevé cet enfant depuis sa naissance. Lui avait donné tout l'amour qu'elle pouvait. Et elle a eu plus de disputes avec Nisha qu'elle n'en avait jamais eu avec sa propre fille. Mais jamais elle n'avait entendu ce mélange de colère, de rage et de quelque chose qui ne pouvait être appelé la mort que d'une voix... de la voix de Nisha. «Parce que vous êtes assez vieux pour gouverner, je céderai à votre demande à la condition que vous ne fassiez pas de mal à ceux à qui vous souhaitez parler.

"Je promets de ne tuer personne qui ne le mérite pas. David a déjà confirmé qui doit être mangé ou déchiqueté et qui conviendrait d'être jeté dans la mer sans fin pour les citoyens là-bas."

Oh mon. C'était une chose pour Nisha d'envisager de tuer quelqu'un, c'était une autre pour David, qui est un Draken, de suggérer qui ferait un repas satisfaisant et pour qui. «Dans ce cas, je récupérerai votre oncle pour qu'il soit présent à la conférence.

«Tante, vraiment, Oncle ne serait-il pas plutôt apte à contacter les autres maisons royales? Après tout, je doute qu'il trouvera cette réunion intéressante.

"C'est vrai, mais si le sang doit couler, je préférerais qu'il soit témoin." Sans oublier qu'il aurait une meilleure idée des raisons pour lesquelles le sang coulait et comment l'arrêter. Je sais peut-être comment l'arrêter.

Prenant le bras de sa tante, Nisha sourit. "Très bien, je céderai à votre demande." S'arrêtant jusqu'à ce qu'elle ait une idée précise du tempérament de sa tante, elle ajouta: "C'est pourquoi vous choisissez de laisser Lilly gouverner Lite maintenant au lieu d'attendre."

"Oui, chérie. Je ne serais pas très efficace pour traiter avec toi comme mon égal. Cependant, ton cousin est plus que disposé. Et pour cela, je suis vraiment reconnaissant."

Nisha se dirigea vers l'endroit où le conseil serait réuni. Même si elle n'était jamais venue ici…

dans cette pièce… elle savait à quoi cela ressemblerait. Une grande salle octogonale avec deux côtés plus longs que les autres. La pièce elle-même n'aurait pas de fenêtres sauf celle du dôme de verre qui servait de plafond. Le seul meuble serait la longue table au centre de la pièce, quatre chaises à haut dossier sur deux côtés. Une fois pour chaque membre du conseil moins les deux bannis hier soir. Puis deux sièges… trônes d'or… placés à chaque extrémité de la table pour que ceux de la maison royale soient assis. Personne ne serait le bienvenu dans cette salle…

… Enfin, sauf Blake. En tant que mari de la reine Céleste et premier président de sa cour, il avait le pouvoir d'aller à peu près partout où bon lui semblait. Et cela incluait de se tenir derrière elle dans cette réunion.

Debout devant les doubles portes, Nisha attendit qu'elles s'ouvrent. Un cœur battit puis deux et ils s'ouvrirent alors que Blake annonçait son arrivée. «Messieurs, veuillez souhaiter la bienvenue à la princesse héritière Nisha Devros.» Il lui offrit son bras pour l'escorter jusqu'à sa place au bout de la table… à l'opposé de sa tante. "Maintenant que tout le monde est réuni, allons-y."

Prenant son siège avec précaution, la reine Céleste sourit. "Messieurs, veuillez vous asseoir." Elle sourit à chacun jusqu'à ce qu'ils aient fait ce qui était demandé. "Comme aucun de vous n'a servi sous ma chère sœur, considérez ceci comme votre avis si vous souhaitez rester membre du conseil de ma nièce, alors vous devriez commencer à agir ainsi. Je suis ici depuis moins d'un quart de jour et je n'aime pas ce qui est devenu jadis un grand pays. Un pays dont ma mère était extrêmement fière. Et un pays où j'ai aidé ma mère à gouverner avant de diriger mon propre pays de Lite. Alors, laissez-moi vous assurer que je suis parfaitement conscient de ce qu'était les lois avant et pendant le règne de ma chère sœur. Et je sais ce qu'elles sont devenues depuis. "

Les visages en colère des six hommes à la table, mais aucun n'a prononcé les mots qui les tueraient sûrement.

«Maintenant, ma nièce a demandé une audience avec vous pour discuter de ce que je peux supposer être une question de la plus haute importance. J'ai accordé à cette audience pour m'éviter de faire face à tout ce qu'elle a déjà rencontré. Celeste fit une pause et sourit à Nisha. «Ma chère, aurais-tu l'amabilité de nous éclairer?

Hochant la tête à sa tante, Nisha se leva de son siège puis claqua les paumes de ses mains sur la table, laissant le tonnerre doux envahir la pièce alors que des nuages   d'orage remplissaient tout sauf la table et l'espace juste un indice au-dessus. "Ne vous y trompez pas messieurs, ce n'est pas une illusion. Les nuages   sont bien réels tout comme la foudre qu'ils contiennent."

"Bb-mais c'est impossible." L'un des hommes balbutia.

"Elle n'avait pas cette capacité ... elle ne peut pas ..." s'étrangla une autre.

Elle ignora ses captifs pour le moment, mais elle remarqua l'inquiétude dans les yeux de sa tante et l'expression prudente de son oncle. "Puisque j'aime être juste, je vous donnerai à chacun la chance de vivre. Au moment où la dernière cloche sonne pour l'heure de midi, chaque esclave ou ceux que vous appelez chien doivent être dans la clairière à l'ouest de la murs du palais. "

"Tout?" Un halètement collectif emplit la pièce.

Elle ne savait pas qui l'avait dit mais cela n'avait pas d'importance… pas encore. "Je n'ai pas bégayé. A midi, j'aurai mon public de mon choix ou à la tombée de la nuit, il n'y aura pas de place pour courir que je ne trouverai pas. Ni à Darke ni dans aucun autre pays." de la table, elle disparut dans les nuages   gris.

Un coup de tonnerre ou peut-être que c'était les portes qui se fermaient derrière elle. Puis les nuages   se sont dissous dans les hommes à la table marquant chacun d'eux.

Une tribune avait été faite à la hâte suite à la petite annonce de qui la princesse avait souhaité voir. Des barils sur des barils d'eau avaient été apportés. Un pour chaque rangée d'invités attendus. Une seule louche pour chaque baril.

Pourtant, personne ne savait ce qui allait se passer. Aucun ne craignait que la princesse de Darke ait le pouvoir de faire quoi que ce soit, mais tous se demandaient comment elle avait persuadé le conseil de permettre à cette réunion de commencer.

Et tous s'inquiétaient de ce qui arriverait à Darke une fois qu'elle serait couronnée.

Nisha prit à peine place sur la plate-forme avant qu'un homme plutôt corpulent se tienne au pied des marches qu'elle venait de franchir un instant auparavant. Ses robes, bien que vieilles, le marquaient comme un Haut-né. Ses oreilles pointues étaient en quelque sorte des Fey mais c'était le regard de soulagement qui la fit remarquer. "Vous pouvez vous approcher."

"Vous avez les regards de votre mère, mais la déposition de votre père."

"Oh?" Elle plissa les yeux dans de minuscules fentes en regardant cette Fey inconnue mais aussi en se tenant au courant de ce qui se passait avant sa scène. Conscient que les esclaves sont forcés de s'asseoir en rang devant elle. Conscient que ceux qui avaient le titre de chien étaient plus que forcés de s'aligner… debout… pas assis comme ceux qui étaient esclaves. Dans un instant, elle s'occuperait d'eux tout de suite, elle avait l'inconnu à qui s'occuper.

L'homme monta lentement la poignée de marches puis s'agenouilla devant elle. «Je m'appelle

Garwig. J'étais autrefois la deuxième chaise de ta mère et le capitaine de ses gardes.

*Improbable.*Mais elle devrait interroger sa tante sur sa réclamation. «On a dit que tous les conseillers de ma mère avaient péri cette nuit-là.

Très tranquillement Garwig siffla, "Tout ce qui a été dit n'est pas la vérité." Regardant Nisha lever un seul sourcil en question, il dit très respectueusement: «Je rendais visite à… euh… à des amis à Draken avec la bénédiction de votre mère. Quand la nouvelle de l'incendie m'a parvenue, j'ai été exhortée à rester sur place. Prenant une décision, il a ajouté: "Votre tante et votre oncle sont très sages et tiennent leur propre conseil."

"Oui, ils m'encouragent à faire de même. Et je le fais." Nisha sourit puis se leva de son siège. «J'aimerais vous parler plus longtemps mais ce n'est pas le moment. Rejoignez-moi après le couronnement lorsque nous pourrons trouver un endroit plus approprié pour une conversation plus privée.

«Je serais honoré, princesse.

Alors que la dernière cloche sonna, Nisha se leva et utilisa le vent pour rehausser sa voix. "S'il vous plaît, donnez à chacun de ceux qui sont ici un verre de l'eau fournie. Une cuillère pleine suffira pour le moment." Elle tourna la tête pour voir l'alarme sur le visage de Garwig. Sachant qu'il craignait qu'elle n'empoisonne tous ceux qui buvaient de l'eau. Lui faisant un clin d'œil et un sourire amical, elle se retourna vers la foule et se permit de ressentir. S'il faisait vraiment partie de la cour de sa mère, il saurait ce que ce clin d'œil signifiait… cependant, s'il mentait… eh bien, elle avait une réponse à cela aussi.

Fermant les yeux, elle n'avait pas besoin de regarder ce qui se passait devant elle. Elle savait qu'une autre personne buvait de l'eau. De l'eau baignée de son sang. Elle ressentait leur pouvoir, leur désir d'être plus que ce qu'ils avaient le droit d'être. Ressenti la douleur de blessures fraîches. Ressenti les douleurs de la faim et de la famine. Je savais en quelques minutes qui devrait avoir des ailes glorieuses et qui devrait avoir des oreilles pointues. Quelques minutes de plus et il y eut un remorqueur… presque familier pour elle. Ethan? Non, pas Ethan. Il était prêt pour le couronnement. Ah… mais la puissance de ce remorqueur était enivrante.

En sautant de la scène, elle a utilisé la brume pour créer ses ailes. Des ailes qui n'étaient généralement pas trop montrées. Courant au-dessus de la tête de ceux qui étaient maintenant liés à elle, elle vola de plus en plus vite jusqu'à presque la dernière rangée, puis elle cessa de flotter à quelques centimètres de sa tête.

Pas Ethan, mais clairement de la famille. Elle pouvait le voir sur son visage… sur le chemin malgré la douleur et la faim… il se retint. Confiant et prêt à affronter les ennuis.

"Quel est votre nom?"

L'homme la regarda. Pendant un bref instant, il eut l'air confus puis il sourit en fermant les yeux. "Vous ne pouvez être que la fille de ma reine."

"De toute évidence, sinon la reliure n'aurait pas fonctionné, alors dis-moi ton nom."

Lentement, il se mit à genoux, comprenant que personne n'oserait le toucher maintenant. "Galeron. Première chaise de la reineLe conseil d'Adrianna. Et un ami de votre père. "

Ah… donc il n'est pas mort comme on lui avait dit. Alors, s'il était ici… où étaient ses propres parents? Non, ce n'était pas le moment de demander. Ne quittant pas Galeron des yeux, elle éleva de nouveau la voix. «Tous ceux qui sont ici sont maintenant liés à moi. Tout mal vient à ceux qui sont à moi, je le saurai. Tous ceux qui sont ici doivent être escortés jusqu'à la flèche et correctement traités comme les hauts-nés qu'ils sont. Tous, sauf celui-ci. Elle a croisé les yeux avec Galeron. "Il doit être emmené au Château de la Nuit." Elle tourna la tête, se permettant de voir les squelettes qui attendaient au loin. «Sentinelles loyales, aidez-le au château. La princesse Lilly s'occupera de lui personnellement.

La foule qui s'était rassemblée l'avait fait en pensant que la princesse les débarrasserait du fléau de leur pays. Les esclaves et les chiens qui ont pris tant de leurs ressources… leur nourriture, et tellement d'espace qu'ils ont utilisé pour leurs zones de couchage crasseuses. Maintenant, ils restaient béants de peur. La princesse qui était venue chez eux ne vantant que des capacités mineures, n'aurait pas dû être capable de lier l'un de ces horribles esclaves …

… Pourtant elle les avait tous liés à elle.

Elle avait lié des adultes qui avaient été les favoris de sa mère. Ceux qui ne pouvaient pas être tués même maintenant. Des enfants liés qui valaient plus comme nourriture que les sacs de chair qui avaient été maintenus en vie. Non, elle n'aurait pas dû être capable de faire ça. La peur envahit la foule alors qu'ils réalisaient la vérité qui se tenait maintenant devant eux. La vérité que personne n'avait voulu reconnaître…

La princesse n'était pas simplement plus puissante que ses deux parents réunis, mais elle avait la faveur de ceux qui vivaient dans le Royaume inférieur. Cela était évident lorsque les squelettes sortirent de sous les arbustes où ils s'étaient cachés et escortaient maintenant les esclaves jusqu'à la flèche. Quatre transportant le dernier de l'ancien Conseil de la Reine dans le château.

Non, ils n'ont pas bougé jusqu'à ce que la petite princesse soit hors de vue mais ils ont tous convenu qu'elle devait être arrêtée à tout prix.

Chapitre 36: Ethan

Il se sentait ridicule. Ses pieds étaient fourrés dans des chaussures de maison moelleuses trop rembourrées; chaussures que Lilly avait insisté sur le fait qu'il portait car ses pieds étaient loin d'être aussi guéris qu'elle le jugeait approprié pour marcher. Des chaussures qui donnaient l'impression à ses pieds qu'il essayait de patauger dans la boue de l'étang jusqu'aux genoux tout en portant des blocs de ciment attachés à ses pieds. Bien sûr, l'épaisse couverture qui recouvrait sa nouvelle robe de chambre en peluche et sa nouvelle combinaison de nuit n'aidait pas beaucoup les choses non plus. "Au moins, personne ne me verra comme ça," dit Ethan en poussant un soupir.

David s'arrêta à mi-chemin et sourit. «Ethan, tu préfères vraiment porter ce que tu es actuellement ou que le tailleur te voit dans la chambre?

"Je préférerais ne pas avoir à porter les couvertures qui conviennent mieux au lit." C'était un grognement et après s'être réveillé de son dernier rêve, il décida de grogner bruyamment jusqu'à ce que quelqu'un commence à donner un sens. Bien sûr, son plan pouvait aussi lui exploser au visage mais à en juger par le sourire de David, il ne le pensait pas.

Posant son long doigt étroit sur la poitrine d'Ethan, David sourit. «Es-tu prêt à dire ça à Lilly?

"Et bien non." Ethan fit une pause et prit une profonde inspiration. «Ecoute, je suis fatigué. Mon monde… ma vie… a été renversé et déchiré en l'espace d'une seule journée. Ça et je me marie et j'ai à peine dix-neuf ans. Je viens de rencontrer ma mariée qui doit être la reine de Darke. La reine. Et les toniques ou quoi, pas que Lilly ne cesse de me donner commencent à me faire piquer la peau. Sans oublier que je pense que Nisha n'est pas bon puisque vous et Lilly êtes essayant de me garder loin d'elle. "

"Oui, bien. Nisha promet de ne rien te faire de plus pendant au moins une décennie. Donc, si elle tient parole, tu es en sécurité pour aujourd'hui."

"Je vous demande pardon?" Quand une décennie est-elle devenue un jour?

David haussa les épaules puis commença à revenir à son rythme lent dans le couloir. "Oh bien, c'est Nisha. Elle essaiera vraiment de tenir sa parole mais tu dois te rappeler qu'elle est une reine. Et en tant que reine, elle ne peut pas contrôler chaque petite chose qui se passe. Nish peut essayer, faire des menaces et effrayer la merde. ceux qui s'opposeraient à elle. Mais elle ne peut pas les contrôler. " David fit une pause alors qu'il tendait la main vers une porte peinte en rouge. «Eh bien, elle le pourrait, mais seulement s'ils étaient liés par le sang. Et je ne pense vraiment pas qu'elle lierait chaque personne vivante à elle si elle n'en avait pas besoin. Il s'arrêta vraiment en pensant à ce qu'il venait de dire et reconsidéra. "Encore une fois, avec Nisha faisant tout ce qui a poussé à la fois la reine de Lite et le capitaine de ses gardes à être retenus quelque part, pas avec Nisha… je pourrais presque parier qu'elle fait quelque chose pour effrayer les citoyens de Darke. Une tape amicale sur l'épaule d'Ethan puis Davis soupira. «Il vaut mieux ne pas lui poser la question. Je doute fort que ce que ce soit lui permette de vous tenir sa promesse.

Ethan ne bougea pas en essayant d'assumer la plupart des divagations de David. Il était remarquablement bavard pour un Draken, mais David a fait quelques bons points. Décidant de fermer les yeux juste une brève seconde et de passer au crible tout ce qu'il venait d'apprendre, Ethan entendit une autre voix profonde venant de la pièce vers laquelle David l'avait conduit. «Il est temps que vous vous présentiez. J'ai une entreprise à gérer. "

Avec un frisson, Ethan ouvrit les yeux ne voulant pas faire un autre pas. Il ne voulait vraiment pas entrer dans cette pièce. Je ne voulais pas que Lord Taliare le touche. Je ne voulais vraiment pas le voir. Tout cela n'avait pas d'importance que Nisha avait… payé… pour une tenue et cette tenue devait répondre à ses normes. Quoi qu'il en soit. Lentement, il entra dans la pièce en regardant David expliquer quelque chose si doucement que seul le tailleur l'entendait. «Lord Taliare.

"Est-ce une sorte de blague? Je suis le meilleur tailleur de Darke… Je ne fais pas mes plus beaux vêtements pour DOGS."

Arquant le dos, David se tourna vers Ethan. «Cousin, vous voudrez peut-être attendre dehors. Je ne serai qu'une minute.

Cousin? Non, mieux vaut ne pas dire ça. Pas quand il pouvait voir des vagues s'écraser dans les yeux maintenant gris-vert de David. Des yeux rouges mais quelques instants auparavant. Non, mieux vaut ne rien dire pour le moment. Au lieu de cela, il sourit puis sortit de la pièce en fermant la simple porte rouge comme il le fit.

Ethan ne savait pas depuis combien de temps il était resté là à regarder la porte mais la chose suivante qu'il savait était une voix douce venant de derrière lui.

«Ethan?

Lilly? Pourquoi était-elle ici? "On m'a demandé d'attendre ici." Ses yeux n'ont jamais quitté la porte rouge. Ou la pièce où il venait d'entendre un terrible cri gargarisé venant juste un instant auparavant.

"Oui, je suis conscient. Maintenant, je te ramène au lit et ta tenue sera prête avant ton réveil."

Il se retourna légèrement. "Est-ce que quelqu'un n'a pas besoin de prendre mes mesures?"

«Oh. Eh bien, David les a déjà. Il vaut mieux ne pas aller dans cette pièce tant qu'il a des bouts de tissu pour jouer.

Quoi?!? "Je ne comprends pas. Qu'est-il arrivé au Seigneur…?"

Prenant le bras d'Ethan, Lilly sourit. "Chéri, David est un Draken. Maintenant ne vous méprenez pas car ce n'est pas quelque chose que David ferait normalement… mais l'idiot a insulté David en vous insultant. Sa vie est perdue."

Trébuchant en arrière, Ethan jeta un coup d'œil par-dessus son épaule, choqué par les actions de David. "A cause des mots?!?!"

"Pas seulement des mots." Lilly prit une profonde inspiration. "Ecoute. Je sais que c'est difficile à comprendre pour le moment. Dans un an ou deux, croyez-moi, vous ne vous souviendrez jamais de ne pas avoir été lié à un Draken mais, dans le cas de David, il fait également partie de Fey. En tant que Fey, il est parfois capable pour reprendre ses pensées. Heureusement pas souvent mais quand il le fait… "

"La pensée qu'il a captée s'est combinée avec des mots ..." Oh oui, il pouvait le voir maintenant. Mais sur quelles pensées David avait-il retenu?

"Oui bien. Je pense qu'il a ramassé deux pensées… l'âne aussi bien que la tienne. Tu dois apprendre à ne pas tout craindre… surtout quand David est juste à côté de toi. Il ne répond pas bien à la peur. Plus encore quand cette peur est celle de quelqu'un qu'il considère comme une famille. Il ne se retournerait jamais contre vous à cause de cette peur, mais il éliminera tout ce qui en est la cause. D'ailleurs, Nisha aussi. Même si elle ne cache pas sa colère aussi bien que ma David. "

C'était le meilleur avertissement que quelqu'un lui ait jamais donné, c'était juste dommage que Lilly ne lui ait pas dit ça plus tôt. "Je ferai de mon mieux pour m'en souvenir."

"Oh, oh, Ethan ne pense pas que tu as fait quelque chose de mal. Tu dois essayer de comprendre tout de suite … ici … ta peur signale des ennuis. Cela signifie que David peut trouver un repas dans tout ce qui cause cette peur. … Eh bien, tu es en sécurité. Nish le tuerait s'il te faisait du mal. Et je ne souhaite pas penser à ce qu'elle ferait s'il faisait plus que ça. "

«Merci, Pri- Lilly.

"Bien. Maintenant laisse-nous te mettre au lit et Nisha te parlera sous peu."

Merde, il avait presque oublié qu'il avait demandé à la voir. "Je vous remercie."

Chapitre 37: Lilly

Lilly avait à peine glissé Ethan dans ce qu'on appelait vaguement son lit quand elle sentit le château trembler. Pas plus d'un battement de cœur plus tard, quelque chose cria... hurla... bruyamment. On aurait dit que ça venait de l'extérieur, mais là encore ça aurait pu être le château lui-même qui criait à l'aide. Regardant au-delà des murs de pierre et vers la porte principale, elle pouvait presque entendre les pierres grises polies gémir de terreur. Oui, c'était avec défi le cri du château. Ou du moins elle espérait que c'était le château et pas quelque chose d'autre qui était lié à ce château qui faisait ces sons horribles.

Fermant les yeux, Lilly prit une profonde inspiration. Quelque chose a poussé Nisha au-delà de son contrôle normal... Ou peut-être était-ce son idée de faire peur à tout et à tout le monde dans l'obéissance...

... C'était une possibilité. Ce n'était pas non plus probable. Non, Nisha ne ferait jamais quelque chose qui pourrait terrifier Ethan. Du moins pas jusqu'à ce qu'il soit convaincu qu'elle ne lui ferait pas de mal.

Se déplaçant aussi vite qu'elle le jugeait en sécurité, elle parcourut le labyrinthe de couloirs jusqu'à ce qu'elle se retrouve trop rapidement face à face avec la reine Nisha… appeler la reine Feyen qui se tenait devant elle, tout le reste ne semblait pas sage. «Votre grâce. Elle a regardé Nisha prendre plusieurs respirations très contrôlées… a attendu que sa cousine ait repris le contrôle de sa rage. Attendu que les âmes perdues des morts ne soient plus visibles dans la brume grise que représentaient ses yeux.

«Lilly, s'il te plaît, vois que mon nouvel ami est bien pris en charge. Il sera nécessaire au couronnement. Bien que je pense qu'il vaut mieux qu'il ne soit pas trop près de la famille. Du moins pas encore.

*D'accord? Quel nouvel ami?*Pas mieux de ne pas demander ça… du moins pas avant que Nisha ne suinte encore de rage. «Est-ce que la pièce en face de la vôtre est disponible? Cela aiderait si je n'avais pas à m'éloigner trop de Lord Ethan… du moins pas avant le couronnement. Ce n'était pas tout à fait vrai mais il serait plus pratique de ne pas se précipiter d'un côté du château à l'autre pendant les prochaines heures. Non pas qu'elle oserait dire ça maintenant. Pas quand elle n'était pas tout à fait sûre que Nisha répondrait comme sa cousine ou comme une Fey en colère.

"C'est très bien." Nisha se retourna vers la façon dont elle était venue et siffla, "Les squelettes font d'horribles médecins, mais ils feront tout ce qu'on leur demande."

"Des squelettes? Vous avez …" Lilly fit une pause puis secoua la tête. "Peu importe. Je ne souhaite rien savoir de plus sur vos médecins. Cependant, y a-t-il quelque chose d'utile que j'ai besoin de savoir sur votre ami?"

Les yeux de Nisha se fermèrent pendant plusieurs instants alors qu'une brume noire semblable à des vrilles coulait autour d'elle. Après plusieurs respirations profondes, elle regarda à nouveau sa cousine en confirmant ce qu'elle avait déjà su. "C'est un porteur de lumière et très difficile. Je l'ai assommé avant l'arrivée de mes aides." Se tournant soit pour faire une retraite précipitée soit pour terrifier quelqu'un d'autre, Nisha ajouta rapidement: "Oh, une fois qu'il est à l'aise, j'ai besoin de lui parler. J'ai des questions et il est plus que probable qu'il aura les réponses."

"Bien sûr." Lilly fit une pause avant de l'appeler, «Ethan a besoin de vous parler. Il dit que c'est très important.

Lilly a compté jusqu'à dix deux fois. Elle avait demandé que le porteur de lumière très blessé soit placé dans la baignoire… elle n'avait pas dit de le jeter, de le tremper ou quoi que ce soit d'autre… elle avait dit de le placer. D'accord… bien… peut-être qu'elle aurait dû dire doucement. Bien sûr, cela pourrait être la manière du squelette de montrer du mépris… ou… peut-être qu'ils n'ont pas compris ce qui n'était pas dit? Ajoutez cela au fait qu'elle n'avait jamais vu un squelette d'une race vivante qui avait des pointes pour les épines, des rasoirs pour les doigts associés à des crocs. Peut-être qu'elle pourrait demander à Nisha…

…À la réflexion…

Prenant une profonde inspiration, elle commença lentement à retirer les morceaux de tissu qui recouvraient à peine quoi que ce soit sauf ce qui était entre ses jambes. Ignorant tout ce qui n'était pas une blessure, elle lava soigneusement la crasse… la saleté… la boue et le sang séché de son épaule puis jura avec une sincérité sincère alors qu'elle inspectait ce qui avait été caché en dessous. "Quoi ..." Un seul battement de cœur plus tard et elle a crié, David!

L'inquiétude instantanée lui est revenue, Lilly?

J'ai besoin de vous. Maintenant.

Un instant plus tard, David franchit la porte encore mouillée de sa propre baignoire. «Quoi…» Il s'arrêta en voyant un inconnu Feyen complètement nu dans la piscine d'eau trouble. "Qui est-ce?"

Ignorant son profond grognement, elle claqua, «Un ami de Nish qui a besoin de mes talents.

Comme il ne pouvait pas discuter de cela, ni tuer l'homme pour ne pas s'identifier, David sourit. «Dans ce cas, pourquoi avez-vous besoin de mon aide? Depuis que vous avez appelé.

Elle plissa les yeux vers lui. Il semblait calme, mais cela ne voulait pas dire qu'il l'était ou qu'il ne ferait pas de repas avec cet homme s'il le jugeait bon. «J'ai besoin de savoir quel genre de blessure je regarde. Je pensais que c'était une sorte de morsure mais plus je la regarde… Je pense que c'est une brûlure? Une morsure, peut-être. Mais pas une infection.

Se glissant vers elle, David s'assit sur le bord de la baignoire pour mieux examiner la blessure en question. Se penchant près de l'épaule de l'homme, il renifla puis laissa très soigneusement son ongle griffé caresser le bord de la plaie pour sentir ce que ses yeux ne pouvaient pas voir. Après plusieurs moments tendus de silence, il recula, son expression sombre. "C'est une sorte de brûlure. Il contient une sorte de poison."

"Oh bien, j'ai des onguents qui pourraient aider alors."

Il baissa les yeux sur son doigt, heureux de n'avoir touché à rien d'autre avec sa griffe. "Lil, je doute que tout ce que tu as avec toi puisse l'aider."

«David?

David ferma les yeux. C'était plus facile d'avoir cette conversation s'il ne voyait pas ses expressions. "C'est une brûlure d'un hybride troll. Pas un des types communs que je connais mais je pense que mon père le saurait mieux. Il devrait être ici bientôt." Lentement, il ouvrit les yeux et eut l'air nerveux. «Lilly si c'est une race qui est… euh…»

"Dis-le simplement. Nous nous occuperons du reste plus tard."

David hocha la tête, "Je ne pense pas que ce soit une race connue de trolls. En tout cas, nous avons peut-être trouvé un adversaire digne pour mon père à chasser." Il tourna la main pour lui montrer son ongle, maintenant cassant et devenant gris.

Alors que la dernière des couvertures était enroulée autour de sa nouvelle patiente, Lilly vit ses yeux bleus de mer fatigués la regarder avec une douce curiosité. "Oh, je ne pensais pas que tu serais réveillé pendant un certain temps."

L'homme cligna des yeux une fois puis essaya de parler, "Vous êtes...?"

Souriant vivement, Lilly répondit en espérant qu'elle pourrait le mettre à l'aise. Encore prudent car les porteurs de lumière étaient rarement à l'aise. «Lilly. Eh bien, la princesse Lilly de Lite. Mais actuellement, je suis le guérisseur chargé de veiller à votre confort. "

Les yeux légèrement fermés une fois de plus, il marmonna: «Merveilleux».

Il n'avait pas l'air ravi qu'elle l'aide donc elle a continué à sourire en disant: "Oui, eh bien, je suis pleinement qualifiée. En fait, je surpasse les compétences de la plupart des guérisseurs Feyen."

Gardant les yeux fermés, il prit une profonde inspiration alors qu'il marmonnait dans son souffle en espérant qu'elle partirait simplement. En espérant qu'il l'énervait juste assez pour trouver un adulte pour s'occuper de lui. "Vous parlez trop pour être lié à Addy."

"Addy?" Elle avait déjà entendu ce nom. Oh, oui… il lui vint à l'esprit "Oh, tante Adrianna? Puisque je ne l'ai jamais rencontrée, je ne saurais pas." S'arrêtant, elle prit un ton plus autoritaire. "Maintenant, voudrais-tu manger ou me parler de la créature qui t'a mordu?"

"Troll."

Je le sais bien. "Je vois. Troll mélangé avec quoi? Depuis que je connais plusieurs espèces et que je n'ai jamais rencontré une morsure comme celle-ci." Ni venin qui pourrait nuire financièrement à un Draken. Là encore, cela aurait pu nuire à David parce qu'il n'était qu'une partie de Draken. Quoi qu'il en soit, son père devrait être celui qui trouverait cette créature.

"Les trolls élevés avec le serpent. Ils contrôlent les mines inférieures. Ou devrais-je dire qu'ils possèdent les mines inférieures et ont tendance à manger tout ce qui entre."

En lui tapotant la main de manière rassurante, Lilly murmura: «Maintenant, voyez, ce n'était pas difficile. Mais les mines n'appartiennent pas à des trolls. Les mines ont toujours appartenu à la maison royale. En tout cas, elle sera bientôt prise en charge. "

Ouvrant les yeux une fois de plus, il la regarda essayant de la faire croiser son regard. "Est-ce que tu sais qui je suis?"

"Non, mais Nisha n'était pas d'humeur à se voir poser beaucoup de questions ou à expliquer quoi que ce soit d'autre que ce que tu devais être..." Au moment où elle regarda vraiment son visage, elle se rassit. Même visage légèrement ciselé. Puis juste autour des yeux "... Oh, tu es le père d'Ethan. Cela explique tellement..." Une pause Lilly ajouta pensivement, "Oh, je ne pense pas qu'il soit sage de parler à Nish des trolls. Je vais le dire aux Drakens à la place. Ils seront beaucoup plus raisonnables que Nisha. "

Luttant pour s'asseoir, Galeron haleta, "Ethan? Tu connais mon fils?"

«Oh bien sûr. Nous nous sommes rencontrés ce matin... ou... plutôt tard hier soir. Lui et Nisha seront mariés ce soir. Donc, c'est plutôt chanceux que vous ayez été retrouvée aujourd'hui.

Alors tout n'est pas perdu."Je voudrais dormir maintenant." C'était la seule chose acceptable qu'il pouvait dire et qui devrait faire partir la petite chérie.

"Bien sûr. Si vous avez besoin de quelque chose, demandez, je ne serai pas loin."

Chapitre 38: Ethan

Ce ne fut pas le toucher doux de son visage qui le réveilla mais la lourde sensation sauvage dans la pièce. C'était la sensation de l'air tourbillonnant autour de lui. Avec précaution, il ouvrit les yeux pour voir Nisha le regarder. Ce matin, il avait trouvé du réconfort dans son regard… mais pour l'instant il n'y avait rien de réconfortant… rien d'humain dans ces yeux sombres et sauvages. Avalant fort, il essaya de parler. "Princesse?"

"Qu'est-il arrivé à m'appeler Nisha?"

Sa voix était, au moins, de deux nuances plus sombres qu'elle ne l'avait été quand elle avait parlé à la fête la nuit dernière… et toujours remplie d'agacement. "Je n'étais pas sûr que ce serait le bienvenu en ce moment?"

Elle détourna la tête de lui et prit une profonde inspiration. «Je suis énervé, mais pas contre toi. J'ai besoin de ma colère un peu plus longtemps mais tu as ma parole, tu es en sécurité.

C'était la deuxième personne en quelques heures à dire cela et aucune fois il n'y avait cru. Pourtant, il a demandé, "Y a-t-il quelque chose que je peux aider?"

«Tant que vous faites ce que Lilly suggère, vous faites tout ce dont vous avez besoin. Elle fit une pause, "Lilly a dit que tu devais me parler. Quelque chose à ce sujet était important."

«Je- je...» Ethan ferma les yeux, essayant de mettre des mots sur ce dont il avait besoin. "Que pensez-vous des rêves?"

Nisha pinça les lèvres et haussa les épaules, ne comprenant pas vraiment où cette conversation se dirigeait. Et comment le pouvait-elle alors qu'il ne se connaissait pas? "Des rêves? Eh bien, parlons-nous de rêves, de visions ou de prémonitions? Les trois, bien que liés, varient beaucoup."

Lentement, il a dit: "Je- je ne sais pas ..." Il y avait une différence? Bien sûr, il y en avait. Elle ne lui avait pas encore menti, alors il devait croire que ce qu'elle disait était la vérité.

«Alors parlez-moi du rêve et j'essaierai de comprendre de quoi il s'agit. Ne vous inquiétez pas Lilly et je le fais souvent l'un pour l'autre. Vous ne croiriez pas à quelle fréquence l'un de nous a un rêve qui a besoin de quelqu'un d'autre pour interpréter il."

Il était surpris que les deux cousins partagent autant de choses entre eux. Là encore, elles avaient grandi l'une avec l'autre presque comme des sœurs, alors était-ce vraiment si étrange qu'elles se penchent autant l'une sur l'autre? "Vraiment?"

"Bien sûr. Nous sommes tous les deux voyants mais il est difficile de déterminer un rêve à partir d'une vision ou d'un avertissement. »Elle pressa ses lèvres l'une contre l'autre en réalisant ce qu'elle venait de lui dire.

Elle ne voulait pas me dire ça. Pourtant, il ne dit rien sur ses capacités puisqu'elle n'était pas prête à lui faire confiance en sachant à quel point elle était vraiment douée. Se redressant légèrement, il s'éclaircit la gorge et commença: "Chaque nuit, depuis plusieurs années, j'ai fait le même rêve. Une femme adorable. Fée je pense. Nous sommes dans un tunnel gris sans fin. L'obscurité à une extrémité et la lumière vive à l'autre "Ethan fit une pause puis ajouta rapidement," Je ne l'ai jamais vue pendant que j'étais éveillé. "

«Ne t'inquiète pas Ethan. Je ne te reproche pas de rêves ni rien d'autre. De plus, cela pourrait juste être ton esprit tendant la main pour trouver quelqu'un à qui parler sans crainte. Ou d'ailleurs quelqu'un à qui parler.

Pendant longtemps, il resta silencieux avant de murmurer: "Je n'y ai jamais pensé."

Lui tapotant la main de manière rassurante, Nisha sourit. "Bien sûr que non. Votre éducation a été loin d'être idéale. Maintenant, continuez s'il vous plaît."

Il hocha la tête une fois. "La nuit dernière était différente. Je me suis réveillé dans un tunnel mais il était d'une luminosité aveuglante. La lumière s'est atténuée alors qu'elle se rapprochait et pour la première fois, je pouvais voir que ce qu'elle portait ... Je n'ai pas de nom pour le tissu." S'arrêtant, il ferma les yeux pour se souvenir de tous les détails. «Nous avons marché parmi son peuple même si j'avais reçu pour instruction de ne pas parler. Après avoir marché pendant ce qui nous a semblé une éternité, nous avons atteint ce qu'elle appelait son château.

"Le château d'où?" Son ton était loin de poser mais plutôt à la limite d'une question, tout en approchant d'un ton qui disait qu'elle était inquiète à propos de quelque chose.

«Loon… Luna… Non, c'était Lunaista. Oui, c'était Lunaista, une ville star.

«Lunaista». Elle attrapa son bras, cette fois sérieusement. "Quoi d'autre ne laissez rien de côté."

Oui, il y avait du mal à entendre ça dans sa voix maintenant. «Le château était fait de murs translucides à l'exception d'une pièce. Elle l'appelait la salle des cartes. Il y avait des lumières colorées dans chaque pays. Je savais où se trouvaient les pays rien qu'en le regardant mais je n'ai jamais vu de carte auparavant. " Maintenant, il ouvrit les yeux pour voir si elle comprenait. Ses yeux lui ont dit qu'elle l'avait fait. «Quoi qu'il en soit, elle a dit que les Fey dans Darke sont en train de mourir. Et que les réponses sont dans les bois mystiques. Vous devez y aller pour les trouver avant que la dernière lumière ne s'éteigne ou il n'y aura pas de réponses.

Nisha se rassit et laissa échapper un doux souffle d'air, "Oh c'est bien. Oui, je pense que c'est bien alors."

Comment tout cela pourrait-il être bon? "Bien?"

Elle resta assise un long moment, laissant son cœur s'installer dans sa poitrine avant de répondre, "J'ai tes paroles tu ne répéteras pas ce que je vais te dire?"

Cela ne pouvait pas être bon. Pas avec l'inquiétude dans sa voix ou quelque chose de plus que l'inquiétude dans ses yeux. Non, ce n'était pas du tout bon. "Vous avez ma parole."

"Le Fey, tous les Fey de Darke ont été forcés à l'esclavage ou appelés chiens. Leurs oreilles coupées comme les vôtres et leurs ailes enlevées. Hier soir, quand vous me disiez que ça avait du sens mais j'ai attendu que Lilly arrive pour confirmer ce que je soupçonnais. Aujourd'hui… à midi, tous les esclaves ou chiens ont été amenés hors des murs ouest. Je les ai tous attachés à moi. Tous sauf un, sont actuellement en route pour la flèche pour y être soignés. J'aurais eu mais je ne fais pas confiance à ceux qui habitent ici. Je n'ai pas non plus le personnel qui puisse soigner autant de Fey blessés à la fois. "

Il ne se souciait pas qu'elle envoie la Fey à la flèche. Cela ne me dérangeait pas que l'un d'eux soit laissé ici pour être vu par Lilly. Cela lui dérangeait qu'elle les lie tous à elle. Non… Non, elle n'aurait pas pu. La plupart des membres de la famille royale ne pouvaient lier que du sang à quelques dizaines de citoyens, pas plusieurs dizaines… Et certainement pas des milliers. Pourtant… «Vous êtes liés par le sang… tous? Ethan grinça.

«Beaucoup avaient été auparavant liés à ma mère. D'autres comme vous étaient de jeunes enfants lorsque l'incendie s'est produit. Il était parfaitement logique de les lier afin qu'ils puissent développer leurs capacités au lieu d'être précipités en eux. De plus, il vaut mieux avoir un fort Fey lier à la reine que de risquer celui d'essayer de maîtriser la famille royale. "

Est-ce ce qui s'est passé il y a dix-huit ans? Quelqu'un qui aurait dû être lié à votre mère ne l'a pas été et s'est rebellé à cause de cela. Ou se sont-ils rebellés parce qu'ils ne pensaient pas qu'elle pensait qu'ils méritaient d'être liés à elle? Non pas qu'il puisse demander cela, mais il pourrait demander: «Et celui qui est ici».

«Ils ont besoin d'un guérisseur doué maintenant plutôt que plus tard. On a demandé à Lilly de le surveiller jusqu'à ce que nous arrivions au Spire ce soir.

Pour blessé de bouger. C'était ce qu'elle lui disait. Pourtant, il avait besoin de clarifier un autre soupçon. "Alors ... ce n'était pas un rêve? C'était autre chose?"

Elle hocha la tête une fois. "Demain sera assez tôt pour vous expliquer cela. Pour aujourd'hui sachez que les craintes de votre ami étaient justes et ont été prises en charge au moins pour la journée. Il me faudra un peu de temps pour tout remettre en ordre mais j'en ai trouvé qui pourraient être disposés à m'aider. D'autres peuvent être contents de retourner à Feyen. De toute façon, ils seront en sécurité. "

Il la regarda se lever du lit, maintenant contente de partir. «Vous pensez que je la reverrai? Est-ce bien si je le fais?

Elle lui lança un regard étrange avant de répondre: "Ethan, je ne sais pas comment ni pourquoi cet ami est venu vers toi mais c'est un souci pour un autre jour. Cependant, je suis prêt à compter sur elle comme amie de confiance et je sais qu'elle vous contactera quand elle voudra. " Nisha fit une pause et sourit avant d'embrasser sa joue. "Maintenant, reposez-vous. Nous avons encore quelques heures avant le couronnement et je ne veux pas que vous ayez l'air au top lorsque vous rencontrez les autres membres de la famille royale."

Ethan enfila la veste bleu royal qui lui avait été laissée. Il n'était pas sûr de ce qu'était le matériau mais il était plus doux que tout ce qu'il avait jamais ressenti auparavant, non seulement que le poids léger permettait d'oublier facilement les plaies sur son dos qui étaient encore trop douloureuses à toucher. En boutonnant la manche, il caressa à nouveau le tissu. Pas du satin mais une sorte de fourrure… et fait juste pour lui.

David appuya sur l'encadrement de la porte un éclat de quelque chose de blanc tenu avec ses dents alors qu'il souriait. "Oh bien, j'ai pensé que la couleur pourrait être la bonne pour faire ressortir la couleur de vos yeux. Même si j'aurais pu ajouter un peu plus d'or au revers."

Souriant à David et choisissant d'ignorer l'éclat qu'il pouvait maintenant voir pourrait très bien être un morceau d'os, il bouillonna. «J'ai du mal à croire que c'est pour moi. Je n'ai jamais rien ressenti d'aussi doux auparavant, ni rien qui ait été proche de cette qualité. "

En poussant le cadre de la porte, David s'approcha très lentement de lui pour examiner son travail. "Oui, j'ai trouvé le tissu dans les sacs du tailleur. J'ai demandé à Nisha si elle pensait que le tissu conviendrait après l'avoir coloré. C'était une horrible couleur marron boue avant. Pas adapté pour un mariage. Eh bien, pas vraiment adapté à quoi que ce soit ... Mais il a bien fallu tenir différentes couleurs. Après avoir approuvé cette couleur, elle a demandé à quelqu'un quel pourrait être le matériau. Puisque personne ne sait avec certitude, elle pense que ce doit être une race d'animal rare. " Il haussa les épaules. «J'ai proposé d'en trouver un pour elle si je devais partir à la chasse lors de ma visite.

Animal? "Dans ce cas, il y a quelques petites races qui vivent à la fois près des frontières des bois mystiques et du marais. Ils n'ont pas tendance à voyager aussi loin au nord ni à l'ouest. Et plusieurs autres créatures ne peuvent être trouvées que près des friches interdites. . Pas en eux bien sûr mais près de la frontière. "

"Ah. Alors je devrais trouver une raison d'aller aussi loin au sud. Habituellement, je trouve le temps trop humide à mon goût mais je peux faire une exception." Jetant le morceau d'os dans le foyer, David continua: "Êtes-vous prêt à vous rendre à votre mariage ou avez-vous besoin de temps pour vous habituer à l'idée d'être marié?"

"Un moment s'il vous plaît?" Avec un signe de tête de David, Ethan murmura: "Lilly m'a parlé du tailleur."

Pendant un moment, David resta là, ne sachant pas comment lire son prochain cousin, puis se décida finalement pour un chemin direct. «Oh? Ne t'inquiète pas Ethan, tu avais toutes les raisons d'avoir peur de cette atrocité. Je ne veux pas penser à ce qui aurait pu arriver si je t'avais laissé partir seul… Non pas que tu aurais été vraiment seul. Nish a confirmé qu'après qu'elle se soit calmée de sa réunion… Mais… ce n'est pas grave, il ne peut plus déranger personne. Vraiment, il ne peut même pas la déranger dans l'Under Kingdom. La nourriture n'y arrive jamais. "

Inutile de demander quoi que ce soit sur le Royaume souterrain… inutile de demander ce que David considérait comme de la nourriture. Inutile de demander quoi que ce soit car il était sûr de ne pas vouloir de réponse à tout ce qu'il pourrait demander. Fermant les yeux, il sourit. "Je vous remercie."

David haussa les épaules plus détendu. "Pas grand-chose. Nish a dit que je pouvais faire un repas avec n'importe quel citoyen vivant. Malheureusement, je n'ai pas reconnu sa race pour pouvoir l'éviter à l'avenir."

Se mettre à l'aise sur Ari… Une fureur selon la femme de chambre. Quelle que soit la fureur… Ethan demanda, "Oh?"

Prenant l'autre chaise d'épeautre, une qui, heureusement, n'avait pas été une autre créature à un moment donné, David a dit en plaisantant: "Trop d'os à mon goût et beaucoup trop de graisse. Pas un bon mélange. Et vous ne croiriez pas ce que j'ai dû faire. faites pour enlever la saleté de sous mes serres. "

"Et ici, je m'inquiétais du goût."

Se penchant en arrière sur sa chaise, David rit. «Voyez, vous irez bien parmi les Drakens de la famille. Permettant à la chaise de se soulever du sol, il continua: "Viens et je te présenterai ma famille." Une brève pause ensuite, "Oh, encore une chose ... n'encourage pas mon père. Il est d'avis qu'il faut se battre avant de se marier. Il n'est pas content que vous n'ayez pas le droit de participer à ce peu de plaisir ... d'autant plus qu'il a amené un troll à tuer. "

*Un troll… à tuer?*Comment pourrait-il jamais tuer un troll? La réponse… il ne pouvait pas. «Je ne pense pas que cela conviendrait à Lilly ni à Nisha si j'essayais.

«Ethan, ça ne marcherait pas bien avec ma mère s'il en parlait autant. Croyez-moi, ni Lilly ni Nisha n'entreraient jamais un mot avec ma mère si proche. David se pencha plus près pour murmurer:

«Nous ne parlerons pas du troll à ma mère. Elle pense que c'est pour sa collation avant le dîner.

Pendant plusieurs minutes, ni l'un ni l'autre ne parla tandis qu'Ethan contemplait les tapisseries représentant le premier Fey arrivé sur cette terre. Des choses de la vie dans une ville étoile elle-même. D'autres, il ne savait pas de quoi ils étaient censés être, mais ils étaient à couper le souffle à regarder. Finalement, il a demandé: "Savez-vous qui sera présent? Ou où nous allons?"

"Oui, et oui. Tout d'abord, vous devez savoir que tous ceux qui fréquentent sont de la famille ou des parents. Comme mon père et ma mère. Ma mère étant la tante de Nisha du côté de son père. Ensuite, vous avez ma sœur aînée et un frère aîné. qui est le prince héritier, mais seulement parce que ma chère sœur refuse de gouverner autre chose que sa garde-robe. "

"Je suppose qu'elle a beaucoup de… euh… choses?"

"Trois placards et elle ne trouve toujours rien à porter. Vivre avec Lilly, je pense que ça doit être quelque chose de complètement féminin puisqu'elle avait une pièce entière remplie de choses et n'a jamais ce quelque chose de spécial à porter."

"C'est..."

"Impossible? C'est une femme. Nisha fait la même chose, c'est pourquoi elle ne peut pas toucher les placards. Cela ébouriffe sa femme de chambre. Maintenant, pour savoir qui d'autre sera là ..." David commença à compter sur ses doigts griffus. "... La reine Céleste de Lite procédera au couronnement puisqu'il n'y a actuellement aucun conseil. "

Pas de conseil? Non, cela ne pouvait tout simplement pas être vrai. Enfin, pas tout à fait vrai du moins. Mais il était possible qu'ils aient démissionné après que Nisha ait retiré les deux de Darke la nuit dernière. "Pas pour interrompre mais qu'arrive-t-il à celui qui règne depuis l'incendie?"

«Ethan, ne pose pas cette question... jamais... La Reine Céleste est déjà hors d'elle à cause de tout ce qui s'est déjà passé aujourd'hui. Et je ne demande rien à Nisha auquel je suis sûr que je ne veux pas de réponse.

«Nisha? Doit-il mentionner que Lilly avait pensé qu'elle allait effrayer tous les citoyens de Darke? En regardant David, il décida de ne pas le faire.

Lentement, David hocha la tête. Remettant le sujet à l'original, il s'éclaircit la gorge. «Blake, c'est le père de Lilly, sera là. Je pense que c'est ça mais avec Nisha, c'est difficile à dire. Après tout, elle a peut-être invité tout le Royaume Under pour tout ce que nous savons. Non pas que je sois censé savoir qu'elle a des amis là-bas. "

Pourquoi… ou comment… pourrait-elle inviter ceux qui sont morts. Encore une question qu'il ne poserait pas depuis la réponse… la réponse possible était terrifiante. "Aurait-elle?"

"Nish? Cela dépend si Freya a pu la dissuader ou non."

"Oh." Freya? Un autre nom qu'il devrait apprendre car elle ressemblait à quelqu'un qui pourrait l'aider à courber le jugement de Nisha sur certaines choses. "On m'a dit une fois qu'il y aurait des défilés et des bals. Une grande affaire pour les âges."

"Oh, ne vous méprenez pas. Il y aura des bals et un défilé… ainsi que beaucoup de gens qui vont et viennent alors vous verrez jamais en un seul endroit… mais ce sera une fois que nous atteindrons la flèche. Freya, c'est personnel de Nisha garde Je suis sûr que vous l'avez déjà rencontrée mais vous n'avez aucune idée de qui elle est vraiment. Eh bien, elle ne pense pas que ce château puisse être correctement gardé pour de telles festivités. Nisha est d'accord. Donc, ils ont tout le monde, qui souhaite féliciter la nouvelle reine de le faire à la flèche. "

"Freya? Le Fey qui traque les couloirs?"

"C'est elle."

Une pause réfléchie. "Donc la cérémonie prendra …"

"Moins de vingt minutes, mariage compris." David fit une pause alors que les chaises atterrissaient doucement devant une paire de portes gris fumée. "N'y pense pas grand-chose ou tu vas te faire froid dans le dos." En écoutant le bavardage derrière les portes, il fronça les sourcils "Que fait la reine Alista ici?"

«Reine Alista? Était-ce un autre nom qu'il devrait apprendre?

«La… euh… Reine de Feyen. Elle ne voyage jamais en dehors de son propre pays… jamais. Je ne pensais pas qu'elle viendrait ici pour le mariage. Mais plutôt que Nisha vienne la voir à Feyen plus tard.

Chapitre 39:
Céleste

Céleste noua brusquement puis resserra les nœuds de dentelle noire qui avaient été ajoutés au dossier de chacune des poignées de chaises. Après avoir seulement eu des heures pour planifier cet événement qui devrait avoir des milliers de personnes présentes, ce n'était qu'une poignée de personnes et aucune d'entre elles n'était de Darke. Laissant un cri frustré, elle secoua la tête et essaya de ne pas pleurer.

C'était trop dangereux d'avoir les festivités ici mais Nisha voulait que le couronnement soit fait sur le balcon. Nisha ni Freya ne faisaient confiance à ceux qui travaillaient ici au château, mais elle invitait des étrangers qui n'avaient que peu ou pas d'utilité dans la pièce à être ici pour la regarder devenir reine.

… Cela n'avait aucun sens. Aucun. Là encore, Nisha n'a jamais eu beaucoup de sens. Elle ressemblait tellement à la façon dont sa grand-mère avait été. À tel point que c'était carrément effrayant.

Entendant une porte s'ouvrir lentement, elle se tourna brusquement vers le son qui se préparait déjà à une attaque. Puis elle vit la femme qu'elle connaissait depuis dix-huit ans. «Freya, tu m'as surpris.

Sans rien dire, elle se dirigea vers l'endroit où se tenait Céleste. S'arrêtant plus près du milieu de la pièce, elle fronça les sourcils. "Vous n'avez pas encore la table pour les couronnes."

Elle fixa le fey qui devrait lui parler avec plus de respect… pourtant elle ne lui avait jamais parlé avec un ton plus que civil. "Je n'enlève pas ma couronne avant qu'il ne soit presque l'heure."

Freya fit un pas plus près d'elle et éleva la voix. «Tu as l'air d'un enfant. Dois-je te rappeler que ce n'est pas à propos de toi mais de la cérémonie. En fait, ce jour est plus important que n'importe quel couronnement.

Pour ne pas être à terre, elle éleva la voix plus fort que ce que Freya avait utilisé… "Et je dois vous rappeler que je suis le seul à pouvoir présider cette cérémonie."

C'est alors que Blake donna un petit coup à la porte ouverte avant d'entrer complètement, "Ma chérie, il y a un invité à qui tu dois parler."

Elle le regarda glisser nerveusement sa main dans ses cheveux blonds. Observée comme son mari qui montrait rarement des signes de nervosité, avait l'air plus inquiète qu'elle ne les avait jamais vus depuis leur mariage. "Quelque chose ne va pas?"

"Cela dépend de qui vous demandez."

Réponse mais pas une réponse. «Freya, tu vas rester?

"Comme je suis déjà là, je ne vois aucune raison de partir uniquement pour revenir."

Comment Nisha la traitait-elle chaque jour? La réponse Freya aimait Nisha, elle était sa reine par choix et non en vivant simplement dans un pays sur lequel Nisha régnait. Non pas que tout cela ait jamais compté pour Freya. Oh non, elle parlerait à n'importe qui comme elle l'entendait et cela incluait la reine Feyen. "Merci. Blake, s'il te plaît montre…"

"Je n'ai pas le temps pour ça." Une brume noire gonfla le couloir menant à la pièce jusqu'à ce qu'une femme plus âgée aux cheveux couleur corbeau se tienne devant elle. Les mêmes yeux violets dont elle se souvenait avoir grandi en les regardant. Le même prétexte de commandement qui avait toujours éclipsé le sien.

"Mère."

"Fille." La reine Vasilissa jeta un coup d'œil par-dessus l'épaule de sa fille à l'autre Fey, «Freya».

«Votre grâce. Fray fit un petit signe de respect… ne montrant toujours pas de respect pour une reine.

«Tsk. Je ne suis pas ici en tant que reine et je n'en ai pas été une depuis plus de deux cents ans et je n'ai pas l'intention de quitter ce foutu endroit abandonné.

"Mère! Soyez gentille, c'est une journée joyeuse." Ou du moins, ce devrait être une journée joyeuse. En tout cas, elle n'allait laisser rien gâcher la journée spéciale de sa nièce. Pas même sa propre mère.

Vasilissa regarda la colère de sa fille, éclairant ses yeux d'une teinte presque fluorescente. "Heureux? Vous appelez cela heureux? Quelques membres d'une même famille se sont blottis dans une pièce secrète pour regarder une reine qui devrait être la plus puissante prendre sa place parmi les plus douées depuis l'arrivée du premier Fey dans ce monde. Et vous appelez cette farce heureuse?!?! "

"Reine Vasilissa, vous oubliez votre place."

Vasilissa siffla d'agacement. «Pas maintenant, Freya-»

Des ombres flottaient le long des murs là où aucune ombre réelle n'aurait pu se trouver. «Ne m'obligez pas à vous retirer de ce royaume. Vous n'atténuerez pas la joie de Nisha ce jour-là.

"Tu ne voudrais pas ..." Secouant la tête et régna dans son tempérament. "Bien sûr que vous le feriez. Je ne suis pas votre reine ni aucun de vos amis. Vous n'hésiteriez pas à me retirer."

Sa mère a reculé? Impossible pourtant elle venait de la regarder faire exactement cela. "Vous êtes venu du Royaume souterrain. Pourquoi?"

"Pour regarder mes petites-filles être couronnées. Pourquoi?"

Celeste détourna les yeux en murmurant: "Il est possible qu'un seul le soit."

Prenant le visage de Céleste dans ses mains ridées, Vasilissa sourit. "Si vous croyez cela, vous êtes un imbécile. Nisha peut-elle gouverner à la fois Lite et Darke? Sans aucun doute. Après tout, elle est ma petite-fille. Mais souhaite-t-elle gouverner plus qu'elle n'en a besoin? Ma fille, regarde autour de toi Nisha a plus à prendre en charge ici que quiconque n'aurait jamais pu l'imaginer. En fait, si j'avais pensé que c'était si grave, j'aurais décidé en tant que mandataire de régler certains de ces problèmes bien avant de lui permettre de mettre les pieds dans ce royaume. "

"Vous faisiez déjà partie de l'Under Kingdom."

"Par mon choix non pas parce que j'étais ou suis un citoyen là-bas. Je cherchais votre sœur ou l'un des Fey."

«Et avez-vous trouvé des réponses?»

C'est alors que Lilly se précipita dans la pièce, "Oh Grand'Mère je ne savais pas que tu étais arrivé?"

"Je viens juste. Maintenant, se précipiter avec une blouse crasseuse n'est pas un moyen pour une princesse de s'habiller."

Lilly baissa les yeux sur sa blouse et sa robe sous-jacente et sourit: "C'est pourquoi je suis là. Mère, je pourrais utiliser votre aide pour préparer l'un des amis de Nisha. Il est très difficile à entretenir et en peu de condition pour être présent. . "

En poussant un soupir, Céleste demanda, "Et je suppose que dire à votre cousin qu'il ne peut pas nous rejoindre est hors de question?"

Lilly porta son doigt à sa lèvre et tapota, semblant envisager de dire à sa cousine: «Eh bien, nous pourrions lui dire, mais je doute que cela influencerait son opinion. Elle était très catégorique sur la présence de cet invité.

«Très bien. Mère, pouvez-vous s'il vous plaît voir le reste des préparatifs?

"Allez. Je ferai ce qui aurait déjà dû être fait. Et laissez votre couronne. Il s'agit de la cérémonie, pas de votre folle fierté, ma fille."

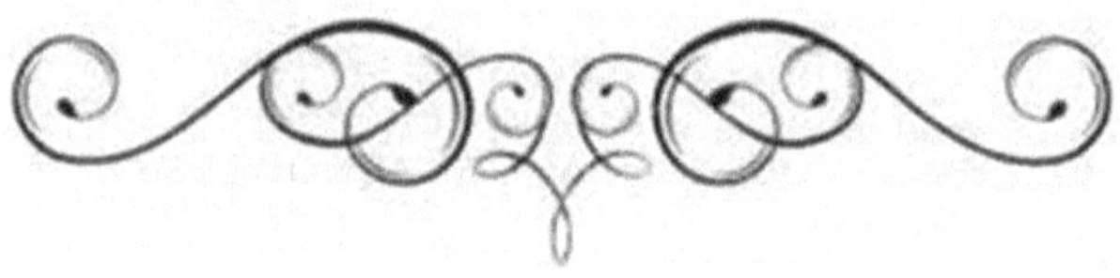

Près du couloir qui mènerait alors aux suites, Lilly laissa échapper un rire douloureux, "Grand'Mere est d'une humeur rare aujourd'hui."

«Tu savais qu'elle venait?

«Mère, je ne demande pas des choses à Nisha. Elle a seulement mentionné que plusieurs de ses citoyens ont exprimé leur intérêt à la voir couronnée reine. Je n'ose pas demander qui. Non pas que Grand'Mere soit vraiment une citoyenne du Royaume inférieur, mais quand même.

Si sa fille bien-aimée savait que sa grand-mère n'était pas morte, de quoi d'autre avait-elle choisi de ne pas lui parler? Cette pensée la glaça. «Alors, le balcon est pour...»

"Les dizaines de citoyens qui ne sont plus pleinement en vie. Nisha a proclamé qu'aucun d'entre eux n'entrerait dans le château avec un sort glamour. Eh bien, elle ne pouvait pas les laisser à Darke n'en porter aucun et elle ne les sacrifiera pas à un destin pire que la mort. parce qu'ils voulaient la voir couronnée... »Lilly prit une profonde inspiration. «... C'était la seule solution pour que tout le monde soit heureux. De plus, rien n'entrera dans ce château sans que les morts ne le sachent. Pensez-y... c'est une précaution supplémentaire au cas où Freya aurait raison de dire que le château n'est pas en sécurité.

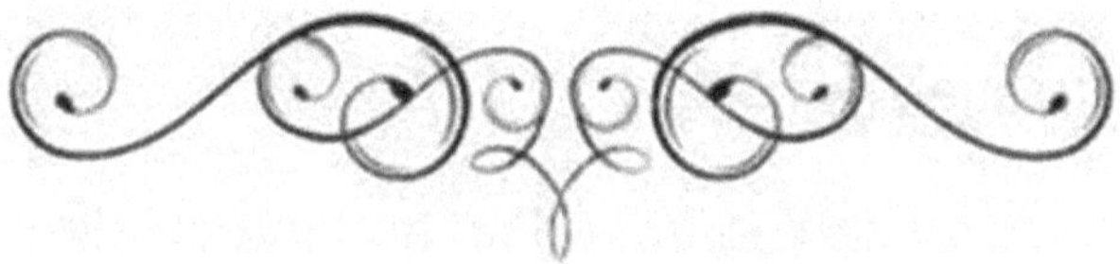

Des dizaines de... pas mieux de ne pas demander... essayant de ne pas penser à la dernière escapade de Nisha, Celeste poussa la simple porte noire qui retenait la personne avec laquelle sa fille avait besoin d'aide. Faisant un pas dans la pièce, elle se figea en voyant un homme adulte dans un sommeil léger avec rien de plus qu'un mince drap le recouvrant.

Prenant une inspiration lente et profonde, elle glissa vers lui et haleta même avec sa peau qui pendait librement de son corps, elle le connaîtrait n'importe où. "Grand vent?"

Ses yeux ne s'ouvrirent pas mais il laissa échapper un murmure douloureux, "Addy?" Quand elle ne répondit pas, il ouvrit les yeux en voyant son erreur. Même voix mais la mauvaise sœur. «Après tout ce temps, je ne peux toujours pas vous distinguer par la voix seule.

Sachant suffisamment qu'il ne s'excuserait jamais à moins que ce ne soit absolument nécessaire, Céleste ne dit rien. Pas qu'il ait besoin de s'excuser, du moins pas de confondre sa voix avec celle de son jumeau. Assise avec précaution près de sa taille, elle opta pour une réponse brutale plutôt qu'une réponse apaisante. "Tu as l'air horrible."

Fermant les yeux une fois de plus, Galeron laissa un sourire tordre ses lèvres gercées. «Je me sens plus mal, j'en suis sûr.

Embrassant le front d'un homme qu'elle considérait autrefois comme un frère, elle sourit. "Eh bien, nous allons vous sentir un peu mieux avant le mariage de votre fils."

Essayant de s'asseoir et sachant mieux se disputer avec elle, Galeron demanda: "Pourquoi Nisha a-t-elle fait ce qu'elle a fait aujourd'hui? Même sa mère n'était pas si insouciante."

"Vous voulez dire? Déclasser ceux qui n'étaient pas considérés comme des citoyens?"

La peur traversa son visage. "Vous n'avez pas entendu." Allongé et souhaitant vraiment qu'il ne soit pas le seul à avoir cette conversation, il ajouta. "Céleste, tu es mon amie, alors s'il te plaît, ne prends pas ça dans le mauvais sens, mais je comprends pourquoi elle a fait ça. En fait, je suis reconnaissante. Mais ce à quoi je faisais référence était pourquoi elle a lié le sang de chaque Fey ou partie de Fey qui est actuellement à Darke? Non pas que nous n'ayons pas préparé ce jour. "

"Elle a fait quoi!?!?! C'est ... c'est fou. Non, plus que fou, c'est ..."

La compréhension éclaira ses yeux. «Elle ne vous en a pas parlé?

"Non, elle ne m'en a pas parlé." Regardant la porte et la fille qui avait été beaucoup trop silencieuse depuis trop longtemps, Celeste se cassa, "Tu savais ça?"

Entrant dans la pièce, Lilly essaya de paraître sage. "Eh bien, pas exactement. Mais je préfère manger de la pierre puis demander à Nisha tout ce qui ne me regarde vraiment pas. Je veux dire vraiment, pourquoi voudrais-je une réponse à quelque chose que je pourrais tout aussi simplement prétendre ne pas savoir ... En plus, quand Nish m'a parlé de... eh bien, Lord Galeron et son état... elle était plus que furieuse. Tu as entendu le château gémir, n'est-ce pas?

"Je pensais que c'était le vent." a été dit en même temps que "Le château gémissait? Quand Myrddin était énervé, les gargouilles criaient."

Quand les deux dames pâlirent, Galeron se détendit et laissa échapper un rire douloureux. "Vous êtes tous les deux des souris. Il n'y a aucun moyen qu'elle puisse être pire que ses deux parents réunis."

Celeste le fusilla du regard. "Voudriez-vous parier là-dessus?"

Chapitre 40: David

L'air inquiet, David commença à se lever de sa chaise. Remarquant qu'Ethan faisait de même, il secoua la tête. «Non Ethan, reste assis.

"Mais…"

Serrant l'arête de son nez et souhaitant vraiment qu'il ne soit pas le seul à expliquer cela à Ethan, il soupira en commençant à dire: «Vous faites partie de la maison de Nisha maintenant. Cela vous donne certains droits.

Ethan plissa les yeux en question, "Droits?"

"Hmm. Vous ne vous tenez que lorsque Nisha entre dans une pièce. Ne le faites pour les autres que si vous vous sentez enclin à le faire. Nisha est très difficile et ne suit pas les courtoisies normales. Je soupçonne que vous trouverez sa façon de faire les choses beaucoup plus facile. que de les faire correctement. Pour aujourd'hui, restez assis jusqu'à ce que les portes révèlent Nisha. Personne n'y réfléchira à deux fois. S'ils le font, ils lui en parleront. Ou se plaindre les uns aux autres quand elle n'est pas là pour en débattre. "

Se mettant une fois de plus à l'aise dans l'étreinte d'Ari, il demanda, "Pensez-vous que quelqu'un le fera? Dites à Nisha que je veux dire."

Avec un souffle, David siffla, "Bon sang non. Personne dans cette pièce ne discute de quoi que ce soit avec Nisha à moins que cela ne soit nécessaire. Et se plaindre parce que vous suivez son exemple n'est pas une conversation nécessaire."

«A cause de son tempérament?

"Non. A cause de ce que peuvent être les réponses possibles. Faites-moi confiance. Parlez si vous en avez envie, mais restez assis. Lilly aura ma peau si vous vous déplacez trop. Et Nisha aura plus que ma peau si vous regardez malade pour la cérémonie. "

Attendez? Quoi? "Alors ... je ne devrais pas marcher encore je marchais ce matin?"

"Confus, n'est-ce pas? Allez-y." Regardant Ari, David fronça les sourcils. "Eh bien, cela ne suffira tout simplement pas à rencontrer la reine de Feyen." Pointant son long doigt griffé vers la fureur, sa couleur passa d'un gris pourpre fané à un vert profond. "Non. Cette couleur ne convient pas à l'occasion." Après plusieurs autres essais, il s'est finalement contenté d'un bleu royal avec une bordure dorée. Une couleur qui correspondait presque au costume d'Ethan. Puis des notes de noir pour souligner les yeux d'Ari, c'était vraiment une précaution pour que tout le monde sache que ce n'était pas seulement une chaise mais une fureur. "Là, cela devrait le faire."

Ethan baissa les yeux. David n'avait pas seulement changé la couleur mais aussi le matériau. Ari avait été… fait?… D'une sorte de matériau épais qui avait l'air lisse mais qui était rugueux au toucher. Cependant maintenant… le velours doux couvrait chaque centimètre carré de la fureur. Et le contenu ronronne… Ah… Ari doit également approuver le changement. "Comment as-tu fais ça?"

«Eh bien… ma mère est Feyen et très puissante à part entière. Elle a enseigné à chacun de nous certains sorts et incantations. Seulement ceux qui correspondent à notre personnalité. Pour moi, c'est quelque chose à voir avec le tissu. Maintenant, êtes-vous prêt? Je le fais. je veux donc savoir pourquoi la reine est ici avant Nisha. "

Avec un signe de tête, Ethan demanda, "Pensez-vous qu'elle va mal réagir?"

Tournant le dos à Ethan, David baissa la tête. "Je pense qu'aujourd'hui va être rempli de plus de divertissements que nécessaire."

Ouvrant les grandes portes dorées, David s'arrêta pour voir non seulement la reine Alista mais aussi Larna. Même si elle était assise près du fond de la pièce, regardant dans le vide… elle était toujours là… et toujours très menaçante. Il n'était pas sage de tourner le dos à un ennemi mais il n'y avait rien que Larna pouvait faire… du moins pas avec les ombres flottant près d'elle. Se retournant pour regarder par-dessus son épaule, il s'assura qu'Ethan le suivait, puis fit soigneusement les quelques étapes nécessaires jusqu'à l'endroit où la reine Alista discutait très doucement de quelque chose avec… «Reine Vasilissa?

"Qui?" Ethan leva les yeux maintenant, inquiet depuis que David avait haleté. Et les Drakens n'ont jamais haleté… n'ont jamais montré de peur ou d'inquiétude… et ne le feraient certainement jamais devant une famille royale.

David n'a jamais quitté les yeux des deux reines. "Oh, ça ne peut pas être bon."

Maintenant plus qu'inquiété, Ethan commença à se lever. «David?

«Non, restez assis. Quelque chose ne va pas. La reine Vasilissa est… euh… morte depuis près de quinze ans. En la regardant, elle n'avait pas l'air du tout morte. Non, elle avait l'air très bien vivante. Reprenant son souffle, David prit une posture plus princière et posa sa main sur le dos d'Ari. "Restez calme et agissez sans intérêt." C'était le meilleur conseil qu'il puisse donner pour le moment. Maintenant seulement s'il pouvait le suivre lui-même.

"Tu veux ne rien dire et tout entendre. Ouais, je l'ai."

Génial tout simplement génial, il a juste réussi à insulter la seule personne qu'il ne voulait pas… surtout depuis qu'il a parlé à Lilly et qu'il a découvert qu'il était un Fey non formé dont les pouvoirs et les capacités étaient encore inconnus. «Reine Alista, reine Vasilissa, un plaisir de vous voir. Puis-je vous présenter Lord Ethan Leuthar, le marié.

Alista se retourna pour voir qui avait osé l'approcher sans qu'on lui dise de le faire. Ses grands yeux verts d'écume de mer se rétrécirent alors qu'elle ne regardait pas David mais le garçon qui était assis en furie. "Leuthar? Il y a une famille à Feyen avec ce nom. Deux siègent maintenant à mon conseil des anciens."

Essayant de sourire, David dit doucement: "Sa mère était Lady Faerydae, votre grâce."

Ses ailes dorées sombres s'ouvrirent puis se refermèrent de frustration. «Je vois. Alors vous, Prince Davkren, auriez dû expliquer au garçon comment recevoir correctement une reine en visite.

Ethan se pencha un peu en avant sur sa chaise. «S'il y a un problème avec la façon dont vous avez été reçu, vous devriez parler à la princesse Nisha. Qu'est-ce que je viens de faire? Je sais mieux que d'insulter un haut-né.

"Oui, je vois que vous êtes de la lignée Leuthar. Maintenant laissez-moi. Vasilissa et moi avons beaucoup à discuter avant la cérémonie."

Prenant un petit arc, David utilisa son doigt pour éloigner Ari des deux reines. En partant, il entendit Vasilissa claquer: "Tu oublies ta place, Alista."

Près du balcon, Ethan murmura, "Qu'est-ce que c'était que ça?"

"Je ne sais pas, mais on dit qu'elle est une Fey très grincheuse. Maintenant, voudrais-tu voir les couronnes, ou prendre ta position sur le balcon?"

"Ce qui est le plus sûr pour le moment."

"Ensuite, nous commencerons par la table qui détient la couronne, puis nous nous dirigerons vers l'extérieur. Et j'espère que nous ne trouverons aucune surprise là-bas."

L'inquiétude et la suspicion emplirent la voix d'Ethan. "Quel genre de surprises?"

«Oh, ne semble pas si inquiet. C'est Nisha, donc une surprise de sa part pourrait être n'importe quoi, comme un dragon d'argent planant dans les cieux et effrayant à peu près tout le monde…»

Ethan haleta. «Les dragons n'existent pas… n'est-ce pas? Des chevaux ailés, bien sûr. Des chevaux morts qui transportaient les vivants dans le tunnel des morts… il ne pouvait pas le prouver mais il était prêt à parier sur leur existence. mais des dragons?

«Eh bien… nous n'avons jamais été en mesure de prouver que si c'était une illusion ou une réalité. Et Nisha refuse de dire de toute façon.

"Je ne pense pas que je veuille savoir."

«Tu vois, tu comprends déjà. Maintenant…» David s'arrêta à mi-chemin et haleta. "Ce n'est pas juste."

"Quoi?" Ethan a culminé autour du côté de David pour voir une table d'or avec trois couronnes et deux sceptres. Une couronne en or avec une sorte de gemme transparente dans chacun des points. Le sceptre correspondant allongé à gauche de celui-ci. Puis un cercle d'argent sans ornements pour dire que c'était une couronne. Enfin, une couronne en pierre polie noire. Gemmes rouges scintillantes près des points. C'est un sceptre posé à droite un dragon enroulé autour de la poignée d'une griffe de corbeau tenant une seule gemme noire. "Je connais la couronne de Darke, mais les autres… pourquoi sont-ils ici?"

David haleta en essayant de trouver des mots pour ce qu'il voyait. "Je ne sais pas. Celui d'or est de Lite. C'était censé être celui de Lilly mais… "

«Mais tu penses que Nisha…» Il laissa les autres suspendus en l'air alors que les doubles portes s'ouvraient et qu'un homme de grande taille avec de grandes cornes de bovin se tenait dans l'embrasure de la porte, traînant un Wendigo par le pied. «Edrich.

David a souri au moins une chose a été prise en charge dans le bon ordre. Il lui suffisait de retrouver son calme. «Ah bon, la bête a été retrouvée. J'aurais dû vous le dire plus tôt, mon père est un excellent chasseur. Se détournant de la couronne et s'inquiétant de ce qui va se passer dans quelques minutes, il sourit. «Je devrais vous présenter avant les festivités. Il a tendance à devenir grincheux s'il n'est pas dit à l'avance.

Après David là où se tenait son père, Ethan prit une profonde inspiration. Pas à cause de qui il était sur le point de rencontrer, mais à cause de qui était entraîné dans la pièce.

«Père…» David baissa les yeux sur la saleté qui était inconsciente sur le sol. «… Je vois que vous avez trouvé Lord Edrich.

"Seigneur? Il est de la racaille. Même pas apte à manger. Même les trolls ne mangeront pas celui-ci." Ses doigts griffus se resserrèrent autour de la jambe, faisant claquer les os proprement en deux. «Bah. Sac d'os sans valeur. Pas même les muscles pour une collation.

"Craykren, Tiens-toi bien." Une grande femme mince avec des cheveux noirs comme du charbon et des ailes de rubis s'approcha derrière le Darken et lui gifla assez fort le bras pour qu'il se tourne vers elle. "Tu ne mangeras pas cette saleté en ma présence."

"Je ne le mangerai pas du tout. Ce n'est pas digne de nourriture. Les trolls n'en veulent pas non plus." Il cogna la tête d'Edrich contre le mur plus par frustration que par tentative de casser le crâne.

David cligna des yeux. Jamais… pas une seule fois il n'a entendu son père refuser à sa proie une mort honorable. Déjà. Sa mère devait être aussi surprise car ses yeux faisaient presque le double de leur taille normale. «Peut-être que l'un des gardes pourra le faire sortir de cette pièce jusqu'à ce que vous décidiez de ce qui sera fait de lui.

"Oui. Très bien. La saleté n'est pas la bienvenue à la cérémonie. Peut-être l'engraisser. La peau peut être utile."

Blake qui se tenait sur le balcon surplombant la foule se rapprocha du roi Draken. "Cray? Peut-être qu'un de mes gardes peut l'emmener maintenant? Nous ne voudrions pas déranger les dames."

Craykren poussa le corps mou vers son ami. "Il est glissant. Tranche sa gorge s'il essaie de s'échapper."

En regardant le morceau de chair mou, il ne pensait pas que l'âne pouvait s'échapper. Du moins pas cette fois. Pas avec ses jambes cassées, ni avec son crâne qui saigne. Mais là encore, il avait échappé à tous les autres qui l'avaient recherché.

"Non." Pas une voix dans la pièce mais une juste à l'extérieur. Céleste s'envola rapidement dans la pièce. "Non, ses crimes sont trop nombreux pour une simple mort. Freya, s'il te plait, vois qu'il reste dans le donjon jusqu'à ce que Nisha puisse correctement prendre soin de lui."

"Bien sûr. Conspirer pour tuer la famille royale est un crime odieux. Je me demande quels autres il a commis."

Celeste hocha la tête une fois et regarda la guerrière Feyen prendre possession de la bête, puis reporta son attention sur son invité. «Le roi Craykren, puis-je vous présenter Lord Ethan. La fiancée de Nisha.

Reniflant l'air, il acquiesça une fois. "Vous êtes blessé. Nous ne nous battrons pas aujourd'hui."

«Craykren, je jure que si tu fais une seule perturbation pendant la journée spéciale de ma nièce, je te transformerai en lutin… à nouveau.

David se retourna brusquement pour ne pas laisser son père le voir sourire à la menace. Après tout, voir son père se transformer en un lutin aux couleurs vives portant une jupe et seulement environ le sixième d'une de ses longues serres… c'était déjà assez dur de ne pas rire. C'était aussi un avertissement puisque son père était resté ainsi pendant près d'une semaine la dernière fois. Il n'avait pas du tout été content de ça.

Chapter 41: Myrddin

La tête de Myrddin roula sur le côté alors qu'il commençait lentement à prendre conscience de son environnement. Alors que sa peau commençait à reconnaître la douleur dans son dos, il secoua son bras en réponse… les chaînes de fer qui le liaient au plafond de la grotte tremblèrent et se cognèrent ensemble. Gardant les yeux fermés, il laissa son esprit s'émerveiller pendant un bref instant…

… Depuis trop d'années, il était lié ici. Selon ses ravisseurs, il avait été dépouillé de toutes ses capacités et de son pouvoir sombre. S'ils savaient seulement la vérité … S'ils savaient seulement qu'il pouvait s'échapper à tout moment … qu'il pouvait les détruire avec rien de plus qu'une pensée et ce faisant, rien d'eux ne resterait … pas une goutte de sang ni un éclat d'os. S'ils savaient qu'il aurait pu empêcher tout cela. Chaque once de douleur qu'il s'était forcé à endurer pendant toutes ces années. Chaque tentative sur sa vie. Chaque menace qu'ils lui avaient dit. Il aurait pu les détruire il y a toutes les années… mais il y avait des raisons pour lesquelles il ne l'avait pas fait…

… Nisha…

… S'il l'avait fait, sa fille… sa seule raison d'être n'aurait jamais atteint sa pleine force. Dans toutes les capacités qu'elle devrait avoir maintenant. Les cadeaux dont elle aurait besoin pour sauver non seulement sa maison, mais aussi la sienne. Elle n'aurait jamais appris toutes les leçons dont elle avait besoin. Elle n'aurait jamais connu l'amour. Je n'ai jamais appris quand faire confiance à son entourage ou quand les ignorer complètement. Non, autant que cela lui faisait mal, il avait besoin de rester ici.

Et vivant.

Vivant. Quelque chose que ses ravisseurs ont appris assez rapidement qu'ils ne pouvaient pas le faire. Peu importe s'ils l'ont affamé ou incendié. Peu importe s'ils remplissaient ses poumons d'eau ou s'ils essayaient de l'étouffer. Cela n'avait pas d'importance. Même pas couper son corps en petits morceaux ne l'avait pas tué. Et c'était une surprise pour lui-même et non une expérience qu'il voulait revivre. Cependant, rester en vie et incapable de mourir était venu avec le prix d'une douleur exaspérante que même quand il n'y avait pas de blessures visibles, il pouvait sentir celles qui étaient guéries depuis longtemps. Puis les hallucinations qui devenaient trop fréquentes commençaient à lui faire douter de sa conviction de voir cela à travers. Lui a fait repenser son sacrifice pour ceux qu'il aimait.

"Vous devriez vous laisser mourir, Prince Noir."

Dark Prince, un nom que son ravisseur lui avait donné il y a quelque temps. Bien avant le soulèvement. Bien avant la naissance de Nisha. Une époque où le serpent avait tenté de se faire passer pour un ami. Pourtant, même alors, il a refusé de donner au bâtard la satisfaction de connaître sa véritable identité. Une vérité que même Adrianna, sa femme, ne connaissait pas. Je ne pouvais pas savoir. «Apep». Baillant, il essaya de paraître indifférent en disant: «Avez-vous trouvé quelque chose de nouveau pour essayer de me tuer ou venir m'ennuyer avec vos faibles tentatives?

Se rapprochant de son prisonnier, Apep sourit autant que sa peau serrée semblable à celle d'un lézard le lui permettait. "Mon fils va bientôt épouser votre précieuse fille. Alors vous la verrez mourir."

"Vos mensonges m'ont ennuyé le serpent."

Plaçant sa griffe à quatre doigts sur son cœur, Apep se mit à rire. "Moi? Mentir? Je n'ai aucune utilité pour les mensonges."

Fermant ses yeux bleu nuit, Myrddin sourit en choisissant de voir ce qui se passait dans le Château de la Nuit. "Nous verrons qui ment et qui régnera sur la Fey." Ouvrant les yeux une fois de plus, il se pencha en avant autant que les chaînes le lui permettaient et murmura: «Et nous verrons qui regarde vos enfants crier lorsqu'ils meurent. Pendant un instant, des flammes dansèrent juste derrière ses yeux.

Faisant un pas en arrière, Apep tomba sur sa longue robe verte. "Vous n'avez aucun pouvoir ici. Vous ne pouvez pas."

"Tu ne penses pas. Alors comment suis-je encore en vie, serpent? Comment?" Rien de plus n'a été dit jusqu'à ce qu'il soit une fois seul dans sa cellule… puis il a ri jusqu'à ce que son cœur se fâche de ne pas voir sa fille chérie devenir la belle femme qu'elle était devenue.

Seul enveloppé dans l'obscurité, Myrddin laissa tomber le sort d'invisibilité autour de son alliance. Jusqu'à présent, c'était le dernier sort qu'il avait jeté… sentant le métal froid contre sa peau, il se permettait de ressentir non seulement le groupe lui-même, mais au-delà. Dae avait tissé son sort remarquablement bien pour ce que son talent avait été toutes ces années auparavant. Mais ce n'était pas pour ça qu'il souriait… il souriait parce que sa bien-aimée Addy portait la sienne.

Elle était vivante. Malgré son incapacité à la localiser… malgré le serpent continuant à propos de sa disparition, il savait qu'elle était vivante et maintenant il avait la preuve que son cœur avait besoin. Un moment de plus et des larmes coulèrent de ses yeux. Elle ne portait pas seulement la bague… elle le cherchait. Leurs cœurs battaient déjà en rythme l'un avec l'autre. Comprendrait-elle pourquoi il se sentait si faible?

Non. Il n'avait jamais partagé avec elle le sortilège qu'il avait utilisé. Ni lui a dit ce qu'il avait fait la nuit où Nisha était née. Donc, pour l'instant, elle aurait besoin d'être contente qu'il soit vivant et de se réconforter en sachant qu'il la trouverait.

Bien que ce soit peut-être en réalité elle qui l'a trouvé en premier.

Prenant une profonde inspiration, il la relâcha lentement. C'était l'heure. Tant de gens voudraient son sang quand cela serait passé mais cela n'avait pas d'importance, pas maintenant. Pas en ce moment. Il s'est permis un seul battement de cœur pour reconsidérer son appel à l'aide. Un cœur battait plus pour débattre de ce qu'il voulait et ne voulait pas dire. Un souffle de plus et il espérait de tout son cœur… de tout son être… qu'il ne faisait pas d'erreur. Il avait besoin de son aide pour mettre fin à cela, mais même lui ne savait pas si elle mettrait fin à ce cauchemar et sauverait leurs deux vies. Non, elle pourrait très bien le laisser là-bas et sceller le sort de leurs maisons et de leurs vies.

«Estare. Il savait qu'elle écoutait. L'obscurité était tout ce qu'elle avait besoin d'entendre, même aussi loin qu'elle était vraiment, il savait qu'elle pouvait entendre les paroles de n'importe quel vrai Fey. Après ce qui semblait être des heures, il cria une fois de plus, cette fois ne cachant pas la rage et la frustration dans sa voix, «Bon sang, chère sœur, réponds-moi!» Un moment de plus et il ajouta un peu plus de mordant et d'autorité à son rugueux voix mais n'a pas hésité dans sa conviction de l'appeler. "Réponds-moi!"

Enfin, une lumière irisée brillante l'entoura, faisant fondre les fers recouverts de rouille qui l'avaient retenu pendant trop d'années. Alors que la lumière se pressait vers l'extérieur, éclairant la pièce, un feu noir a brûlé, bloquant la sortie et toute chance que quelqu'un accoure pour interrompre leur réunion. Sachant qu'il ne pouvait rien faire avant qu'elle ne choisisse de se faire connaître, il s'assit sur le sol ensanglanté et attendit ...

«Toi… ingrat… poignardé dans le dos… salaud. De quel droit osez-vous m'invoquer?

Il ne la vit pas, ce qui était vraiment terrifiant puisqu'il pouvait sentir chaque mot vibrer hors de ses os et résonner dans sa tête. S'asseyant pour qu'il paraisse imperturbable, il roula des yeux. «Bonjour à vous aussi, chère sœur. Pouvons-nous parler ouvertement ou voulez-vous me gronder pour avoir quitté Lunaista?

Faisant un pas à travers le mur de lumière, elle pressa ses ailes scintillantes l'une contre l'autre et son visage étroit flamba de fureur alors qu'elle grognait, "Tu n'as pas juste quitté Lunaista, tu as volé notre petite sœur quand tu t'es enfuie."

"J'ai sauvé vos deux vies. Ou vous ne l'avez pas encore compris." Il ne pouvait s'empêcher de ne jamais parler de ça pendant des siècles… de ne jamais revenir affronter ni sa mère ni sa petite sœur… il serait damné s'il lui permettait de lui parler si froidement. "Non, je peux voir dans tes yeux que tu ne l'as pas fait."

"Maudit toi. Mère et père se sont suicidés à cause de ta disgrâce."

"Ils se sont suicidés en sacrifice pour apaiser les autres villes étoiles." Se levant, il se tenait debout devant elle. «N'as-tu pas reçu une boîte à bibelots avec rien de plus que quelques morceaux de chair posés à l'intérieur?

"Oui mais…"

Laissant une explosion de puissance brute couler de sa main, il fit exploser le mur du fond de la grotte puis revint se présenter devant elle une fois de plus. "Bon sang, Estare, ouvre les yeux. C'étaient des morceaux des autres enfants qui auraient pu régner. La progéniture de rechange du royal Fey. Un cadeau pour que les autres sachent qu'ils n'étaient pas une menace."

Trébuchant en arrière, elle se colla contre le mur de pierre. "Pas ça…"

Prenant sa peur… il continua d'une voix que personne n'oserait remettre en question, pas même sa femme, sa reine, «Pensez-vous vraiment que je me permettrais de devenir roi de n'importe quoi si cela signifiait vous tuer? Tuer notre petite sœur? Puis être obligé de vous couper tous les deux pour leur envoyer des morceaux de vous? Non, soyez en colère contre moi si vous voulez. Soyez aveugle si vous le devez, mais je ne m'excuserai pas d'avoir fait ce qui était juste. "

Elle le regarda se retourner et faire les cent pas, puis dans un doux murmure répondit près des larmes. «Tu aurais pu me le dire plus tôt.

Myrddin secoua la tête. "C'était interdit. Comme tant d'autres choses que vous avez rendues publiques depuis."

"Tu sais?!"

«Venez maintenant, nous savons tous les deux que même parmi les autres stars et le royal Fey, il n'y a personne qui soit à moitié aussi puissant que moi.

Elle lui tourna le dos en essayant de cacher ce qu'elle ressentait. D'une voix douce qu'elle n'utilisait que rarement, elle dit: «Alors tu veux que ta couronne te revienne». Pas tellement une question mais une déclaration pleine d'espoir.

"Bon sang, non, je ne veux pas de cette couronne. Mais j'ai besoin de votre aide."

Estare prit une profonde inspiration, "Vas-y mon cher frère. En quoi, dis-le, as-tu besoin de mon aide? Puisque tu es tous si puissants."

Il n'est pas tombé pour les plaisanteries, mais a plutôt essayé de garder sa voix au même niveau, "Ta nièce, tu l'as contactée?" Il espérait mais il en doutait aussi. Pas quand elle croyait qu'il l'avait abandonnée dans le lieu mort et froid qu'elle appelait chez elle.

"Non, mais par accident j'ai contacté sa fiancée." Ce qui l'avait intriguée la première fois… maintenant?

"Ethan? Bien. Faerydae, c'est sa mère, est la fille de Magmas. Il l'a envoyée ici pour la sauver du sacrifice. Ne doutez pas de cacher ces lignées ou sa propre capacité."

"Magmas? Mais il ... Il est le chef de toutes les villes étoiles."

"Oui, je sais. Cela semble impossible, il aurait une once de compassion en lui. Jamais moins ... C'est sa lignée qui gouverne ce qu'on appelle Feyen. Cependant, ce n'est pas de notoriété publique, du moins pas ici."

"Oh wow. Je savais que nos gens étaient les protecteurs des Fey ici sur la terre solide mais pas de l'autre."

"Nous n'avons pas le temps pour ça. Une fois cela terminé, nous parlerons de ce qui doit être fait pour sauver notre maison. En ce moment, je dois sauver celle de ma fille."

"Très bien. Nous discuterons des autres plus tard. Dites-moi ce qu'il faut faire."

S'inspirant du mur de feu noir, il regarda dehors. «Si je traverse le feu, ma femme sera tuée avant que je ne l'atteigne. Vous devez dire à Nisha qu'elle est détenue près de l'embouchure de la rivière de guérison.

"N'est-ce pas là où l'un des piliers était censé se trouver? Le site d'atterrissage des fées qui choisissent de venir ici?"

«Oui, les Eostre y vivaient autrefois. En fait, ils étaient les hôtes officiels de ceux qui venaient sur cette terre. Il fit une pause, sentant sa colère grandir une fois de plus. "Et c'est pourquoi ils ont été massacrés. Quelqu'un voulait le pouvoir qu'ils saignaient de ceux qui voyageaient là-bas. Je soupçonne que ce sont les mêmes salauds qui maintenant ma femme captive."

Estare se tourna vers l'embouchure de la grotte. "Non, le lézard poulet est beaucoup trop jeune. Peut-être qu'un parent éloigné peut être responsable."

"Possible." Il prit ses mains froides dans les siennes. "Voulez-vous l'aider?"

«Pour aussi puissant que vous. Et pour savoir des choses que les autres ne peuvent pas savoir… comment pensez-vous que je n'aiderais pas ma nièce même si elle est votre progéniture?

En lui donnant un doux baiser sur le front, il murmura: "Merci. Maintenant, va mon petit phénix."

S'éloignant de lui, elle hocha la tête et commença lentement à se transformer en une forme que si peu de gens pouvaient tenir. Et moins de gens savaient qu'il pouvait encore se former.

Chapitre 42: Nisha

Nisha se regardait dans un grand miroir argenté pleine longueur qu'elle flottait devant elle. Quelques instants auparavant, elle avait décidé comment porter ses cheveux et choisi les quelques bijoux qu'elle allait porter…

… Mais c'était avant.

Il y a un instant, elle avait ressenti quelque chose. Ce quelque chose lui avait suffi pour faire preuve de prudence et chercher quoi que ce soit. Se retournant pour voir toute la pièce, elle savait ce qu'elle ressentait - Quelque chose ou quelqu'un la regardait. Qui ou qui ils étaient loin. Pas dans Darke… non… même la frontière des bois mystiques était plus proche que la personne ne le sentait. Donc, ils n'étaient pas une menace. De peur pas aujourd'hui. Cependant, à la suite de ce sentiment, elle savait qu'ils se sentaient soulagés de la voir. Ils avaient l'impression qu'ils espéraient qu'elle ferait exactement ce qu'elle était… se préparer pour son mariage. Ce qui n'avait aucun sens - pas du tout? Si quelqu'un voulait la voir se marier, ils devaient juste venir au château et regarder. À moins que quelque chose ne les en empêche. "Demain sera assez tôt pour te trouver."

Soupirant une fois de plus, elle prit son reflet et s'efforça de ne pas réfléchir. Elle avait toujours su cacher la plupart de ce qu'elle ressentait. La solitude était masquée par une acidité impertinente. Inquiétude masquée par un enthousiasme trop pétillant. L'amour? Affection? Elle avait toujours pris soin de sa tante et de ses cousins   David et Lilly mais craignait que si elle les aimait, ils ne lui seraient enlevés aussi… alors elle n'avait jamais dit le mot. Mais aujourd'hui?

Aurait-elle le courage de se permettre de tomber amoureuse d'Ethan? Rendrait-il jamais cette affection si elle le faisait? Lilly a rendu les choses si faciles avec David. Depuis la première fois qu'ils se sont vus, elle n'avait voulu personne d'autre… Mais Ethan? Même lié l'un à l'autre, il semblait plus enclin à suivre un ordre qu'à se donner de l'affection. Là encore, il se peut qu'il ait juste besoin de temps pour s'adapter à ne pas être un esclave.

Mais c'était aussi un souci pour un autre jour… Aujourd'hui…

Aujourd'hui, elle cédait à quelques instants pour souhaiter que sa mère soit là pour lui dire ce qu'elle pouvait faire pour que la robe soit appropriée pour un mariage. Elle cédait au moment de regret de ne pas avoir son parent qui, elle le savait, l'aimait avec tout ce qu'ils avaient. Reniflant, elle regarda sa robe. Pas vraiment une robe de mariée mais la plus belle qu'elle possédait et tout ce qu'elle pouvait trouver pour la rendre plus appropriée était une fine brume noire entrelacée avec la robe grise en toile d'araignée qui s'est estompée en un fin voile qui couvrait ses jambes. Sa mère saurait comment le rendre complètement à couper le souffle après tout si elle pouvait concevoir une robe pour sa cérémonie de passage à l'âge adulte quelques heures seulement après l'accouchement, elle pourrait sûrement concevoir une robe de mariée.

Cela aurait dû être possible. Cela aurait dû l'être.

Pourtant... ce n'était pas le cas.

Reniflant une fois de plus, elle retint ses larmes. Alors qu'elle laissait ses cheveux couleur corbeau cascade le long de son dos, elle tira une seule mèche par-dessus son épaule puis plaça sa petite boucle d'oreille en os dans le lobe de son oreille, se permettant de tracer le point délicat. Sa tante n'avait pas les oreilles pointues, Lilly non plus, alors étaient-elles héritées de son père? Elle ne savait pas. Il n'y avait pas une seule image, hologramme ni peinture de lui. Au moins, aucun qu'elle n'avait trouvé dans aucun château où elle avait jamais été. Y compris celui-ci. Là encore, sa tante Alyisope n'avait pas non plus des oreilles comme les siennes. Mais ils auraient pu simplement la sauter. Touchant ses oreilles une fois de plus, elle renifla, c'était la seule chose qu'elle avait de son père.

Ne cédant pas aux larmes, elle piétina son pied de frustration. Il devrait être là pour l'escorter jusqu'à sa fiancée. Peut-être d'une certaine manière il l'était. Il lui avait donné Ethan. Il l'avait choisi parmi n'importe quel autre.

Fermant les yeux, elle mit ses parents au fond de son esprit. Quel bien pourrait lui faire pleurer aujourd'hui? Non, elle avait besoin d'être confiante. Elle devait être la reine du royaume inférieur et la princesse héritière de Darke. Elle avait besoin d'être intrépide et époustouflante. Elle avait besoin de paraître féroce.

Elle avait besoin de ses ailes. Les ailes qui étaient aussi de ses parents.

Pas ses ailes qu'elle créait de temps en temps. Celles faites de brume et de chuchotements. Non, elle avait besoin de ses ailes. Des ailes que sa tante considérait comme une fausse décoration. Ceux qui ont terrifié Lilly. Lilly lui pardonnerait, après tout, aujourd'hui était une question d'apparences et non d'apaiser ses proches. Gardant les yeux bien fermés, elle arqua son dos alors que ses ailes se formaient dans son dos. Un moment pour surmonter la douleur déchirante qui venait toujours de retirer ou de former ses ailes, puis elle prit une dernière profonde inspiration pour les voir.

Beau. Stupéfiant. Et mortel. Ils étaient parfaits.

Ils n'avaient pas la forme d'ailes de fées, mais ressemblaient plutôt à celles qui appartenaient aux grands dragons. Se courbant au-dessus de sa tête, ils se liaient presque avec leurs serres d'argent. Ses yeux les regardèrent s'assurant qu'ils n'étaient pas endommagés d'une manière ou d'une autre, puis respirèrent de soulagement en voyant comment ils s'arrêtaient juste une respiration avant le sol. Pendant un moment, elle y réfléchit.

Par hasard, ils n'étaient pas faits de peau ni de chair. Pas de plumes ni de membrane, pas même d'écailles. Non, elle n'était pas sûre de quoi ils étaient faits mais elle savait qu'ils étaient clairs. Sauf celle des mèches de couleur grises, bleues et noires et le contour argenté. Non, c'était une bizarrerie. Plus fort que la pierre, contrairement aux ailes de fée qui étaient si affreusement délicates. Pourtant, ils semblaient plus délicats que même le plus petit papillon. Oui, ils étaient parfaits et après aujourd'hui, elle n'aurait plus besoin de les cacher.

Ses lèvres rouge sang se recourbèrent en un sourire. Ainsi, peu avaient vu ses ailes. Même parmi sa famille, seules sa tante et Lilly les avaient vus, et seule Lilly savait qu'ils étaient réels. Peu importait après tout qu'elle ne les portait pas pour ses invités, elle portait la seule chose qu'elle avait de ses deux parents. Le seul cadeau qu'ils lui avaient donné et caché à tout le monde jusqu'à ce qu'elle soit assez âgée pour le cacher elle-même.

Un coup à la porte l'empêcha de penser à autre chose. "C'est ouvert." Elle ne voulait pas craquer mais elle avait besoin de ne pas pleurer.

«Nis…» Lilly s'arrêta et regarda autour de la pièce. Des monticules de robes, de tuniques, de décorations de cheveux, tous dispersés. "Oh, tu as tellement de problèmes."

Se tournant vers sa cousine, elle sourit si gentiment. "J'en doute. Après tout, Mari a fait la plupart du désordre elle-même."

«Marigold? Est-ce que c'est? Lilly recula d'un pas incrédule, "Sûrement… Non." Puis elle remarqua les ailes. «Nisha?

«Je sais qu'ils vous mettent mal à l'aise mais en tant que reine de Darke, j'ai besoin d'eux. Mes parents l'ont compris.

Fermer la porte pour que personne n'entende Lilly baissa la voix. "Tu sais qu'ils te font ressembler au premier Fey."

Elle murmura doucement: "Je sais." Après tout, elle avait vu les tapisseries de la flèche et du château de Sun-tear. Et avait vu plus que cela dans ses rêves. Les rêves dont elle ne s'était toujours pas résolue à raconter à sa cousine.

Se redresser Lilly prit une profonde inspiration en disant: «Eh bien, ils sont à toi alors qui suis-je pour juger les ailes d'un autre royal?

Nisha sourit, effaçant le dernier morceau de sa tristesse. «C'est pourquoi je t'aime bien, Lil, tu me vois pour moi et pourtant ne me crains pas.

Lilly lui rendit le sourire. "Craignez-vous. Oh, vous me terrifiez régulièrement, mais nous sommes liés l'un à l'autre donc je sais que vous ne pouvez pas me faire de mal."

Liant son bras à sa cousine, elle a demandé: "Vous n'en avez parlé à personne, n'est-ce pas?"

«Nisha… vraiment pourquoi aurais-je jamais dit à une seule âme que lorsque nous avions cinq ans, nous nous sommes bu le sang et nous nous sommes jurés de ne jamais nous faire de mal? Ai-je l'air de vouloir entendre une conférence sur la liaison du sang? Sans parler des autres reliures quand ils avaient treize ans, il n'y avait aucune raison d'en parler à personne.

Les deux filles rirent un moment avant que Nisha ne se redresse. "Nous devrions y aller. Les morts deviennent agités."

En descendant lentement, le long couloir, Lilly se pencha sur Nisha. «Le père d'Ethan est assis au dernier rang. Il a une vue dégagée sur son fils.

S'arrêtant brièvement Nisha jura: "Je suis désolée, j'aurais dû te dire qui avait besoin d'être guérie. J'étais juste ... tellement ... confuse ... énervée ... je ne sais pas. Mais j'aurais dû te le dire."

"Je suis content que vous ne l'ayez pas fait. Franchement, je ne sais pas si j'aurais pu vous croire si vous l'aviez fait. Je veux dire vraiment ... on nous a dit qu'il était parti ... mort. Donc, pour qu'il soit ici maintenant et vivant "Non, je ne t'aurais pas cru jusqu'à ce que je l'ai vu de mes propres yeux."

Soufflant une fois de plus, Nisha demanda, "Est-il à l'aise?"

«Autant que possible. Il a besoin de manger mais cela sera bientôt réglé. Et dormir… beaucoup de sommeil. Ensuite, j'ai besoin de trouver quelque chose pour aider à guérir certaines des blessures que j'ai trouvées. Même maman ne sait pas comment pour les soigner. "

Génial. Non, elle n'atténuerait pas l'ambiance au lieu de cela, elle se réjouirait qu'il soit là pour assister à cette occasion. «Nous allons au Spire pour la réception. Freya veut traverser tout le château sans avoir besoin de me surveiller.

«Et là, je pensais que les stores pouvaient le faire en quelques instants.

La couleur se dissipa du visage de Nisha. «Lilly, ne leur demande pas. Beaucoup trop ont soif de sang. Je veux savoir à qui on peut faire confiance et qui doit ne pas être là… avant… je les laisse chasser.

Le fait que Nisha soit inquiète pour ses lunettes de soleil… oh oui, elles étaient plus dangereuses que tout le monde ne l'avait pensé. «Oui, cela semble être une très bonne idée alors. Pendant quelques minutes, plus ni l'un ni l'autre n'a parlé jusqu'à…» La reine Sedna est arrivée il y a quelques instants.

"Oh bien, j'espérais qu'elle pourrait venir. Elle n'a pas besoin d'un orbe d'eau pour s'asseoir, n'est-ce pas?"

Lilly hocha simplement la tête, "Je pensais que tu l'avais invitée. Maman ne m'a pas cru." Puis, se rappelant la question, elle a ajouté: "Oh, elle va bien. Apparemment, les sirènes peuvent marcher sur un sol solide pendant plusieurs heures et parfois des jours. Et si cela a du sens, dites-le-moi. Parce que je suis vraiment horrible avec ceux qui habitent dans la mer. . "

«La mère de Sedna était une sirène, son père comme vous le savez déjà était un habitant de l'eau. Sa race exacte, je ne sais pas. Je sais qu'il ne pouvait pas quitter l'eau et était très heureux que sa fille le puisse. Ou alors je ' m'a dit. "

"Alors, faisant partie de la sirène, elle peut parcourir la terre."

"Oui." Nisha haussa les épaules, "Cependant, venir sur terre pour une journée pour explorer n'est pas la même chose que venir pour une occasion spéciale."

"Ah, alors la couronne de corail et la robe scintillante en écailles de poisson sont pour le spectacle."

«Chérie, tu n'en as aucune idée. La dernière fois que je lui ai rendu visite, elle se demandait quelle couleur corail irait avec ses cheveux… et c'était tout ce qu'elle portait.

«S'il vous plaît, dites-moi que le corail l'a recouverte.

Jetant un regard de côté à sa cousine, elle secoua la tête puis soupira. «Nous établissons des règles pour nos visites. Par exemple, elle sera vêtue de quelque chose que je reconnais comme des vêtements ou je ne resterai tout simplement pas.

Chapitre 31 : Ethan

Ethan prit une profonde inspiration et la relâcha lentement. Il ne savait pas si c'était son propre instinct ou si Nisha lui disait qu'elle était proche… mais il pouvait la sentir. Je la sens presque. Presque la sentir caresser sa peau…

«Ethan?

Levant les yeux vers David, il le regarda hocher la tête vers la porte. Fermant les yeux, il se leva lentement. "Nisha est-elle sûre de ça?" Pas l'endroit mais l'épouser.

Face à Ethan, David posa ses mains sur les épaules de son nouveau cousin. Les deux pour le stabiliser mais aussi retenir toute son attention. "Tu es le seul cadeau que ses parents lui aient jamais fait. Fais-moi confiance même si tu étais une limace troll poilue et poilue, elle t'épouserait."

Limace troll? Y avait-il une telle chose? Peu importait, cela l'avait fait sourire, ce qui était probablement l'intention de David au départ. "Je vous remercie."

"Garçons."

David baissa la tête à l'avertissement sévère de Céleste. "Nous nous comportons... maman."

Ses yeux se rétrécirent un peu plus mais avant qu'elle ne puisse dire quoi que ce soit, les portes s'ouvrirent alors que Lilly volait dans la pièce. Ses pieds effleuraient légèrement le sol alors que sa robe rouge écrasée se formait autour d'elle. "Fille."

«Nish est en route. Hum... quelqu'un avait besoin de son attention pour faire face à quelque chose? Je n'ai pas attendu de voir ou d'entendre qu'elle avait besoin de savoir avant d'entrer.

Gardant les yeux sur le petit drame, Ethan se força à garder un visage impassible quand la Reine de Lite marmonna: «Quelqu'un vivant j'espère.

Lilly regarda simplement sa mère et sourit en choisissant de ne rien dire de plus sur la personne qui parlait avec sa reine, "Dois-je aller la chercher?" Un robinet à la porte et elle vit son père se tenir là. Son costume bleu royal parfaitement repassé et orné de tant de médailles et de rubans que sa veste était presque remplie. "Peu importe, je suppose ..." Elle s'arrêta brusquement et secoua la tête. "David de l'aide, s'il vous plaît, Nisha a un léger problème."

David le frôla et fit juste un petit signe de tête pour s'asseoir. "Votre grâce?" C'était un terme acceptable, n'est-ce pas?

«Ethan, chérie tu es de la famille. Tante Celeste fera très bien l'affaire.

Il se laissa absorber les mots. Pas seulement tante mais famille. "Y a-t-il une raison pour laquelle Lilly et David ont juste fait flotter le seul invité dans le couloir?"

"Probablement. Avec de la chance, je ne saurai jamais la raison." En voyant son mari venir vers elle avec un air de détermination farouche sur son visage, elle savait que ce ne serait pas le cas. «Blake?

"Sait-il?" Il regarda Ethan qui était à nouveau assis sur la chaise.

"Pas encore."

"Est-ce que je sais quoi?" Ethan couina.

Blake croisa les yeux de Celeste puis tous les deux acquiescèrent, "Nisha peut l'expliquer." Puis voyant la peur s'insinuer dans les yeux d'Ethan, Blake tomba sur un genou pour qu'Ethan n'ait pas à le regarder, "Tu as ma parole que ce qui se passe ne te fera pas de mal. Juste te confondre. En toute honnêteté, ça déroute moi mais c'est une bonne chose. Vous avez ma parole. "

«Et Nisha est...»

«Ce que je peux vous dire, c'est que l'homme qui a été escorté était un ami proche de son père. Elle veut qu'il l'escorte ici au lieu de moi. Cela aurait dû blesser sa fierté, mais ce n'était pas le cas. Pas quand il était bouleversé que quelqu'un ait vécu cette nuit-là. Pas quand son ami lui avait manqué et qu'il était soulagé de pouvoir le revoir. Et pas quand cela lui a donné l'espoir que tout ce que Nisha commençait déjà à démêler se passerait pour le mieux.

Trop simple. Pourtant, les porteurs de lumière n'ont pas menti. Je ne pouvais pas mentir… du moins d'après ce qu'on en disait. «Cela ne sonne pas trop mal.

Un souffle de plus et Lilly et David rentrèrent tous les deux dans la pièce. Quand ses yeux rencontrèrent les siens, Lilly lui sourit vivement. "Nous pouvons commencer maintenant. Oh, et Grand'Mere, s'il vous plaît, abstenez-vous de gronder Nisha, je ne suis pas sûre qu'elle puisse faire face à une chose de plus aujourd'hui. même sa tolérance. "

Au moment où Nisha et son escorte anonyme étaient sur le seuil, il se leva. D'où il se tenait, il ne pouvait pas la voir clairement. Pas avant qu'elle ne soit presque à mi-chemin de lui alors ...

… Une vision de la beauté avec laquelle Estare ne pouvait même pas compléter.

Et il l'épousait. Il serait à ses côtés pour toujours. Comment avait-il eu autant de chance d'être choisi pour être son mari?

Il n'avait pas besoin de réponse. Je n'en voulais vraiment pas. Non, tout ce qu'il voulait, c'était se souvenir de chaque instant de ce mariage. Il avait besoin de toujours se souvenir des toiles d'araignée grises entrelacées avec la brume noire de minuit. Un fin collier en or et son pendentif rouge suspendu juste au-dessus de l'encolure en forme de cœur. Mais c'était ses ailes qui étaient bien plus qu'époustouflantes, mais il n'avait pas de mot pour les décrire correctement.

Un fragment de souvenir le tira. Il avait vu des ailes comme celle-ci à Lunaista. Pas Estare mais il y avait eu des peintures d'autres qui les avaient eues. Plus tard, il pourrait explorer ce souvenir ... aujourd'hui, il n'allait penser qu'à ceux de cette pièce. Non, il ne penserait qu'à ce que signifierait sa vie maintenant qu'il épousait la personne la plus unique et la plus audacieuse qu'il ait jamais rencontrée.

Puis il vit l'homme qui avait été emmené hors de la pièce quelques instants auparavant. Plissant les yeux, il décida qu'il était beaucoup trop maigre pour être juste maigre mais… Non, il ne pouvait pas penser pour le moment. Ou du moins, ne pas penser aux raisons pour lesquelles il était si maigre, ou pourquoi il semblait malade. Non, il ne pouvait vraiment pas penser à ça. Mais il se concentrerait sur Nisha, sa future épouse et reine. Une fois les festivités terminées, il pouvait s'inquiéter de tout le reste.

En regardant Nisha faire son dernier pas sur le balcon, il plissa les yeux sans comprendre le petit signe de tête à l'homme jusqu'à ce qu'il l'embrasse sur la joue et prenne un siège. Pourtant, il réfléchit à ce petit baiser amical jusqu'à ce que Nisha demande, "Tante Céleste?"

"Nous parlerons après." Puis la reine de Lite s'est levée aussi grande qu'elle le pouvait et a laissé le vent rehausser sa voix. "Chers citoyens et famille, merci de vous être réunis pour ce jour de gloire. En tant que reine, de Lite, j'ai l'honneur de décerner la couronne de Darke à sa reine légitime. "

Le rugissement de la foule qui se tenait dans la cour le prit par surprise, mais Nisha lui tapotait la main de manière apaisante pour qu'il reste calme. Puis Nisha tourna vers lui ses ailes mystiques évasées juste un cheveu.

«Ethan?

Il ne pouvait plus détourner le regard d'elle alors il pouvait se suicider. Sa voix le submergeait. Elle lui faisait quelque chose. Elle devait l'être car il ne pouvait pas voir ceux qui étaient venus témoigner de ce jour. Non, il ne pouvait que la voir et un mur de solide brume noire. "Ma reine?"

Elle toucha son visage attentivement et sourit. Elle a un si beau sourire. Il pensa juste avant de l'entendre dire: "Nisha fera très bien l'affaire."

Ethan hocha la tête puis tourna la tête pour embrasser ses doigts. Il ne savait pas pourquoi mais c'était juste. Le sourire sur son visage confirma qu'il avait pris la bonne décision. "Je ne sais pas les mots à dire."

"Me fais-tu confiance?"

*Est ce qu'il? Le pourrait-il?*Il hocha simplement la tête. "Personne ne peut nous voir, n'est-ce pas?"

Son sourire est passé d'un sourire heureux à un sourire complotant. "Lilly peut. Tout le monde? Ils voient quelque chose. Entendez quelque chose. Chacun verra et entendra ce qu'il souhaite."

Il prit une profonde inspiration et la regarda profondément dans les yeux. Gouffres profonds. Des notes de feu et de fumée. Piquage de glace. Puis il a vu quelque chose. Mort. Il pouvait le voir dans ses yeux. Les âmes perdues qui n'ont pas réussi à atteindre le Royaume souterrain. Les âmes qui n'avaient plus de corps auxquels s'accrocher… toutes attendaient d'être libérées. «Nisha?

Son doigt pressé contre ses lèvres. "Promets-tu de partager tout ce que nous créons ensemble?"

Il lécha ses lèvres quand son doigt se retira. "Je fais."

"Alors comme aujourd'hui je partagerai tout ce que je suis avec vous. Vous êtes mon égal dans le sens le plus vrai du mot." Un petit couteau apparut dans sa main. Le point piquant le bout d'un seul doigt. Le sang de la vie bleue a gonflé juste avant qu'elle ne dépose une seule goutte sur sa lèvre inférieure. "Avec cela, nous sommes liés. Dans la vie et la mort, ce qui est à vous est à moi. Ce qui est à moi est à vous. J'affirme ce lien." Puis elle prit la lame et piqua son doigt en prenant la seule goutte de sang sur ses lèvres.

Pendant un instant, sa vision changea et il fut sûr qu'il pouvait voir des choses au-delà de la pièce… au-delà du château. Une vingtaine de personnes essayant de s'introduire par effraction. Quelque chose qu'il ne voyait pas les empêcher d'entrer. Un bouclier quelconque? «Nisha?

«Je connais Ethan. Je les vois aussi. Il n'y a rien dans ce royaume que je ne puisse pas. Si je le souhaite. Elle pressa ses lèvres contre les siennes. Puis recula, mettant fin au sort qu'elle avait créé.

Celeste eut l'air étourdi. «Euh… Excusez-moi, je semble être à court de mots.

«Peut-être devrions-nous terminer le couronnement? Nisha sourit d'une manière qui transforma une question en commande.

Un hochement de tête puis Celeste se rétablit. "Bien sûr." Flottant la longue table d'or sur le balcon, Celeste se tenait fièrement. "Habituellement, une seule couronne est présentée ... mais en ce jour historique, la princesse héritière Nisha Devros, veuillez choisir votre héritage."

Deux couronnes pour deux pays et le simple cercle de la Fey. Une couronne qui avait été faite pour la première reine de la fée. Nisha laissa sa main planer sur la table. Laissez les fouets des vrilles de Darke caresser chacune des couronnes, laissant le pouvoir lui parler. «Lilly viens ici.

Ethan vit Lilly jeter à Nisha et à sa mère un regard confus mais fit quelques pas vers la table. «Nisha?

Très soigneusement, Nisha ramassa la couronne d'or puis se tourna, "Par le pouvoir qui m'est accordé en tant que Reine du Royaume souterrain, je vous couronne Reine de Lite."

Ce n'était pas ce qui était censé arriver. Ce n'était pas le cas. Le halètement collectif de la pièce lui en dit long. Le fait que la pièce… une pièce qui avait été éclairée à la bougie était maintenant remplie d'une luminosité que seul le soleil pouvait égaler. Rend ce qui se passait beaucoup plus terrifiant. Pourtant, il ne pouvait rien dire.

La luminosité s'estompa lentement et Lilly, la nouvelle reine de Lite, fit un signe de tête à sa mère qui avait l'air plus inquiète qu'elle aurait dû si cela avait été planifié. Soigneusement, Lilly caressa la couronne de Darke puis la plaça sur le cercle d'argent. "Par le pouvoir qui m'est accordé en tant que Reine de Lite, je vous couronne la seule reine de Darke et de Feyen."

Juste avant que la couronne ne touche, Nisha entendit un terrible cri de la part de la femme qui était assise à l'arrière. "Nooooo !!!! C'est à moi !!! à moi !!!"

Chapitre 44: Nisha

Lentement, Nisha se tourna vers le bruit de la femme qui hurlait. Ses yeux flamboyaient d'un feu sombre. "Ainsi, la marionnette peut parler après tout." Elle s'approcha de la femme de quelques pas, ses ailes de dragon se déroulant juste assez où des pointes pouvaient être vues sur les bords. «C'est drôle, selon le sort de mon père, vous ne devriez avoir aucun contrôle sur votre langue à moins que vous ne gagniez un cœur. Mais pas ton cœur car il est toujours enfermé.

Larna essaya de se jeter sur la couronne qui reposait maintenant sur la tête de Nisha… à peine se leva-t-elle lorsque des mains faites de brouillard l'attrapèrent, la tirant au sol. "C'est à moi! MIEN!!! Vous ne pouvez pas l'avoir. Je ne le permettrai pas!

Tous ceux qui étaient assis dans la petite pièce se levèrent rapidement… et se pressèrent tout aussi rapidement contre les murs. Y compris le roi Craykren, qui ne pouvait pas croire que même lui vivrait une altercation si le tempérament de Nisha glissait. Ou d'ailleurs si la brume qui retenait maintenant Larna était vraiment la race mortelle qui n'était connue que sous le nom de Shades.

Tendant la main, Nisha caressa le visage de la reine déchue avec rien de plus que le bout de ses longs ongles rouges. «Oui, je vois que vous avez un cœur. Dommage que cela ne vous appartienne pas. Vous ne l'avez pas non plus reçu honnêtement. Elle tourna les yeux vers Ethan qui, comme tout le monde, essayait de ne pas bouger. «Mon mari, voudrais-tu savoir comment il se fait que je sache que son cœur n'est pas le sien… en fait, il ne vient même pas d'un Fey.

Comment pouvait-elle savoir? Un seul moyen de le savoir. Ethan hocha la tête une fois mais s'abstint de parler.

"Très bien." Soudain, un sceptre en os apparut à la portée de Nisha. Un battement de cœur plus tard, tout comme le sceptre de Darke. Créant une lumière violette brillante, les deux sceptres se sont forgés en un long bâton. Un dragon de pierre noire maintenant enroulé autour de morceaux d'os. La griffe de corbeau tient maintenant non seulement la pierre de la nuit, mais une pierre rouge claire avec une brume tourbillonnante contenue à l'intérieur. Cette pierre ne pouvait être que la pierre du voyant oubliée depuis longtemps. «J'appelle à voir ce qui avait été caché.» Une boîte en argent avec des incrustations complexes apparut devant elle.

«Nisha!» Ethan hurla. «N'ouvrez pas la boîte.» Il trébucha quelques mètres avant de ne plus pouvoir bouger. Quelque chose l'en empêchait…

… Pas quelque chose… Nisha.

Pendant un battement de cœur, elle le regarda dans les yeux. «Personne ne touchera le contenu sauf moi. Vous avez ma parole, Ethan. Un mince voile de lumière blanche l'entoura alors qu'elle ouvrait le couvercle. L'intérieur n'était pas seulement le cœur que son père avait pris mais un autre aussi. Elle toucha provisoirement le plus grand des deux. Des images lui affluaient. Pas celles du meurtrier mais celles de son père. Images de sa naissance. Puis des images de beaucoup, beaucoup plus tard.

Elle trouverait les réponses aux questions que ces images lui avaient montrées mais pas maintenant. Non pas, maintenant mais après avoir traité avec Larna. Verrouiller ses yeux avec la reine Feyen, elle saisit le cœur. Elle avait reçu une lettre qui lui avait été adressée quelques instants avant d'entrer dans la salle pour son couronnement. Cela avait été de son père scellé jusqu'à sa dix-huitième année. Maintenant, elle comprenait pourquoi il avait pris le cœur. Dommage qu'elle ne puisse pas partager les images.

«Il y a longtemps, mon père a pris votre cœur et tous ceux qui en ont été témoins étaient tenus de ne pas parler de ce jour-là. Je les libère de cette liaison. Ses doigts pressèrent le cœur encore battant juste assez pour ne pas perdre son emprise. «Mon cher Gwydion, veuillez vous tenir devant moi.»

Une brume noire tourbillonnait avant qu'elle se transforme lentement en forme d'homme. Il s'agenouilla prudemment devant elle. "Ma reine?"

«Je connais certaines des traditions de votre peuple. Est-il vrai que le cœur d'un ennemi est une délicatesse rare? »

Il la regarda, ses yeux n'étant plus des orbes de brume mais du feu liquide. "Il est."

«Alors, s'il vous plaît, acceptez le cœur d'un ennemi qui ferait la même chose à toutes les terres Feyen qu'un traître a fait aux vôtres.

Gwydion acquiesça une fois. «Vous êtes très aimable, ma reine. Lentement, il se leva en lui prenant le cœur, «Avec ce cœur, je libère son âme pour qu'elle vagabonde pour toute l'éternité. Le portant à sa bouche, il le mordit une fois, laissant son sang noir ressemblant à une brume couler sur le sol.

Nisha regarda le corps de Larna s'effondrer au sol. Son âme déjà piégée dans la pierre de son sceptre. Le cœur qu'elle avait volé mourait avec elle. Le cœur de Lord Edrich. Prenant un moment pour respirer avant de tomber malade, elle se tourna vers ses invités, ses yeux ne montrant rien d'autre que de la confiance. Plus tard, elle pourrait se demander comment Larna avait trompé Edrich de son cœur. Et bien, beaucoup plus tard, elle déciderait si c'était Larna ou Edrich qui avait détruit tout ce que sa famille avait travaillé à construire. Mais pour le moment, elle avait d'autres choses qui avaient la priorité.

D'une voix claire que seule une reine devrait utiliser, elle parla: «Invités honorés, le château n'est plus sûr pour que vous puissiez regagner vos voitures. J'ai d'autres moyens pour vous d'atteindre la flèche. "

La crosse du bâton tapota trois fois le sol en pierre. «Porte des morts, je vous commande d'ouvrir.»

Les corps des morts formaient la porte elle-même. La porte rien de plus qu'une brume rouge. «Si tout le monde était si gentil de marcher. Tu as ma parole, aucun mal ne t'arrivera.

Lilly était la dernière dans la pièce, à part Nisha. «Nish, que se passe-t-il?

Elle se tourna vers sa cousine, les yeux remplis de larmes. «Mon père est vivant.»

"Vraiment? Oh, Nisha… »Elle enroula ses bras autour de sa cousine. «C'est une excellente nouvelle.»

"Non ce n'est pas. Lil, il a tellement mal. Je peux le sentir." Embrassant sa cousine, elle laissa les larmes couler jusqu'à ce qu'elle puisse reprendre son souffle. «Venez, nous devons amener tout le monde au Spire, puis nous avons du travail à faire.»

Lilly se recula lentement en essuyant les dernières larmes de Nisha. Elle ne pouvait pas poser de questions sur Myrddin mais elle pouvait demander: «Pouvons-nous vraiment aller au Spire de cette façon?»

«La porte ne mène qu'au monde entre les vivants et les morts. Rien ne peut nuire à ceux qui entrent. Et juste cette fois, ceux qui franchiront cette porte resteront vivants. Je ne veux vraiment pas que toute la famille soit dans mon royaume, pas avant plusieurs siècles. C'est déjà déjà assez dur d'avoir Grand'Mere là-bas et elle n'est même pas morte.

«Alors partons, et demain à cette heure, nous saurons où est ton père et qui le tient.

Nisha attrapa son bras assez fort pour lui faire des bleus. «Lilly, je sais qui. J'ai besoin de trouver où. Et puis j'ai besoin de comprendre pourquoi.

Voyant les âmes des morts hurler dans les yeux de Nisha, elle n'avait aucun doute sur ce que disait sa cousine. Et nul doute que quel que soit le sort qui les attendait, la mort ne serait que le début.

Nisha arpentait une grande pièce vide au Spire. Sa famille était toute blottie ensemble dans ce qui aurait dû être la réception. Ils étaient tous effrayés, froids et inquiets. Le fait qu'elle puisse ressentir leur malaise aurait dû l'inquiéter… aurait dû mais pas.

Non, elle avait des choses beaucoup plus urgentes à craindre.

L'un étant de savoir comment expliquer où elle devait aller et pourquoi. Deuxièmement... son père. Comment allait-elle jamais expliquer qu'il s'était arraché le cœur pour se sauver? Personne ne fait ça. Personne n'aurait dû avoir la capacité de faire cela.

Et puis, peut-être que c'est lui... son père... devrait être celui qui l'expliquerait beaucoup. Oui, juste après s'être assuré qu'il était lié à elle pour que personne ne puisse lui faire de mal après qu'il se soit expliqué. Oui, cela semblait être une bien meilleure idée.

Un petit coup sur la porte la fit se figer à mi-chemin. "Dans."

Ethan passa la tête dans la pièce, "Puis-je entrer?"

Prenant une profonde inspiration, elle utilisa une légère rafale de vent pour ouvrir la porte du panneau gris, «Ethan, tu n'as pas besoin de demander la permission.

"Vous n'avez pas vu vos yeux." Il haleta, ne voulant clairement pas dire ça. "Je veux dire..."

«Tout va bien, je sais que mes yeux ne sont pas humains quand mon tempérament s'enflamme. Une autre respiration profonde. "Je suis calme maintenant."

Il fit lentement un petit pas dans la pièce. «Vos ailes sont à couper le souffle.»

Elle sourit timidement. «Personne ne l'a jamais dit auparavant. Ils ne vous font pas peur?

Venant vers elle, il toucha soigneusement le contour des ailes. «Pourquoi devraient-ils. C'est toi. Puissant. Fort. Unique. Et complètement à couper le souffle. Mais je l'ai déjà dit. Il fit une pause. "Je décolle."

*Oui, vous l'êtes mais je m'en fiche.*La joie a soulevé son cœur. «Est-ce que Lilly a dit que tu pouvais marcher?

Un haussement d'épaules. «Elle n'a pas dit que je ne pouvais pas. Ensuite, elle a d'autres choses pour la garder occupée pour le moment.

Prenant sa main, elle tira doucement. «Allez, on ferait mieux de te trouver un lit avant que Lilly ne se souvienne que tu as encore besoin de ses soins.

Secouant la tête, il refusa de bouger. «Je vais bien, Nisha. Mieux que je ne l'ai jamais été. Vraiment."

Posant sa main sur son visage, elle laissa couler des vrilles de brouillard autour de lui, puis soupira. «Non Ethan, tu ne l'es pas. Ce que vous ressentez en ce moment provient de l'excitation. J'ai peur de ce qui se passera lorsque votre corps se souviendra qu'il est toujours en train de guérir.

"Mais..."

«Non, tu es dans un lit et Lilly va faire ce qu'elle seule peut. Puis le matin, j'aurai quelques réponses. Vous avez ma parole."

On disait que la flèche abritait la plus grande bibliothèque de tous les pays de Feyen, elle devrait donc pouvoir trouver une carte. Ou du moins, quelque chose qu'elle pourrait utiliser pour localiser son père. Cela ne devrait pas signifier qu'elle le ferait. Jetant un coup d'œil aux colonnes et aux rangées de livres, de parchemins et d'autres choses que ses ancêtres avaient choisi d'utiliser pour tout enregistrer, des sorts et des incantations à la météo et à l'histoire… elle doutait de pouvoir trouver ce dont elle avait besoin avant le matin. Doute qu'elle serait en mesure de trouver ce dont elle avait besoin avant l'année prochaine.

La voix légère de la brise venant du couloir attira l'attention de Nisha. «Oh mon Dieu, si vous êtes ici, il doit y avoir des problèmes. Vous détestez lire… quoi que ce soit.

Regardant par-dessus son épaule, elle essaya de sourire à sa cousine tout en tenant un livre plutôt sale dans une main et un parchemin roulé dans l'autre. "Aidez-moi?"

Lilly fit un pas dans la pièce et ferma tranquillement la porte derrière elle. «Avant que j'aide, nous devons discuter de ce qui se passe avant de venir ici?»

Bien sûr, ils l'ont fait. Nisha prit une profonde inspiration. "Comment va tout le monde? J'ai pensé qu'ils se calmeraient si je restais ailleurs.

«Les Drakens vont bien. C'était une bonne démonstration de puissance et ils sont fiers que vous soyez une famille. La reine Sedna est retournée dans son royaume. Apparemment, elle ne veut pas savoir pourquoi elle avait besoin d'entrer dans le Royaume souterrain. Grand Mère, eh bien elle est calme ou plutôt calme. Vous la connaissez, elle blâme actuellement maman pour que vous ayez ouvert cette porte au lieu de vous occuper de tout ce qui essayait d'accéder au château.

«Trolls. Des légions d'entre eux. Ogres qui aidaient les trolls. Quelques Menehune, ce qui n'a aucun sens puisqu'ils vivent dans les Terres des Marais et dans les zones plus chaudes de Draken. Puis il y a eu des Taraque. Taraque, l'une des créatures légendaires fabriquées par le premier Fey et dont on dit qu'elle est éteinte mais qu'elles l'étaient… sont à Darke. Pensez-y, Lilly, ils travaillaient ensemble pour avoir accès au château. Quelqu'un ou quelque chose doit les contrôler. Et j'ai besoin de savoir quoi. J'ai peur de ce qui se passera si je ne le fais pas.

Avaler fort Lilly attendit quelques instants avant d'essayer de dire quoi que ce soit. «Oh wow, eh bien…» Voyant sa cousine au bord de l'hystérie, Lilly tâtonna avec ses mots. Elle n'osa pas demander à Nisha qui, selon elle, contrôlait la bête. Du moins pas pour le moment. Alors, elle a choisi d'utiliser un peu d'humour décalé et espère qu'elle n'a pas empiré les choses. «Au moins, ce n'était pas un Drague.

«Oh, ne sois pas stupide. Drague n'existe pas vraiment. Ou du moins, pas depuis… »Elle fit une pause et reconsidéra tout ce qu'elle avait appris depuis hier, puis acquiesça. «… Là encore, vous pourriez avoir raison. Oui, vous pourriez très bien l'être. Prenant une autre profonde inspiration, Nisha demanda: «Comment va tante Céleste?»

«Oh, maman est hors d'elle-même. Elle a organisé mon couronnement jusqu'au festin et aux bals. Elle n'est pas contente que vous ayez choisi de me couronner aujourd'hui. Elle n'est pas non plus contente de vos ailes.

Insultée, Nisha arqua son dos, ses vrilles noires de brume noire s'infiltrant dans tous les coins de la pièce alors que son humeur commençait à flairer. «Ce sont mes ailes. Mes vraies ailes, si elle les approuve ou non, ce n'est pas à elle. Si ma mère… sa propre sœur… ne les voulait pas sur mon corps, elles ne seraient pas attachées à mon corps.

Plaçant ses mains dans une posture d'abandon, Lilly recula d'un pas. «Whoa, Nish. Je doute que maman sache que ce sont tes vraies ailes. Puisque vous les gardez cachés et portez les brumisateurs plus souvent. Une fois que vous lui montrez qu'ils ne sont pas de la décoration, vous savez qu'elle sera intriguée par eux. Tout comme Ethan. C'était quelque chose que sa cousine aurait dû faire il y a longtemps, mais jusqu'à ce que Nisha se soit calmée, elle, comme tout le monde, n'allait pas dire un mot sur ce qu'elle pensait que Nisha aurait dû bien faire avant maintenant.

Prenant une profonde inspiration, Nisha se détourna de sa cousine et ferma les yeux alors qu'elle tentait de retrouver son calme. «Je les cache parce qu'ils sont différents. Je voulais qu'Ethan les voie. Il les aime donc je ne les cacherai pas trop souvent. Plus maintenant."

Elle avait besoin de changer rapidement l'humeur de sa cousine, car elle ne se souciait pas de la façon dont Nisha passait de la colère aux larmes, alors elle proposa: «Alors, pour quoi as-tu besoin d'aide?»

Essuyant ses yeux, Nisha renifla alors que sa respiration se coupait juste une fois. Ses émotions trop crues à son goût. Trop imprévisible. En tout cas, elle avait encore du travail à faire. «J'ai besoin d'une carte. Celui qui montre toutes les terres Feyen. Et les bois mystiques. Bon sang, j'aimerais trouver l'un des Under Kingdom mais je sais que cela n'existe pas.

"Tout?"

«Oui, Lilly tout. Je pense que Myrddin est dans les bois mystiques, mais je peux me tromper.

Une grande table ronde en bois apparut au centre de la pièce. «Avant d'appeler les cartes, puis-je vous demander pourquoi vous penseriez qu'il était dans les bois?»

Appelant la boîte en argent, Nisha la posa sur la table, puis ouvrit soigneusement le couvercle révélant le grand cœur qui battait. Le cœur de son père.

Se dirigeant vers la table, Lilly regarda dans la boîte. "Un cœur? Avec du sang bleu, toujours dans ses veines?

Elle hocha la tête une fois. «Il appartient à mon père. Il est vivant, Lilly. Vivant. Et j'ai besoin de le trouver. Et je ne peux pas attendre plus longtemps. Je ne voudrais pas non plus. Quelque chose ne va pas du tout. Je peux le sentir comme de minuscules points de foudre danser sous ma peau. Je l'ai ressenti au moment où j'ai été couronnée reine de Darke et de Feyen.

Lilly se retourna vers la porte en s'assurant qu'elle était fermée… ainsi que verrouillée. «Il peut y avoir un autre moyen.»

"P'tit?"

Chuchotant puisqu'elle ne voulait pas que quiconque sache qu'ils avaient ce don particulier, Lilly a dit: «Nous avons le pouvoir, Nish. Vous savez que nous le faisons.

«Oui mais… c'est dangereux au-delà de toute stupidité.

«Nisha Devros, nous avons tous les deux Dream-Walked avant. Et n'ose pas me dire que tu as peur. Je sais mieux."

Regardant autour de la pièce, Nisha sourit. «J'aurais besoin d'être protégé. Je serais coupée de toutes mes capacités pendant que je serais ailleurs.

"Je sais." Lilly leva les mains encapsulant la pièce dans une lumière dorée. «J'ai verrouillé cette pièce. Personne ne peut entrer sans mon consentement. Ou mes connaissances. »

"Êtes-vous sûr?" Non pas qu'elle doutait que Lilly verrouille la pièce mais qu'elle pouvait l'aider à retrouver son père.

Un simple signe de tête fut sa réponse.

"Très bien, mais tu as oublié quelque chose." Levant ses mains au-dessus de sa tête, elle les jeta rapidement au sol. Un grondement sourd déchira la pièce. "I Nisha Devros, Reine du Royaume souterrain a interdit à quiconque d'entrer vivant ou mort." La bibliothèque trembla violemment alors que des tourbillons violets s'entremêlaient dans la lumière que Lilly avait créée. "Meilleur. Beaucoup mieux »

Roulant des yeux, Lilly sourit. "Oh oui, nous ne pouvons pas avoir des morts qui vous dérangent."

«Cela empêchera également les stores. Vous ne croiriez pas à quel point ils sont curieux. Surtout quand je fais quelque chose dont je ne leur ai pas parlé à l'avance.

«Nish, je ne veux pas savoir. Sautant pour pouvoir s'asseoir sur la table, elle a demandé: "Avez-vous les bougies?"

Treize bougies violettes apparurent dans la pièce. Puis un seul candélabre doré. Une seule bougie blanche en son centre. Rouge à gauche et noir à droite. «Je me réveillerai lorsque la bougie blanche s'éteindra. Je devrais avoir douze heures. Mais cela pourrait être moins selon la distance à laquelle il se trouve. Et comme c'est faible.

«Je vais surveiller. Et Nish… »Nisha haussa un seul sourcil. «Lorsque vous le trouvez, soyez gentil. Je suis sûr qu'il n'aimerait pas être grondé avant d'être à la maison. Ensuite, nous pouvons nous relayer. Toi, moi et maman. Je suppose que la mère et le père de David, pourvu que sa mère soit également cachée quelque part. Mais nous trois serons certainement les premiers. Lilly fit une pause et pinça ses lèvres l'une contre l'autre avant d'ajouter: «Je suppose que Grand Mère aimerait aussi le gronder.

«Oh, ne t'inquiète pas, j'ai l'intention d'attendre de pouvoir vraiment le toucher avant de le gronder. Après tout, gronder est tellement mieux quand on essore le cou d'une personne.

«Oui, je suppose que vous avez raison.

Respirant les odeurs de bois de santal et de jasmin, elle ferma les yeux. Sage porterait son âme sur le plan astral. Le sel de mer la garderait liée aux vivants. Myrddin. La seule personne qu'elle voulait attirer vers elle. Elle connaissait son nom mais rien d'autre. Non, ce n'était pas vrai… elle était sa fille, un lien aussi épais que du sang… elle le retrouverait. Elle a dû.

Lentement, une lumière irisée brillante l'entoura. Bight violets et bleus. Teintes de verts et de jaunes. Tout s'entremêlent tourbillonnant ensemble formant une mosaïque étonnante tout autour d'elle. Pourtant aucune autre personne.

Fermant les yeux dans ce monde de rêve, elle a appelé une fois de plus. Myrddin.

Il y a un remorqueur. Il la combattait. Elle pouvait le sentir. Creusant ses pieds dans le sol, elle se décida à tirer plus fort. Myrddin. Encore un remorqueur sur une ligne qu'elle seule pouvait voir, puis la mosaïque changea autour d'elle. Plus de couleurs vives vives mais de violets profonds. Blues de minuit. Les verts sont devenus presque noirs tandis que le jaune est devenu gris. Lentement, une silhouette se forma devant elle. Robe noire d'un haut-né, or aux poignets et sur le devant. Royalties. Véritable royauté. Celle qu'elle pouvait parier n'était pas de ce royaume. Lentement, ses mains et son visage se formèrent. Enfin ses ailes… reflétaient les siennes mais noires comme la nuit et pas presque translucides. «Myrddin?

Lentement, ses yeux sans âme se fixèrent sur elle. Puis un lent sourire réticent. "Fille." Il fit un seul pas vers elle. «Vous devez travailler sur votre marche de rêve, mais cela suffira pour ce dont nous devons discuter.»

Sa voix était plus profonde qu'elle ne l'avait imaginé. Et il était plus grand que ce qu'elle avait pensé qu'il serait. Près de deux pieds de plus qu'elle-même. En regardant, elle était sûre qu'il faisait plus d'une tête de plus que sa tante. Oui, certainement pas de ce royaume. Aucun Fey royal ou autre n'avait été aussi grand depuis que le premier Fey est tombé des étoiles. C'était quelque chose que seuls ceux de Under Kingdome savaient encore. Et quelque chose dont elle ne discuterait jamais en dehors du Château des Morts. Prenant une seule inspiration, Nisha dit rapidement: "Larna est morte."

«Ah. Alors, tu as trouvé ma boîte. Puis ses yeux plissèrent. "Et l'a ouvert malgré qu'on lui ait dit de ne pas le faire?"

Elle hocha la tête une fois. «Cela m'a conduit ici. Prudemment, elle a demandé: "Vous saviez ce qui allait se passer cette nuit-là, n'est-ce pas?"

Il se détourna d'elle. «Je vais répondre à votre question mais pas ici. Pas maintenant. Il reste peu de temps.

Ils avaient tout le temps dont ils avaient besoin maintenant qu'il l'aidait au lieu de la combattre. "Pour?" Demanda lentement Nisha.

«Connaissez-vous l'histoire de l'Eostre?»

"Certains. Gwydion et moi n'avons pas eu le temps de discuter de son peuple en détail. Au moins pas encore."

«Gwydion?

«Le dernier roi de l'Eostre. Est-ce-que tu le connais?"

Il savait qu'elle serait puissante mais n'avait jamais imaginé qu'elle serait capable de se lier d'amitié avec un Eostre. Là encore, il pourrait l'utiliser à ses propres fins. «Nisha, écoute très attentivement. Ce que vous savez comme la vérité n'est pas la totalité. Les Eostre ne sont pas morts. Du moins pas tous. Avant la guerre, plusieurs sont allés à un sommet. Ils voulaient plus que simplement être les gardiens du Fallen Fey. Les Fey… les vrais Fey en débattaient dans les villes vedettes. Alors qu'il était au sommet avec la famille royale des villes étoiles, un crime terrible a été commis. Tous les Eostre qui étaient… ici… sur cette terre… ils sont morts. Ceux qui étaient au sommet ont déclaré la guerre à tous ceux qu'ils prétendaient responsables. Tous les Feyen de cette terre et des villes étoiles.

Après. Lorsque les limites ont été fixées, les Eostre qui étaient restés ont réclamé les bois mystiques. L'ensemble des bois mystiques et leur pouvoir pour eux-mêmes, car les bois avaient toujours été leur maison, et ils le resteraient. Les sites où ceux qui venaient des colonies étoiles se reposaient et se sentaient à l'aise avec cette terre, ils ont été pour la plupart détruits, empêchant la plupart de se frayer un chemin ici. La plupart, mais pas tous. »

"Attends quoi? Êtes-vous en train de dire... »

«Écoute, petite, tu as besoin de tout savoir.» Quand elle hocha la tête, il continua: «Quelque part dans les bois mystiques, je suis détenu. Ou du moins, je pense que je suis. Là encore, je pourrais être près des ruines de la Grande Guerre. Quoi qu'il en soit, si vous venez à moi d'abord, votre mère mourra. Si je m'échappe, elle mourra. Si vous entrez dans les bois, vous pourriez être tué.

Merveilleux, juste ce dont elle avait besoin; un autre puzzle. Celui-ci devait être résolu pour sauver sa famille. «Tu sais où est ma mère?

«Dans les bois mystiques. Ça... les bois sont un endroit étrange où ils enlèvent les capacités acquises mais améliorent les capacités naturelles. Je pense qu'elle serait près de l'une des ruines des piliers. Les pouvoirs qui contrôlent les bois y sont les plus puissants. Le plus fort à l'embouchure de la rivière de guérison.

Nisha se détourna de lui. «Très bien, alors pour trouver ma mère, je vais me battre. Quoi d'autre?"

"Ma boîte. Il ne peut pas entrer dans les bois. Ceux là-bas le prendront. C'est trop puissant et je crains que cela ne détruise non seulement ce royaume mais aussi les étoiles. Pas le contenu, mais la boîte elle-même. Même si vous le faites disparaître quelque part pour être appelé ... ceux qui vivent dans les bois pourront vous l'arracher.

«Je ne peux pas le laisser au Spire. Je ne pense pas qu'il y en ait qui puisse le protéger.

Non, le Spire ne serait pas assez sûr. Au moins, elle l'a compris. «Demandez à votre tante. Elle a peut-être une solution.

«Tante Celeste? Oh, je ne peux pas, elle est déjà secouée. Et je ne lui ai même pas dit que je vous avais trouvé.

"Non mon cher. Estare. Invoquez-la. Pas Dream-Walk mais invoquez-la. Elle répondra. Ne vous attendez pas à ce qu'elle soit gentille. En fait, préparez-vous à un combat lorsque vous le faites. Elle n'est pas du genre à être convoquée. Vraiment pas du genre à être convoqué dans de tels rêves. Sachez qu'elle est puissante mais pas autant que vous. Mais elle a plus d'années d'expérience dans ses capacités que vous. Attendez-vous à ce qu'elle utilise chaque once de ces compétences contre vous.

Le brouillard a commencé à changer. Leur temps ensemble était presque terminé.

«Quand je te trouve, je veux des explications… pas des énigmes ou plus de questions. Je veux des réponses à toutes les questions que je peux poser. »

«Lorsque nous retournerons au Château de la Nuit, vous aurez toutes les réponses que vous désirez. Votre mère aussi.

Chapitre 45:
Ethan

Ethan attendit d'être sûr que Nisha avait quitté non seulement la pièce mais aussi les couloirs près de la pièce avant. Tirant les couvertures de lit, il décida d'explorer la grande pièce où elle l'avait laissé… Non, pas une chambre mais des chambres… une suite entière… se corrigea-t-il. La chambre avait été colorée dans un violet foncé qui avait presque l'air noir mais avec des commodes blanc-gris pour le contraste. Le lit, par contre, était fait de marbre gris et noir avec des mèches d'autres couleurs que l'on trouvait périodiquement dans les colonnes.

Il était perplexe car rien ne correspondait. Donc, soit cette suite était reconstituée avec les effets personnels dont personne ne voulait plus, soit Nisha avait un goût très étrange dans la décoration. Les deux étaient une possibilité. Ouvrant lentement une porte qui n'entrait pas dans le couloir, il trouva un salon dans lequel il pouvait ranger tout le rez-de-chaussée de chez Edrich… de sa maison… dedans. Positionné dans le coin le plus éloigné, il y avait un lion de pierre qui a été transformé en un cascade. Non, pas un lion, il décida de regarder de plus près, mais un Merlion ou une Chimère. Quoi qu'il en soit, la sculpture était magnifique. Puis il regarda l'eau scintiller dans l'or et le bleu atterrir dans une mare de cristal. Se rapprochant d'un pas, il sentit le liquide s'écouler, il pouvait voir clairement maintenant que ce n'était pas de l'eau. Pas vraiment. Bien sûr, c'était clair et liquide mais beaucoup trop soyeux pour être juste de l'eau ordinaire. Ça aurait du être.

Un coup sur la porte le fit sursauter. Pensant qu'il avait été surpris en train de faire quelque chose d'interdit, ses épaules s'affaissèrent alors qu'il se tournait vers celui qui était entré. À sa grande surprise, il s'agissait d'une jeune fille vêtue d'un costume de domestique gris tenant un grand plateau. «Euh… Puis-je vous aider?»

La fille sourit lentement. «Lady Nisha et Lady Lilly ont pensé que ce serait mieux si vous dîniez seules. Il semble que les adultes soient trop froissés pour être traités ce soir. Même le prince Davkren a demandé à dîner seul ce soir. Ce qui pour lui est très particulier.

Froissé? D'après ce qu'il avait observé, les anciennes reines étaient quelque part entre choquées et effrayées, mais toujours à la limite de la colère. Pas les hurlements énervés que Lilly avait dit qu'ils le seraient mais le genre où quelqu'un paierait pour ça avec son sang. «Manger seul semble raisonnable.»

Posant le plateau sur une table basse, la femme de chambre sourit de nouveau. «Le personnel n'était pas sûr de ce que vous aimez, alors nous avons mis un peu de tout dans les assiettes. Elle a fait la grimace. «Sauf ce que mangent les Drakens. Personne ne mange ce truc sauf eux. Tirant la langue, elle a continué: «Beurk. Je déteste être celui qui leur prend leur repas. Le sang est partout. S'accordant un moment pour se ressaisir et ne pas bâillonner, elle a poursuivi: «De toute façon, si vous trouvez quelque chose que vous aimez, faites-le nous savoir et d'autres en parleront.»

En soulevant le premier couvercle du plat, ses yeux s'écarquillèrent. Un tas de nourriture. Tout est soigneusement étiqueté. «Je peux avoir plus… de tout?» C'était plus de nourriture qu'il n'en mangeait normalement en un an. Et il pouvait avoir tout ce qu'il voulait à tout moment. Il avait déjà l'eau à la bouche avec les odeurs qu'il percevait.

«Lady Nisha a dit que vous étiez beaucoup trop maigre. De plus, Lady Lilly a dit que vous étiez toujours très faible. Les deux dames veulent que vous soyez bien nourri. Si je peux ajouter, vous devriez commencer par la dernière assiette, elle contient de très délicieux desserts. Ils ne manqueront pas de vous aider à prendre du poids. »

Regardant sa chemise de nuit qui était plus que confortablement ample et le pantalon de nuit qu'il avait attaché un peu de tissu pour qu'ils ne tombent pas, Ethan demanda: «Êtes-vous en désaccord avec eux?

«Oh, je ne serais jamais en désaccord avec Nisha, mais Lilly? C'est bien de la garder sur ses orteils.

Puisqu'elle semblait disposée à discuter, il a demandé: «Pourquoi pas Nisha? Il semblerait que nous soyons mariés mais je viens de la rencontrer.

"Eh bien, Nisha a des idées très fluides et lorsqu'elle est mise au défi, la personne en désaccord finit généralement par être d'accord juste pour qu'elle arrête d'expliquer son point." Elle lui tapota la main. "Je suis sûr que vous trouverez plus raisonnable de dire pense comme Je comprends votre point mais… expliquez ensuite votre point. Ce n'est pas d'accord, mais elle peut vous écouter. Là encore, elle pourrait vous dire que l'herbe est violette même si elle est clairement verte et ensuite elle vous dira pourquoi elle est violette. À moins qu'elle ne le change en couleur pour prouver son point.

Ethan recula d'un pas. «Elle ferait ça? Changer la couleur de quelque chose pour prouver qu'elle a raison? Comment elle pouvait faire cela lui dépassait, après tout, il n'y avait pas de Fey avec cette capacité. Ou du moins pas d'un dont il avait jamais entendu parler. En tout cas, il était bon de savoir de ne pas argumenter très souvent son point de vue.

«Si elle voulait… chérie, elle l'a fait. Les lutins n'étaient pas très heureux avec David car c'est lui qui l'a défiée. Maintenant, je devrais y aller et tu as besoin de manger.

Il hocha la tête une fois avec respect, mais regretta aussi de lui avoir causé des ennuis. "Oh, je suis désolé de prendre votre temps."

«Ne le sois pas. Le personnel qui travaille au Spire a été élevé autour de la famille royale. Nous parlons tous librement et faisons tout ce qui nous apporte le plus de joie. Ce sont nos métiers. Le mien est de voir que les invités, y compris les membres de la famille royale, ont tout ce dont ils ont besoin. Je soupçonne que vous avez besoin de quelqu'un à qui parler. Bien sûr, cela inclut la nourriture. Beaucoup de nourriture. Mais nous allons commencer par les assiettes que j'ai déjà apportées. Cela vous donnera une idée de ce que vous aimez et de ce que vous n'aimez pas.

Maintenant, il la regardait et ne voyait pas une jeune fille mais une fée. Oreilles pointues. Yeux verts de cristal. Seules ses ailes n'étaient pas visibles. «Tu es une fée?

«Un sprite. Une fée de la maison. S'il vous plaît, ne me confondez pas avec un elfe de maison.

Ne sachant pas comment répondre, il a simplement dit: «Je suis désolé mais je ne connais pas la différence. Mon éducation dans les courses Feyen semble faire défaut.

"Oh cher. Eh bien, je dois simplement vous éduquer. Mais pas ce soir. Ce soir, vous mangez, et lorsque la flèche sera débarrassée de ceux qui sont très piquants, je vous informerai de tout ce dont vous avez besoin. Pour ce soir, cependant, je peux vous dire que les sprites et les elfes peuvent faire certaines des mêmes choses, mais les elfes sont très impolis là où les sprites sont pétillants.

«Merci… Euh…»

«Eolande. Cela signifie Fleur violette. Voyant qu'il ne comprenait pas, elle se transforma en petite fleur. Une violette. Puis fait demi-tour. «Leçon 1: les Fey sont nommés pour ce qu'ils peuvent devenir.»

«Alors, Lilly peut…»

"Oh non. Miss Lilly est beaucoup trop puissante pour n'être qu'une fleur. Elle est le soleil. Brillant et doré. Vous ne lui demandez pas de se transformer en son autre forme. C'est très pénible. Même pour une reine de Lite. Et Ethan, ne demandez pas à Nisha de vous montrer le sien. Déjà."

Prudemment, il a demandé: «Pourquoi?»

«Nisha est la fille de la nuit. Elle n'a pas une forme qu'elle puisse transformer en… enfin… quelque chose de fable ou pas, réel ou de sa propre fabrication. Tout ce qui a été dit une fois est tombé dans la nuit.

«Alors, le dragon…»

Eolande s'approcha à nouveau de lui puis baissa sa douce voix joyeuse juste au-dessus d'un murmure: «Vous ne direz pas aux autres que le dragon était Nisha. Il est interdit d'en discuter.

"Je comprends. Merci de me l'avoir dit." Pourtant, voir un dragon semblait intéressant. Peut-être qu'il pourrait trouver un moyen de demander sans demander. Oui, il faudrait qu'il y réfléchisse. Là encore, le dragon était-il assez grand pour monter? Aurait-il le courage de demander l'expérience à sa femme?

Peut-être qu'après avoir été plus calme. Oui, il devrait certainement demander si rien d'autre que sa propre curiosité.

Ethan prit une bouchée de la confiserie sucrée qu'Eolande avait sottement mise devant lui. Une bouchée et il en voulait plus… juste la bonne quantité de douceur et d'humidité qu'elle fondait dans sa bouche. Fermant les yeux, il savoura le goût. Tendant la main pour encore une autre des petites boules couvertes de crème, il remarqua Lilly debout dans l'embrasure de la porte et le regardant. Avalant le dernier morceau de sa bouche, il sourit en lui tendant l'assiette. "En voudrais tu?"

Elle secoua la tête mais lui rendit le sourire. «Ce doit être un truc de garçon. Mettez un plateau de bonbons devant vous et vous oubliez de manger d'abord la vraie nourriture.

«Vraiment…» Il se retourna, voyant un plat couvert qu'il n'avait pas déjà regardé sous. "Oh. Je ne suis pas encore arrivé à celui-là.

«Euh ha. Eh bien, vous pouvez y revenir sous peu. Nisha a besoin de vous voir.

Il haussa les épaules. «Puis-je apporter ça?»

«Chérie, ai-je l'air d'oser te séparer de tes bonbons? Bien que vous souhaitiez peut-être ralentir.

Je n'ai vraiment pas envie de m'assurer que votre estomac ne commence pas à se dégrader à cause de cela. Même si je suis sûr que David a déjà décidé de ne pas tenir compte de cet avertissement.

Comment son estomac aurait-il mal? Cela n'avait pas de sens. Là encore, comment saurait-elle pour David ou ce qu'il mangeait si elle se tenait devant lui? Pas quelque chose qu'il pouvait demander pour le moment. «Où est Nisha?»

"Dans la bibliothèque. Allons. Nous irons la voir alors vous pourrez vous perdre dans tous les merveilleux livres. Vous aimez les livres, n'est-ce pas? Nish a pensé que vous pourriez.

Ses yeux s'écarquillèrent. "Livres? Je peux les lire? »

«Oh, pour l'amour de Lite. Bien sûr, vous pouvez les lire. En fait, je vous encourage à le faire car Nisha refuse de prendre l'un d'entre eux. Elle prit son bras et le tira jusqu'à ce qu'il commence à se déplacer dans la direction où elle avait besoin qu'il aille.

Après avoir emprunté plusieurs couloirs et avoir atteint le centre de la flèche, Lilly s'était arrêtée à quelques pas de la porte en bois ordinaire. Elle avait dit que Nisha avait besoin de lui alors peut-être que Lilly n'était pas invitée à cette réunion? Possible, alors pourquoi sa peau piquait-elle d'avertissement?

Poussant la porte, il vit ses longues ailes de dragon flottant sans cesse alors qu'elle regardait quelque chose sur la table ronde. «Nisha?»

«Oh, la bonne Lilly vous a trouvé. Elle se retourna légèrement. «Avez-vous eu la chance de manger?»

«J'ai mangé quelque chose. Il ne se souvenait pas du nom du bonbon. Plus tard, il devrait découvrir ce que c'était.

Il la regarda hocher la tête une fois avant de soupirer. "J'ai besoin de ton aide."

"Mon aide?" Ses épaules se tendirent. La dernière fois que quelqu'un a demandé son aide, il a été battu jusqu'à ce qu'il ne puisse plus marcher, puis a été affamé pendant plus d'une semaine.

«Oh, non, Ethan, ce n'est pas mal, je le promets. Mais Estare te connaît et j'ai besoin de lui parler. C'est très important."

Se relaxant un peu, il essaya de sourire. «Elle me trouve quand je dors. Je ne sais pas comment la contacter.

Elle se déplaça pour se tenir devant lui pour qu'il n'ait pas besoin d'aller plus loin dans la pièce. «Tout va bien parce que je le fais. J'ai juste besoin de votre aide pour le faire… Je comprends si vous ne pouvez pas… »

Entendant la nervosité dans sa voix, il se rapprocha d'elle. "Que puis-je faire?"

"Tiens-moi simplement la main."

Ce qu'il pouvait faire. En fait, il se sentait ancré chaque fois qu'il la touchait. "Je peux le faire."

Ses mains ressemblaient à deux petits blocs de glace dans ses mains. Fermant les yeux, il laissa ses propres instincts prendre le dessus. Puis il entendit Nisha commencer à parler.

«Reine Estare, je t'appelle. Viens devant moi.

Quand rien ne s'est passé, il a senti quelque chose. Puissance? Électricité? Il ne pouvait pas être sûr. Ouvrant les yeux, Nisha et lui étaient entourés de flammes noires. Pourtant, les flammes n'ont pas brûlé. Puis Nisha le regarda de ses yeux rien que deux orbes noirs. Non, ce n'était pas juste. En regardant de plus près, il pouvait voir des milliers d'étoiles. Des milliers de minuscules lumières. Couleurs et motifs, il ne pouvait qu'imaginer. Puis il la sentit se crisper.

«Reine Estare, je sais que vous m'entendez. Je vous commande de vous montrer.

Oh, ça ne pouvait pas être bon. Il connaissait assez bien Estare pour savoir qu'elle n'était pas une personne à qui commander quoi que ce soit. Elle savait assez qu'elle ne répondrait pas bien à ces commandes. Il devrait l'avertir mais avant de pouvoir dire quoi que ce soit…

Avant qu'il ne puisse dire quoi que ce soit, la voix de Nisha rugit à travers la pièce, *"MAINTENANT!!!"*

La pièce trembla violemment. Des livres qui avaient été nichés sur leurs étagères volaient dans la pièce, se fracassant les uns dans les autres avant de tomber au sol. Un incendie a éclaté dans le foyer brûlant de manière incontrôlable. Prudemment, il essaya de la faire arrêter. «Nisha, peut-être…» Ses mots s'arrêtèrent alors que le verre des fenêtres se brisait. Des fenêtres qui s'ouvraient autrefois sur des cours intérieures se trouvaient désormais à leurs pieds.

Une arche faite de verre brisé s'est formée et une lumière bleue irisée tourbillonnait à l'intérieur. «Qui ose me convoquer?!?» Pas vraiment une question mais une commande. Puis elle sortit de la brume, ses longs cheveux noirs soufflant avec une brise à la fois belle et terrifiante. Ses ailes toujours cachées dans l'embrasure de la porte.

Nisha lâcha ses mains et se tourna vers la femme qui se tenait maintenant devant elle. Ses épaules se redressèrent. "J'ai fait."

Estare regarda autour de la pièce et se renfrogna. «Vous n'êtes qu'un enfant. Comment oses-tu? Tu sais même qui je suis? Ce que je suis?"

L'arche de cristal explosa de fureur: «Je suis la reine de Feyen et de Darke. De même que la reine du royaume souterrain, ne me sous-estimez pas ... tante.

Tante? Ah, merde. C'était mauvais. Tellement très, très mauvais. Estare connaissait tous ses secrets. Nisha était sa femme et sa reine. "Dames?" Les deux l'ignorèrent et semblèrent prêts à s'attaquer.

Estare recula le premier. «Vous avez parlé à mon frère traître. C'est lui qui vous a dit de me convoquer. Et vous avez écouté bêtement. Elle chantonna.

Repris Nisha demanda très prudemment: «Que voulez-vous dire traître? Et pourquoi devrais-je ne pas lui faire confiance?

Éloignant la question qu'Estare se tourna maintenant en prenant la salle, «C'est donc le trou dans lequel il a choisi de vivre plutôt que de gouverner Lunaista. Tellement bizzare. Mais il était toujours le plus étrange. Même parmi les Fey.

Prenant un autre pas en arrière, Nisha avait l'air confuse, voire inquiète. «Il était royal avant d'épouser ma mère? Mais comment?" Cela lui expliquait tellement. Assez pour qu'Ethan sache qu'elle a juste laissé une des questions auxquelles elle venait d'obtenir une réponse.

«Bien sûr, mon enfant, c'était un royal. Le plus doué de tous les royaumes stellaires. En vérité, il aurait pu les vaincre tous s'il le voulait. Non pas qu'il ait pensé à cela comme une solution. Plissant les yeux, un sourire cruel se forma sur son visage. «En fait, vous pourriez aussi régner sur les royaumes stellaires en tant que dirigeant absolu. Même maintenant, il n'a pas le pouvoir que vous possédez. Lentement, elle se mit à rôder dans la pièce, ses doigts caressant les étagères où étaient jadis les livres. "Pourquoi suis-je ici?" Lentement, elle se tourna vers Ethan. «Ethan pourrait me trouver s'il avait choisi et doit moins dramatiquement, pourrais-je ajouter.

S'asseyant sur la table pendant qu'Estare rôdait sur le sol couvert de livres, Nisha dit doucement: «J'ai besoin de votre aide.

"Oh. Et de quel genre d'aide la reine si puissante a-t-elle besoin?

Ethan recula d'un pas. Il ne savait pas si Nisha était au courant ou non mais Estare se préparait à attaquer. Dommage qu'il ne sache pas comment il savait cela.

Un regard ennuyé tomba sur le visage de Nisha. «Si vous m'attaquez, vous serez mort. Devrions-nous maintenant parler civilement ou voir qui gouverne la patrie de qui une fois cela terminé? »

Elle savait. Nisha savait. Il était étonné, cependant, le regard sur le visage d'Estare disait qu'elle était horrifiée.

Avec un souffle, Estare se redressa de toute sa hauteur. «Pourquoi suis-je ici, nièce?

Appelant la boîte en argent qui contenait autrefois le cœur de Larna, Nisha la tendit. "Savez-vous ce que cela est?"

Cette fois, c'est Estare qui recula de quelques pas d'horreur. Ethan la regarda alors qu'elle faillit trébucher sur les livres qui gisaient maintenant sur le sol. Elle savait que Nisha avait une boîte mais avait supposé que c'était le contenu qui était beaucoup plus puissant qu'il serait plus stupide de l'ouvrir… cependant, elle n'avait pas su que c'était la boîte elle-même qui contenait le pouvoir… jusqu'à ce que maintenant. "Comment as-tu eu ça? Il est interdit de quitter les étoiles. C'est beaucoup trop dangereux de les quitter. Pourquoi son frère avait-il volé cette boîte? La boîte du premier type de l'une des villes étoiles? La boîte qui siphonnait toute la puissance des morts. Pourquoi son frère avait-il choisi de voler cette boîte? S'il devait voler l'un d'entre eux, pourquoi ne serait-ce pas juste une simple boîte à hommage? La réponse était simple… il savait quelque chose.

D'une manière ou d'une autre, il avait entendu les pensées d'Estare, mais comment?

À en juger par le regard perplexe de Nisha, ce n'était pas la réponse qu'elle attendait. «Mon père m'a laissé ça ici au Spire. Il a jadis tenu le cœur d'une… disons… la reine corrompue qui souhaitait asservir toutes les terres Feyen. Cependant, actuellement, il détient le cœur de mon père et son pouvoir. Se rapprochant d'Estare, elle a poursuivi: «Il m'a dit que vous pouviez m'aider à trouver où lui et ma mère se trouvent à Mystic Woods.

Se rattrapant Estare sourit. «C'est une boîte d'hommage. Jusqu'à récemment, je pensais que c'était un moyen pour les royaumes stellaires de partager leur pouvoir les uns avec les autres. En vérité, ils envoient… »Elle s'arrêta et décida de ne pas entrer dans les détails. Il ne servirait à rien d'expliquer comment le pouvoir était partagé. «La boîte ne peut pas entrer dans Mystic Woods, je ne peux pas non plus la garder en sécurité chez moi. Il y en a beaucoup qui rechercheraient ce pouvoir.

Avec compréhension, Nisha hocha la tête une fois. "Que suggérez-vous?"

Lentement Estare se leva, s'assurant de ne pas toucher la boîte en argent. En pensant à tout, en pensant à tout ce qu'elle savait… non seulement à sa patrie mais à ce qu'on lui avait appris sur cette terre, elle a demandé: «Avez-vous exploré tout le Royaume souterrain?»

Impair. "Pas encore. Pourquoi?"

Les livres étaient à nouveau en mouvement cette fois lorsqu'ils sont tombés, ils avaient fait une carte. Ou du moins, un aperçu d'une carte avec des bordures. «C'est l'ensemble du sous-royaume tel qu'il a été fait. Il est possible qu'elle soit maintenant plus grande. »

"Bien?" Nisha fit disparaître la boîte en argent puis désigna un endroit au centre qui ressemblait à une boîte scellée. "Qu'est-ce que c'est?"

"L'oeil. Seule la reine peut entrer et ne pas être détruite. Tout le pouvoir de ceux qui n'ont plus de corps… y est stocké. C'est l'endroit le plus sûr pour cette boîte. »

«Pourquoi mon père ne m'a-t-il pas dit ça?

«Parce qu'il n'aurait pas su. C'est un secret qui se transmet d'un souverain à l'autre après que les hommages soient rendus. Dans mon cas, je l'ai découvert dans les Écritures plutôt que par la bouche.

Cela n'avait pas de sens mais, d'une certaine manière, Nisha savait qu'elle disait la vérité. "Très bien, donc je dois mettre la boîte là-bas puis retrouver ma famille."

«Non chérie. Une fois la boîte là, vous aurez deux jours, trois au plus pour rendre le cœur à votre père. Ou il sera même hors de votre portée.

Pendant un long moment, Nisha resta juste là avant de pleurer: «Deux jours? Comment vais-je retrouver mes deux parents dans deux jours? »

Une toux légère venant de la porte les fit tourner tous les trois.

«Gwydion?

«J'ai peut-être de l'aide. Il fit un pas dans la pièce et essaya de sourire. «Je crois que votre mère est dans ce qui était autrefois ma maison. Récemment, une petite souris a demandé l'aide des ancêtres. Je l'ai entendue. Il est très pénible qu'une souris parle. D'autant plus que je n'ai pas pu le localiser depuis.

D'accord, ça s'occuperait d'un parent. «Et mon père?

Cette fois, Estare a parlé. "Dans une cave. Je pourrais peut-être le trouver et le marquer. Mais ton père était très clair que ta mère devait être sauvée en premier.

"D'accord." Se dirigeant vers la porte, Ethan regarda Nisha enfoncer sa tête dans le couloir. «Vous pouvez entrer maintenant.»

Chapitre 46:
Nisha

La tête d'Ethan reposant sur ses genoux, Nisha regarda par la fenêtre tandis que le Pegasus survolait la frontière entre Lite et Darke. Leur modèle de tissage prenait du temps mais garantissait que rien ne les suivait. Peu de choses pouvaient mais elle appréciait la précaution supplémentaire.

«Quand atterrissons-nous?»

Elle regarda Ethan qui avait l'air calme jusqu'à ce qu'elle voit ses doigts saisir l'ourlet de son chemisier. «Dès que nous atteignons le bord extérieur des Wastelands. Ce ne sera pas long maintenant. Je sens déjà la différence des courants de vent. Ses doigts caressaient légèrement sa tête. Espérons que la motion l'ait apaisée.

"Oh super. Je ne pense pas que j'aime être dans les airs.

Galeron leva la tête du siège en face d'eux. Encore trop faible et endolori pour faire bien plus que rester immobile. "Vous vous y habituerez éventuellement." Bien sûr, voler avec ses propres ailes était bien meilleur que voler dans une boîte portée par des chevaux volants. Non pas qu'il dirait ça ... ni à son garçon ni à la reine qu'il ne comprenait toujours pas. Je ne pouvais pas comprendre et ne le ferait probablement jamais.

Sentant Ethan tendu sous sa main et sachant qu'il n'était pas à l'aise avec l'homme qui se trouvait en face de lui, elle décide d'essayer de dire à Ethan qui il était et pourquoi il devait venir avec eux au lieu de Lilly et David. "Vous n'avez rien demandé sur notre invité."

Lentement, il se leva et s'assit. Ses yeux se plissèrent pendant un battement de cœur avant de dire: «Je n'ai pas l'habitude de poser des questions auxquelles je ne veux pas de réponses.»

Toussant pour ne pas rire, Galeron marmonna: «Tu ressembles à ta mère. Elle posait rarement des questions non plus. Bien sûr, cela ne l'a pas empêchée de critiquer à peu près tout à moins qu'elle n'y ait pensé elle-même.

Les yeux d'Ethan se rétrécirent un peu plus, "Comment tu connais ma mère?" Sa voix était un grognement raide pensant que l'homme mentait.

En regardant Nisha, le visage de Galeron ne montra rien qu'un soupçon de colère quand il grogna: «Tu ne lui as pas dit?

Nisha haussa les épaules. «Ce n'était pas à moi de lui dire. A part toi, Galeron, tu ne me l'as pas demandé. Et je ne révélerais jamais le secret de quelqu'un à moins que ce secret ne mette en danger quelqu'un qui me tient à cœur. Et si cela mettait quelqu'un en danger, ce serait mort et ne serait plus un secret du tout.

Maintenant Galeron s'assit en ignorant le fait qu'il était encore faible, Il ignorait la façon dont son corps tremblait sous l'effort. «Vous…» Plusieurs mots glissèrent sur ses lèvres… aucun d'eux ne flattait la reine qu'elle était ni la fille de son cher ami. «Ton père n'était pas… n'est pas… si difficile. Votre mère non plus.

Haussant les épaules, Nisha sourit. "Je te prendrai au mot. D'après ce que j'ai compris, il était bien pire.

Regardant dans les deux sens entre Nisha et l'homme Feyen, Ethan siffla: «Qu'est-ce qu'on ne me dit pas?

Se rallonger, Galeron s'accorda avec le sifflement d'Ethan. «Demandez à votre femme. La petite renarde a besoin d'apprendre quand ne pas garder de secrets. Et quand ne pas être une épine dans le flanc de quelqu'un qui pourrait éventuellement l'aider.

Battant ses longs cils, Nisha s'est transformée en renard roux puis s'est assise trop calmement en balançant sa queue. Sa patte posée sur les genoux d'Ethan agaçait les deux hommes avec qui elle roulait.

S'asseyant Ethan grommela: «Je doute que je puisse obtenir une réponse d'elle tant qu'elle n'a plus une vraie forme.

«Bah. Astuces de salon. Si elle était un vrai métamorphe, elle choisirait une forme plus intimidante.

Se retournant, Nisha sourit. «En fait, il n'y a tout simplement pas assez de place pour devenir un dragon, mais peut-être que plus tard, je vous emmènerai faire un tour dans mes serres. Ou aimerais-tu ça?

Galeron rejetant sa menace, il dit sèchement: «Les dragons n'existent pas.

«Qui peut dire qu'ils ne le font pas? Ce n'est pas parce que vous n'en avez jamais vu un. Dois-je vous montrer Lord Galeron?

La voiture a plongé. Se rallongeant pour que son ventre ne vienne pas à sa gorge, Ethan soupira. «Oh, bien, je pense que nous atterrissons. Et je ne pense pas qu'il trouverait la conduite avec des serres agréable. Il fit une pause puis dit d'un air menaçant: «Tu devrais lui prendre un peu de temps.

Nisha sortit de la voiture et posa sa main sur sa hanche. «Eh bien, je suppose que 'Wasteland' signifie un désert de sable noir que même le vent sec ne peut pas souffler.

Galeron bâilla, poussant sa tête par la fenêtre couverte. «En fait, le sable était autrefois blanc. Pendant la Grande Guerre, tant de gens sont morts leur sang trempé dans le sol, changeant à jamais le sable en noir. Ou du moins c'est ce que j'ai entendu.

En regardant le sable, Nisha était étonnée. "Oh wow. Je vais devoir demander à Gwydion de voir s'il était ici avant la guerre. J'adorerais savoir à quoi cela ressemblait avant.

«Qui est Gwydion?»

Cette fois, Ethan répondit de l'intérieur de la voiture: «C'est l'ombre qui suit Nisha. Ou du moins, je pense que c'est une ombre. Je ne l'ai vu que quelques fois.

«Oh bien, vous deux pouvez réfléchir à cela pendant que je m'occupe de quelque chose, alors je vous retrouverai près de l'embouchure de la rivière Healing.

«Vous voulez que nous y allions seuls?» Galeron balbutia.

Une porte du Royaume inférieur s'ouvrit. "Bien sûr que non. Gwydion vous accompagne. Puisqu'il est de là, il peut s'assurer que rien n'essaye de te manger. Nisha secoua la tête. «De toutes les choses, pourquoi penseriez-vous que je vous enverrais quelque part sans une escorte appropriée? Je jure, pour avoir été membre du conseil de ma mère, je pensais que tu saurais mieux. Je vois que je devrai voir que vous êtes correctement éduqués une fois que tout sera terminé et que les choses se calmeront un peu.

En regardant Nisha disparaître à travers la porte, Ethan claqua, «Voudriez-vous me dire de quoi elle parle? Ou qui au nom de Darke êtes-vous?

Nisha regarda les murs d'os. Elle n'avait jamais été dans cette partie de son royaume auparavant. Je n'ai jamais su que quelque chose comme ce labyrinthe existait. Touchant légèrement le mur, elle se demanda de quelle race provenaient les os. Étaient-ils parmi les premiers? Où sont-ils ceux des stars? Fey? Vrai Fey? Ou avaient-ils été créés par accident lorsque le fey a pris les autres pour compagnons? Puis tués parce qu'ils n'avaient aucune vraie raison d'être.

C'était tellement excitant! Plus tard, elle devrait revenir et voir chaque centimètre carré de cet endroit… En ce moment, elle avait quelque chose d'important à faire.

Lentement, elle trouva une porte dont elle espérait avoir besoin après en avoir ouvert plusieurs qui ne menaient qu'à une pièce créée avec des morceaux de chair et des muscles pourris. Voyant que cela aussi n'était pas la pièce qu'elle cherchait, elle tourna plusieurs autres couloirs jusqu'à ce qu'elle trouve une autre porte. En fait, la seule vraie porte qu'elle avait franchie. La seule porte qui n'avait pas été faite d'os mais plutôt d'un bois sombre quelconque.

Nerveusement, elle posa sa main sur la poignée en cristal. Sa tante a dit que quelque chose de puissant serait juste à l'intérieur. Ce que serait ce quelque chose… Estare ne savait pas. Un peu nerveuse, elle prit une profonde inspiration. Elle était la reine et seule la reine pouvait entrer. Cela ne voulait pas dire qu'elle devait entrer. Mais il n'y avait pas d'endroit plus sûr pour cacher la boîte et cela ne prendrait pas deux jours pour la récupérer. En fait, elle allait amener son père ici pour se tenir devant cette porte quand elle lui rendra son cœur.

Un autre souffle puis elle poussa la porte ouverte. Ne faisant pas encore un pas dans la pièce, elle regarda avec admiration la plus belle créature qu'elle ait jamais vue la regarder. Difficile de dire ce que c'était ou ce qu'il avait été, mais le visage était celui d'une Fey avec des ailes glorieuses de la moitié de la taille des siennes mais exactement les mêmes. Au deuxième coup d'œil, ils n'étaient pas les mêmes. Le sien était noir uni, pas du tout translucide. «Euh. Bonjour?"

La créature transformée en femme Feyen, seuls le visage et les ailes sont restés les mêmes. "Seule la reine peut entrer dans ces salles."

Elle a souri si gentiment. "Je sais."

Puis la femme sourit. Pas un sourire amical mais un sourire cruel et menaçant: «Il n'y a pas de reine du royaume souterrain.»

Faisant un pas dans la pièce, Nisha sourit. «Vous devez vous tromper car j'ai gouverné pendant près de dix ans.

Sautant sur Nisha, la femme a crié: «VOUS! Tu penses que tu peux me détrôner? Je suis la plus grande reine qui ait jamais été!

Voyant l'ancienne reine incapable de la toucher, Nisha bâilla. "Tu m'ennuies. Si vous étiez si génial, vous ne seriez pas enfermé dans une pièce créée à partir des os de ceux qui vous étaient liés par le sang. Elle ne savait pas d'où venait cette idée mais l'expression sur le visage de l'ancienne reine lui disait qu'elle avait raison.

Se transformant en spectre, elle vola frénétiquement dans la pièce. "Ça ne peut pas être! Pourquoi je ne peux pas te toucher? Vous sentez la vie, pas la mort. Comment se peut-il?" La femme a volé plusieurs fois dans la pièce. A chaque passage essayant à nouveau de toucher la petite reine.

Finalement, Nisha étendit ses ailes remplissant la majeure partie de la pièce. "ASSEZ! Vous êtes citoyen du Royaume inférieur. Vous n'êtes plus la reine. Rendement."

«Je ne cède à personne!»

Rendant sa voix aussi forte qu'elle le pouvait, elle a dit une fois de plus: «J'ai dit YIELD!» Sa main se tendit et une vrille de puissance inexpérimentée s'enroula autour de la... jambe nue du spectre... la tirant au sol. En utilisant son propre ongle, elle a poussé son doigt et a laissé une seule goutte de sang bleu gonfler. La vrille tenait la tête de la femme en serrant ses joues pâles jusqu'à ce que ses lèvres soient forcées de s'ouvrir. La goutte de sang tomba sur ses lèvres. Elle ne voulait pas faire ça mais elle n'avait pas le temps de penser à autre chose. «Avec mon sang, je vous lie. Vous et tout ce qui était à vous êtes maintenant à moi. Vous céderez.

Le pouvoir la remplit plus qu'elle ne l'avait jamais ressenti. Avec elle la connaissance du premier Fey. Ce fut le premier Fey. Le premier à tomber. Non, ne tombe pas... elle a plongé sur la terre solide. Les histoires étaient fausses. Ce n'est pas un homme qui est venu et qui est tombé amoureux, mais c'était une femme déterminée à ne pas épouser un homme qui ne voulait que son pouvoir. Le pouvoir des morts. Le pouvoir de ramener à la vie ce qui devrait être mort. Le pouvoir de créer autant que de détruire. Le pouvoir de conquérir tout ce qu'elle souhaitait. Et le pouvoir de créer une nouvelle vie à partir de rien d'autre que de l'air.

"Qu'avez-vous fait? Vous détruirez mes créations. " La femme a pleuré.

Libérant la femme de ses vrilles, Nisha fit un pas en arrière. «Je ne prends pas plaisir à détruire quoi que ce soit. Et si vous aviez cédé, je ne vous aurais pas lié. Cependant, maintenant que tu l'es, je comprends pourquoi tu t'entoures des os de ceux qui t'ont été fidèles... »Elle fit une pause puis demanda:« Ce sont votre armée? Ils vous protègent afin que vous ne puissiez pas être trouvé. Vous protégeant car à cause de votre pouvoir, vous ne pouvez pas mourir et vous craignez que même maintenant, les membres de la famille royale des villes étoiles viennent pour vous.

Se repliant sur elle-même, la femme murmura: «Oui.

Soigneusement Nisha vint s'asseoir devant elle… cette reine perdue de la fée. La première reine de Feyen. «J'ai besoin de leur force pour protéger quelque chose qui me tient à cœur, j'y retournerai bientôt.»

Assommée dans un silence inhabituel, elle a finalement dit: «Tout ce qui vit ne vit que deux jours. Trois si c'est fort. Même maintenant, mes pouvoirs sont trop puissants pour garder les choses en vie plus longtemps. Au moins pendant que je demeure ici.

"Je comprends. Je ne devrais être parti qu'un seul. Nisha pencha la tête. «Quel est votre nom? Habituellement, je connais les noms de tout ce qui m'est lié mais je ne trouve pas le vôtre.

«Primitiva.»

Nisha hocha la tête une fois. «Alors Primitiva, je laisse à tes soins cette boîte. La boîte en argent de son père se matérialisa entre ses mains. «Le couvercle ne s'ouvrira qu'à moi.»

«C'est une boîte hommage. Ceux-ci ne proviennent pas de ces terres mais des cités des étoiles. Ils sont très puissants. Vous ne devriez pas avoir une telle boîte… pas ici. Pas en dehors des royaumes stellaires.

Hochant de nouveau la tête, dit Nisha en se tournant vers la porte. «Un jour, j'aimerais en savoir plus. Mais pas aujourd'hui, je dois y aller maintenant. Je n'ai pas beaucoup de temps pour régler les choses. »

Serrant la boîte dans ses mains, Primitive renifla. «Les reines ne doivent pas être liées à une autre.»

«C'est vrai, mais tu aurais dû céder. La liaison ne peut pas être annulée. » Elle était désolée d'avoir fait ça à une reine forte mais elle avait laissé son petit choix.

Nisha a créé une porte pour mener à l'endroit même où la voiture devrait attendre. Je n'ai pas été trop surpris de le voir apparaître. Sachant qu'elle avait une minute ou deux, elle regarda l'eau. Pas clair comme elle ne s'y attendait même pas une couleur bleu-vert de la mer sans fin. Non, c'était un violet clair comme une fine brume. En le touchant, elle pouvait sentir la puissance absorber dans sa peau disparaître la petite piqûre qu'elle avait faite.

«Huh. Très intéressant." Appelant son petit sac de fournitures de guérison, elle en sortit plusieurs flacons vides et les remplit avant de les faire disparaître une fois de plus au moment où la voiture atterrissait. Elle remarqua Gwydion avant même que la porte de la voiture ne s'ouvre. «Est-ce qu'ils vont bien?»

«Vous êtes… l'épouse… est ébouriffée. Il n'est pas très doué pour que ceux qui étaient morts pour lui se présentent maintenant.

«Oui… eh bien, il n'y avait aucun moyen efficace de lui dire que tout ce qu'on lui avait dit était un mensonge. Mais j'ai essayé de le préparer.

Glissant vers elle, Gwydion s'inclina juste un cheveu. «Ma reine, rien ne peut préparer un garçon à rencontrer son père dont il n'a aucun souvenir. Celui qu'il avait pensé comme mort. Mais je suis sûr que les deux hommes se remettront aujourd'hui pour construire un avenir qu'ils méritent tous les deux. Plus encore si vous pouvez trouver ceux que vous recherchez. À mon avis, les femmes ont tendance à être les gardiennes de la paix entre les membres masculins de leur famille.

Vrai. Ou, les deux étant des hommes Feyen, ils pourraient passer un siècle ou deux à ne pas parler. Ce qui était tout à fait possible. Non pas qu'elle en débattre maintenant. Peut-être plus tard. Ou peut-être qu'elle laisserait sa mère en débattre pour elle. Oui, ce serait bien mieux. Après tout, elle avait entendu des histoires sur la façon dont sa mère aimait débattre des choses. Plus encore si la personne discutée était à la fois un homme et Feyen dans le sang. «Voulez-vous leur demander à tous les deux de venir ici?»

Regardant la rivière, Gwydion a demandé: «Vous prévoyez d'utiliser les eaux curatives?»

Bristling, elle a demandé: «Oui. Est-ce un problème?"

Gwydion pencha la tête. Ses yeux sombres se rétrécissant en de minuscules fentes, "Vous ne possédez pas le pouvoir de guérir?"

«Je…» Vraiment? Après tout, elle était liée à Lilly comme Lilly était liée à elle. Non, attendez que leur lien ne soit pas une véritable liaison, mais un autre moyen de s'assurer qu'aucun des deux ne peut nuire à l'autre pendant sa liaison avec Primitiva? "…Je peux essayer. Gwydion, puis-je poser une question? "

Il la regarda perplexe, "Ma reine?"

«Si vous aviez la chance de revivre, la saisiriez-vous?»

Son visage parut triste pendant une minute. Un peu regrettable même. «Même toi, ma reine, tu n'as pas un tel pouvoir. Un seul l'a jamais utilisé et elle ne l'utilisera même pas maintenant. On lui a demandé.

«Quand ce sera fini, je parlerai à Primitiva. Comme vous l'avez dit, trop de personnes sont mortes innocentes.

S'il avait été solide, il aurait trébuché en arrière ... étant entièrement fait de brume, il s'est dispersé avant de se remodeler. «Vous l'avez vue?! Comment avez-vous passé les gardes?! Ils se nourrissent de tout ce qui a de la chair. Vivre ou pas. »

Se dirigeant vers la voiture, elle sourit. «Suis-je ou ne suis-je pas la reine?» Ouvrant la porte, elle jeta un œil attentif aux deux hommes qui, s'ils étaient à l'air libre, se disputeraient pour se battre ou une telle absurdité. "Je suis sûr que nous n'avons pas le temps pour ce que vous avez en tête."

Galeron siffla en pointant faiblement Ethan. «Tu aurais dû lui dire.

«Pourquoi, alors que vous êtes bien meilleur pour expliquer toutes les choses pour lesquelles je n'ai vraiment pas le temps, si nous voulons sauver ma mère et ne pas tuer mon père dans le processus. Voyant un arc de foudre dans ses yeux, elle continua: «Maintenant, aimeriez-vous être complètement guérie pour cette entreprise ou rester comme vous êtes maintenant et expliquer à quiconque nous trouvera pourquoi vous avez refusé d'être guéri par une reine à qui vous êtes maintenant lié à?"

Ethan s'assit contre le siège, comprenant la menace. «J'adorerais revoir la vraie couleur de ma peau. Qu'en est-il, porteur de lumière? Ou pensez-vous qu'elle n'a pas la capacité de le faire? »

Se tournant légèrement vers son mari, elle gronda très doucement: «Ethan, sois gentil. Aucun de vous n'a eu deux bonnes décennies. »

«Mes deux premières années se sont bien passées. Ou alors je peux supposer.

Intriguée, elle le regarda. «Je pensais que vous étiez né moins d'un an après ma naissance?»

Se pressant dans son propre siège, Galeron renifla, «Il l'était. La deuxième année de sa création. Je suppose que c'était une bonne année pour toi mais tu as mis ta mère dans une frénésie. Je suis content de n'avoir eu à vivre cela qu'une seule fois.

*Bien, ils jouaient bien pour qu'elle puisse faire ce qu'il fallait sans qu'ils la combattent.*Fermant les yeux, elle essaya de voir ce dont elle avait besoin. Se permettant de sentir tout autour d'elle, elle pouvait presque voir dans son esprit les corps d'Ethan et de Galeron. Pourrait presque en distinguer un tiers même s'il n'avait aucune substance. Les os sont venus en premier la couleur de l'ivoire. Blanc et fort plus dur qu'ils ne devraient l'être. De minuscules cordes… des nerfs… gris avec des informations transmises. Vaisseaux sanguins bleus chez Ethan mais presque violets chez son père. Ah oui, maintenant elle comprenait le troisième corps alors que les vaisseaux sanguins se formaient, noirs comme la nuit à Gwydion. Très intéressant maintenant qu'elle pouvait voir les épines et la longue queue reptilienne qui commençait à se former. Muscles rouges avec des lignes de tendon. Chair crème laiteuse à recouvrir… Pas sa chère amie, non, il était un mélange de gris et de vert. Marrons et noirs.

Chaque échelle blindée se fondant dans la suivante, il n'y a pas deux couleurs identiques à côté de l'autre. Ses dents toutes les trois rangées acérées comme des aiguilles. Ses griffes sont encore plus acérées. Mais son visage… de quel beau visage majestueux tout homme serait fier.

Elle ouvrit les yeux juste au moment où la lumière bleue disparaissait de l'intérieur de la voiture et elle vit non seulement ceux de sa famille complètement guéris, mais elle vit Gwydion assis figé et la regardant droit. La peur et l'appréhension résonnaient dans ses yeux rouges et brumeux. «Votre peuple a toujours su se transformer en brouillard, mais je pense qu'il est temps d'être plus?»

Il lui fallut un moment pour se souvenir de respirer… Un autre moment pour comprendre ce qu'il voyait de ses propres yeux. "Comment?" Sa voix était un murmure douloureux. Gwydion lui tendit les mains avant de les changer pour les plus lisses que sa femme avait autrefois préférées. Ses yeux se remplissent de larmes qui ne devraient pas être là. "C'est impossible. Seul un créateur a ce pouvoir. »

"Ce n'est pas important. Ceux de votre peuple qui souhaitent retrouver ce qui a été pris, je leur donnerai la vie. Après avoir sauvé ma mère.

Gwydion cligna des yeux puis avala sa salive en se rappelant sa mission. Plus tard, il aurait peut-être le courage de demander plus sur ce que sa reine venait de lui rendre. «Elle est logée dans la grande ville de mon peuple. Ceux qui gouvernent maintenant ne sont pas amis. Ils se nourrissent de son pouvoir qui la maintient faible. Je connais un moyen d'entrer mais… »Il regarda ses mains et ses griffes acérées sans se souvenir encore comment il avait ouvert une porte une fois. «Cela fait un certain temps que j'ai moi-même ouvert la porte. Puis il cligna des yeux à nouveau … ne sachant pas comment il savait avec certitude ce qu'il venait de lui dire.

«S'il vous plaît, dites à vos employés que quiconque essaie de m'arrêter peut faire ce qu'il veut.»

"JE…"

«Gwydion, ils sont toujours liés à vous. Le lien que vous avez fait dans la vie ne s'est pas arrêté dans la mort et est plus fort maintenant. Je m'en suis assuré. Vous avez le pouvoir de leur parler avec rien de plus qu'une pensée. À peu près de la même manière que vous communiquez depuis des années. »

Se tournant vers le porteur de lumière, Gwydion demanda: «Saviez-vous qu'elle pouvait faire ça? Je ne savais pas qu'elle pouvait faire ça. Et je suis avec elle depuis peu après la naissance.

Avaler dur parce que la race de l'homme qui était maintenant assis à côté de lui avait été répandue pour tuer n'importe quoi d'ami ou d'ennemi et n'avait jamais eu peur de rien… maintenant non seulement avait l'air effrayé mais semblait horrifié. Galeron a dit avec hésitation: «Non. Mais après aujourd'hui, j'ai hâte de voir dans quoi d'autre elle est douée. Et je prie pour que sa mère puisse la former correctement.

Nisha leva les yeux vers le grand dôme. Il lui semblait qu'il avait été fabriqué à partir du ciel de minuit, y compris les étoiles qui dansaient au clair de lune. «Quel était cet endroit?»

«Un endroit où les premiers pourraient venir drainer une partie de leur énergie avant de s'aventurer pour trouver leur place.»

Nisha balbutia: «Égouttez leur…»

«La plupart étaient trop puissants pour vivre ici et ne pas être drainés vers un point sûr. Le premier a décidé de cette sauvegarde. Il a maintenu l'équilibre pendant plusieurs siècles. Gwydion fit un signe de tête vers un grand buisson qui devenait maintenant sauvage. «Je déteste voir ma maison de cette façon. C'était un jardin merveilleux, les fontaines scintillantes avec l'eau des rivières. C'est un endroit horrible maintenant envahi par la végétation et sans soins. Et regardez, les fontaines ne sont rien de plus que des décombres.

Posant sa main sur son épaule avec compréhension, Nisha dit: «Gwydion, tu la rendras belle à nouveau. Mais la porte s'il vous plait.

"Oui." Il fit une pause. «Seules les capacités naturelles fonctionnent à l'intérieur du dôme.»

"Compris."

Glissant contre le mur derrière le buisson, il trouva la porte. «Il est ici mais… pardonnez-moi… cela fait trop longtemps que je n'ai pas eu recours à une telle chose.»

Elle toucha à nouveau son épaule. "Laisse moi." Puis à Ethan, "Êtes-vous prêt?"

Ethan hocha la tête une fois. «J'ai toujours voulu être le héros. On dirait qu'aujourd'hui je peux faire ça. "

Les gens parlaient à l'intérieur. Un serpent à en juger par des S étirés. L'autre, elle ne pouvait pas être sûre. Nisha essaya attentivement d'écouter ce qui se disait. Trop étouffé pour entendre de vrais mots mais le ton… oui, le serpent n'était pas content de quelque chose. D'une voix à peine un murmure, elle demanda: «Gwydion, peux-tu voir ou entendre?»

Pendant un moment, il écouta puis sourit: «Le petit serpent est affligé. Son fils n'a pas terminé sa mission en t'épousant. L'autre est énervé que le prince soit si faible. Ils te veulent, ma reine. Ils veulent le pouvoir qu'ils pensent que vous leur laisserez contrôler. Il a failli rire de la stupidité qu'ils avaient de penser qu'elle… sa reine… laisserait jamais quelqu'un la contrôler.

Eh bien, évidemment, ils ne savaient pas qui ou ce qu'ils demandaient. Prenant une posture plus royale, elle sourit en disant: «Alors je les recevrai correctement.

Ethan fit un mouvement pour saisir son bras mais il se transforma en brouillard avant que sa main ne puisse la toucher. «Nisha?»

«Ma mère m'a bien nommé. Croyez-moi." La tête haute et les épaules en arrière, elle entra dans la grande salle vide et applaudit lentement. «Bravo, roi Apep. Vous avez réussi à former une alliance avec ceux qui apporteront la mort à tous.

"Toi. Vous ne devriez pas être ici.

"Ah oui. Bon, vous vous attendiez à quoi? Que j'épouserais un serpent au lieu de ma fiancée? Viens maintenant, ton cerveau n'est pas si petit, ou est-ce? Elle fit une pause, voyant un homme qui avait des regards similaires à Gwydion mais moins définis. Moins menaçant. Encore un Eostre. "Et toi. Étant un descendant de l'Eostre, vous devriez vraiment savoir mieux. Après tout, ce sont vos ancêtres qui ont causé la grande guerre. Ou avez-vous conspiré pour terminer le travail qu'ils avaient commencé?

L'homme fit un pas incertain et prudent vers elle. Un pas de plus quand elle ne bougeait pas et qu'il était sur elle mais quand il essayait d'attaquer, il passa simplement à travers son corps. "Qu'est-ce que c'est?"

«Oh, tu ne sais pas? Tout Eostre est lié à moi. Essayez de m'attraper autant que vous le souhaitez. À moins que je ne le fasse, vous ne vous approcherez même pas à distance de moi. Cependant... »Des vrilles noires coulaient autour d'elle, les pointes brûlantes de feu. Un seul mouvement de fouet et les deux hommes étaient enveloppés dans des vignes en feu. «... Je peux te blesser.» Laisser les vrilles se resserrer autour d'elles. «Maintenant, où est ma mère?

«Toi - espèce de salope. Une autre voix. Une troisième course dont elle ne connaissait pas le genre. Je ne pouvais pas dire si c'était un homme ou non. Mais celui-ci volait sur des ailes dont toute chauve-souris serait fière. C'est la queue... eh bien, elle connaissait un dragon avec un dragon qui était plus impressionnant.

«Alors, tu veux jouer? Très bien ... je suis partie. " Elle a regardé par-dessus son épaule et a crié: «Trouvez ma mère; Je vais m'en occuper! Elle attendit qu'ils se soient glissés dans un couloir avant de se transformer. Avant de laisser sa vraie forme... sa forme préférée... prendre forme.

Chapitre 47 : Primitiva

Primitiva arpentait les limites de sa salle du trône. Ses doigts traçaient les os de sa chérie chérie. Il avait été sa première création. Son plus grand protecteur. Et son fidèle ami. Mais il y en avait eu d'autres. Son premier…

Bientôt, ils auraient besoin d'être réveillés. Ils auraient besoin de revenir dans le royaume des vivants. Maintenant que l'enfant était né. Maintenant qu'elle avait le pouvoir de tous ceux qui étaient morts. Et avait le pouvoir de ceux qui étaient encore en vie.

Cela faisait de nombreux cycles d'étoiles depuis qu'elle avait parlé avec des mots à un autre fey. Beaucoup plus depuis qu'elle avait été obligée d'utiliser l'une de ses véritables capacités. Maintenant… Elle n'avait pas le choix.

Nisha l'avait liée. Ses capacités étaient désormais à la portée de l'enfant.

Primitiva retourna sur le trône des os. Le réconfort est finalement venu sur elle. Bientôt, tous les mensonges qui ont été racontés seraient révélés. Toutes les souffrances seraient bientôt terminées. La

Règle de Magmas, le souverain de Pallas serait bientôt terminée.

Mais à quel prix?

Il avait déjà pris son amour et son enfant. Accepterait-il aussi ses champions? Non… Non, l'enfant de sa vision d'il y a longtemps ne lui permettrait jamais d'acquérir leurs pouvoirs.

Donc, pour l'instant, elle doit faire confiance à cette Fey. Une fée qu'elle ne connaissait que sous le nom de Darkness.

Chapitre 48:
Ethan

Le bâtiment a tremblé et le plafond s'est effondré autour d'eux. Des cris aigus horribles provenaient de la pièce qu'ils venaient de quitter. «Gwydion, où garderaient-ils la mère de Nisha? Ethan hurla à cause du bruit de la pierre s'écrasant au sol.

«Le… Il n'y a qu'un seul endroit. Venez, c'est en avance. La porte est un rocher.

Un rocher. Bien sûr. Ils étaient dans un bâtiment en pierre qui s'effondrait alors pourquoi pas un rocher? Cela faisait des années qu'il n'avait pas utilisé ses pouvoirs. Plus longtemps encore depuis qu'il avait besoin d'un bouclier. Ses yeux se fermèrent juste une minute alors qu'une lumière dorée les enveloppait. Galeron haleta avec un effort pour tenir le bouclier, «Nous devons nous dépêcher. Le bouclier ne durera pas longtemps. Mon corps est peut-être guéri mais ma force est encore faible.

Course dans le couloir et essayant de ne pas trébucher sur les débris, ils sont arrivés à un mur. Les yeux d'Ethan scrutèrent le mur à la recherche de signes d'ouverture, "Où est le rocher?"

Gwydion frappa le mur. «La pièce est au-delà d'ici. Je peux sentir la puissance. Il a frappé dessus une fois de plus. «Ils l'ont muré. Ils ne souhaitent pas que la pièce soit trouvée.

Ethan serra ses doigts en un poing. Il avait une tâche. Une. Sauvez la mère de Nisha. Il n'allait pas échouer. AUCUN. Son poing heurta le mur avec chaque morceau de colère qu'il avait coulé dans le coup de poing. Le mur s'est brisé avec une grande explosion.

Galeron recula. Puis il dit sèchement: "Oui, tu es le fils de ta mère." Puis il vit non seulement sa reine mais sa femme. Tous deux pris au piège derrière une sorte de dôme transparent. Les pierres noires du bâtiment tombant dessus. De minuscules fissures commençaient à se propager du haut. S'il se brisait, les deux femmes seraient tuées. La colère le traversa, lui donnant la force de faire ce qui devait être fait. La foudre se cambra dans la pièce, faisant reculer son fils et Gwydion. Cela ne pouvait pas blesser l'Eostre mais il n'avait pas le temps de s'expliquer. Faerydae essayait de lui dire quelque chose… Il ne pouvait pas l'entendre. Je ne voulais pas l'entendre. Se forçant à creuser au plus profond de son pouvoir, il fut englouti dans la lumière… dans l'or fondu… Ses pas fondirent à jamais les pierres sous ses pieds en magma liquide.

"Grand vent. Assez, nous devons y aller.

Son visage se tourna vers le son. Pas sa femme, non, pire. Addy. Une profonde inspiration et la puissance diminua. «Nisha est de retour comme ça.» Ses doigts trouvèrent la main de Faerydae. «Je t'ai dit que je te trouverais toujours.»

«Oui, mon mari, tu l'as fait. Bien que cela vous ait pris assez de temps.

En revenant en arrière, ils sont arrivés, ils se sont entassés dans l'embrasure de la porte juste à temps pour voir un dragon percer le haut du bâtiment. Sa tête se dirigea vers le ciel alors que quelque chose tombait entre ses mâchoires.

La zone qui avait été la pièce principale était remplie d'une obscurité avec laquelle aucune nuit sans lune ne pouvait rivaliser. L'obscurité les engloutissant sous forme d'explosions, de crashs et les bruits de gens hurlant à la fois de terreur et de mort venaient de toutes les directions. Puis vint un silence terrible et affreux.

Lorsque l'obscurité s'est installée au sol, Nisha se tenait devant eux. La seule chose qui restait du bâtiment autrefois grandiose était juste assez du couloir qui couvrait leur petit groupe et un contour du cercle. Rien d'autre… rien… pas même un caillou resté.

Les trois hommes se sont mis à genoux, ne sachant pas si cette reine les reconnaîtrait même tout en suintant de colère. La tête de Nisha s'inclina lentement avant de sourire. «Je te l'ai dit, Galeron, les dragons existent. Ou souhaitez-vous en débattre davantage? »

Adrianna fit un petit pas en avant incertain. Sa main couvrant sa bouche alors que des larmes coulaient sur son visage. «Nisha?»

Nisha cligna des yeux une fois pas vraiment à l'aise de voir sa mère pleurer. «Désolé, il a fallu si longtemps pour vous trouver mais mon père a été très vague sur les détails.» Puis elle réalisa ce qu'elle avait fait. «Oh, oh Gwydion, je suis vraiment désolé. Dois-je le reconstruire? »

Le reconstruire? Il y réfléchit presque mais reconsidéra. «Non, ma reine. Ce bâtiment n'avait aucun but. Du moins plus. Le Fey ne tombe plus des étoiles. Ils n'oseraient pas non plus.

«Ma fille, ton père? L'inquiétude emplit la voix d'Adrianna.

«Oh, Lilly et David sont là, attendant un signe que vous êtes en sécurité. Gwydion vous dérangerait-il de le dire à votre peuple? J'ai vraiment besoin de le libérer avant la nuit, si possible.

Il hocha la tête une fois. «Bien sûr, ma reine. Puis son corps s'est transformé en brouillard alors qu'il était emporté par le vent.

Chapitre 49: Lilly et David

David bâilla en se cueillant les dents avec un os de la créature qui gardait l'entrée. «Peut-être que je peux demander à Nisha de découvrir ce que c'était.

Lilly cligna des yeux. «David, mon amour. Si vous vouliez savoir ce que c'était, vous auriez peut-être dû en laisser une partie pour identification. "

"J'ai fait." Tenant le ruban d'os. «C'était trop savoureux pour être gaspillé.»

Lilly roula des yeux en disant: «C'est merveilleux pour toi. Maintenant que vous avez le ventre plein, avez-vous une idée de comment passer un mur de flammes noires? Je ne les ai rencontrés qu'une seule fois… et Nisha n'était pas d'humeur à être dérangée alors. Alors, je n'ai pas osé essayer de passer.

Se tournant vers l'ouverture de la grotte, David haussa les épaules. «Puisque nous ne devons pas passer avant que le Nisha n'envoie un mot. Je ne vais pas essayer. En plus… »Il plaça sa main vers la flamme. «Je peux passer sans me blesser.»

Posant sa main sur sa hanche, Lilly plissa les yeux. «Tu penses que tu peux sortir Myrddin de la grotte par toi-même?

«À moins qu'il ne pèse plus qu'un troll adulte, je ne vois pas pourquoi. David fit une pause et eut un sourire triste. «Tu sais que les Drakens peuvent porter des choses plusieurs fois notre propre poids?»

"Bien sur que oui. Cependant, vous, mon amour, êtes en partie fey et n'avez pas encore testé exactement ce que vous pouvez porter. Mais je comprends votre besoin de prouver à quel point vous pensez être fort.

Avant que David ne puisse trouver une réponse appropriée, une rafale de vent souffla sur les ruines de la Grande Guerre. Une brume noire commença lentement à se former et un homme se tenait devant eux.

Surpris, Lilly cligna des yeux, incertaine de ce qu'elle voyait était vraiment réel. Espérant qu'elle avait raison de savoir qui se tenait maintenant devant elle, elle demanda prudemment: «Gwydion? Il semble que tu as de la chair maintenant?

Il se tourna vers Lilly. «La reine est généreuse.» Puis à David. "Vous pouvez entrer maintenant." Gwydion se retourna juste assez pour regarder par-dessus la falaise. «Comme c'est étrange d'être de nouveau ici.»

Lilly a lié son bras avec Gwydion. "Comment?"

Il baissa les yeux sur son bras et lutta dur pour ne pas le casser de son corps pour l'avoir touché. Puis dans un souffle bas qui aurait effrayé n'importe qui mais apparemment le cousin de sa reine, il a dit: «Beaucoup sont morts pour m'avoir touché.

«Si vous essayez, je suis sûr que vous vivrez assez longtemps pour que votre reine vous fasse regretter.

Ce faible sifflement qui aurait effrayé n'importe qui d'autre, mais le voyant ne la dérangeait même pas, il répondit à sa question. «C'était la dernière bataille de la Grande Guerre. Je suis mort ici alors que mon peuple est mort dans notre patrie. Mon frère m'a trahi. Le cratère là-bas au-delà de ces falaises est l'endroit où tous ceux qui étaient ici ce jour-là sont morts. Des deux côtés. Ceux qui ont du sang de Fey et ceux qui n'en ont pas.

«Il y avait des maisons ici à un moment donné. Certaines peintures continuent de raconter un village fait de glace qui n'a jamais fondu.

Gwydion acquiesça. «Un jour, je vous parlerai de la guerre. Pas aujourd'hui. Je dois retourner auprès de la reine. Elle ne sait pas où est son père. Même maintenant, son sens de l'endroit où se trouvent les gens fait un peu défaut. C'est une compétence dont j'aurai besoin pour l'aider à se perfectionner.

Chapitre 50: Nisha

Attendant patiemment, Nisha regarda Ethan parler attentivement à sa mère. Regardant vers la sienne, elle sourit. «Il se souvient d'elle.

«Comme il se doit. Jusqu'à cette nuit, elle ne l'a jamais laissé sortir de sa vue. Pas une minute. Pas quand elle a dormi ni à aucun autre moment dont je me souvienne. Elle avait toujours trop peur de se réveiller et qu'il ne serait pas là.

Se tournant vers sa mère, elle a demandé: «Vous vous souvenez de ce qui s'est passé? Comment vous êtes venu ici.

Adrianna redressa les épaules. «J'aimerais en discuter lorsque votre père sera proche. Il a beaucoup à expliquer. Elle s'est détournée. «Vous êtes bien plus puissant que je ne l'imaginais. J'en discuterai aussi avec ton père. Je pense qu'il me cache des choses depuis trop longtemps.

«Alors, c'est le père? Je veux dire plus puissant qu'il a dit qu'il l'était? Mais nous pouvons en discuter quand il est à proximité. Je suis sûr que vous voudrez lui tordre le cou lorsque la conversation sera terminée. Je sais que je le fais.

«Oui, il y a eu des moments où j'ai voulu lui tordre le cou pour beaucoup de choses au cours de ces années. Un pour m'avoir laissé seul avec Dae.

Lentement, Gwydion apparut devant elle. «Votre père est dans les ruines de la grande guerre. Une journée de trajet en Pegasus.

Nisha hocha la tête. «Ethan?

Il se tourna vers elle au moment où son nom fut prononcé. «Nisha?»

«Veuillez emmener nos parents au Spire. J'ai besoin de récupérer le reste de la famille. Seul."

"Fille."

Même si elle n'avait pas été élevée par la femme, elle a reconnu un ton d'avertissement. «Soit je peux aller seul et vous rencontrer au Spire avec mon père. Ou bien, tu peux m'accompagner à temps pour le regarder mourir. Le choix vous appartient car vous le connaissez mieux que moi. »

Fermant les yeux, Adrianna se ressaisit sans hésiter à prendre sa décision. «Voyage en toute sécurité ma fille. Je préparerai une chambre pour votre retour. Je suis certain que votre père aimerait se reposer à son retour.

Son bâton se matérialisa dans sa main pas un souffle plus tard. Alors que la fin touchait le sol, sa porte vers le Royaume souterrain apparut. "Bien sûr. Gwydion, veuillez les escorter? Et que tous les membres de votre équipe qui souhaitent vous rejoindre vous rencontrent au Spire. Je reviendrai le matin.

Un léger salut alors qu'il répondit: «Comme vous le souhaitez, ma reine.»

Lilly sauta en arrière alors qu'une porte apparut soudainement non pas au sol, mais les pieds en l'air juste au-dessus du canyon menant à Darke. Quand Nisha est apparue. «Vous réalisez que vous êtes dans les airs?»

Nisha sourit. «Mon cher cousin, terre ou air, c'est la même chose pour moi. L'ouverture de la porte fait peu de différence. » Avec précaution, elle sauta de la porte au sol avant la grotte. «Est-ce que David est toujours à l'intérieur?

«Il a dit qu'il pouvait faire sortir l'oncle Myrddin. C'était il y a quelque temps.

Regardant le ciel se transformer du jour en nuit, Nisha hocha la tête. «Veuillez patienter dans la voiture. David sortira bientôt pour vous ramener au Spire. »

Inquiète, Lilly plissa les yeux vers sa cousine. «Nisha?»

«Je n'ai pas le temps d'expliquer. Je vous promets qu'une fois que je reviendrai, vous pourrez demander tout ce que vous voulez et j'essaierai de ne pas vous confondre avec les réponses. Mais comme aujourd'hui a été plein de surprises inattendues, je ne fais aucune promesse.

Avec un sourire, Lilly a dit, presque dans un marmonnement, "Je vais vous en tenir à cela."

Pendant plusieurs minutes, Nisha ne passa pas les flammes noires jusqu'à ce qu'elle sache que Lilly était en sécurité dans la voiture. Une fois à l'intérieur, elle a crié: «David?»

«Nish… je ne sais pas quoi faire. Je ne peux pas… »David baissa les yeux sur l'homme qui était effondré sur le sol par tant de douleur rien que la respiration provoquait des larmes.

Voyant l'état de son père, elle hocha la tête. Primitiva a dit qu'il ne durerait pas longtemps, mais elle a omis de mentionner la douleur qu'il ressentirait alors qu'il était déchiré cellule par cellule. «Veuillez ramener Lilly au Spire. Ne dis rien de mon père. Ni son état. Ni à elle, ni à personne d'autre. Je ne souhaite pas alarmer la famille.

David baissa les yeux sur l'homme. "Mais?"

Ses yeux ont changé juste une seconde… changé pour qu'il puisse voir les âmes des morts hurler sur des gouffres sans fin. "Aller. Ne me faites pas demander une deuxième fois.

Un petit salut et il se glissa hors de la porte. Il ne craignait pas son cousin mais craignait plutôt ce que ferait la reine du royaume inférieur si on la pressait davantage.

S'agenouillant à côté de son père, elle murmura: «Tu es chanceuse, maman n'a pas décidé de me rejoindre.

«Elle est en sécurité?» Sa voix pas aussi profonde qu'elle avait été dans le royaume des rêves. Non, pour le moment, il n'avait que peu de voix.

"Bien sûr. Maintenant… vas-tu m'aider à te déplacer ou vas-tu me faire faire tout le travail moi-même?

La douleur ne le tuerait pas… pas aussi longtemps que le cœur… son cœur… était un endroit sûr. Utilisant toutes ses forces, il avait réussi à se relever. «Je ne pense pas que je pourrais marcher loin.» Le feu qu'il avait brûlé le vidait d'une manière qu'il n'avait jamais fait auparavant. D'une certaine manière, même maintenant, cela n'aurait pas dû. Là encore, quelque chose d'autre causait la douleur.

Plaçant son bras autour de lui, elle siffla: «Deux pas à travers ma porte, puis deux autres vers la flèche. Pouvez-vous gérer ça?

Son esprit était trop brouillé pour se soucier vraiment de ce qu'elle disait. "Deux étapes."

Quand il ouvrit les yeux après avoir terminé les deux premières étapes, il n'était plus dans la grotte mais dans un couloir en os. "Fille?" Ce n'était pas possible… encore… Non, il ne pouvait pas voir ce qui était devant lui. Il ne pouvait ni ne voulait le croire jusqu'au moment même où il le fallait.

«Oh, il est parfaitement sûr pour vous d'être ici. Ici repose contre ce mur. Elle l'aida au sol. «Je reviendrai dans une minute. Reposez-vous jusqu'à mon retour. Ouvrant la porte, elle vit Primitiva tenant toujours la boîte en argent. "Je vous ai dit que je reviendrais bientôt."

"Ici. Prends cette misérable chose. Elle mit la boîte entre les mains de Nisha. «Cela n'aurait jamais dû quitter la cité des étoiles. C'est bien trop dangereux d'être ici.

«Ville des étoiles?» Les villes étoiles?

Primitiva a agité comme si elle avait expliqué cela plusieurs fois auparavant, «Pallas, également connue comme la ville des étoiles. C'est la plus grande des villes étoiles. Il abrite toutes les boîtes d'hommage. À la fois utilisé et inutilisé après que l'hommage a été vu. Ou du moins ceux qui détiennent le plus fort des pouvoirs du Fey.

Intéressant. «Je reviendrai alors nous pourrons en parler davantage.»

«Bah. Parler est pour les créatures inférieures. »

"C'est peut-être, mais j'aime ça." Nisha se retourna. "Puisque vous n'avez aucune envie de quitter cet endroit, je reviendrai quand je pourrai en discuter longuement avec vous." Puis elle est sortie. Alors que la porte claquait derrière, la force a fait claquer plusieurs des os qui étaient nichés dans les murs environnants. C'est alors qu'elle regarda son père et fit disparaître la boîte. «Je pense que nous vous donnerons votre cœur lorsque vous aurez l'air plus entier.»

«Ta mère va me tuer pour me laisser ressembler à ça.

L'aidant à se relever, Nisha sourit plus à elle-même qu'à lui. «Non papa, elle ne le fera pas, mais elle veillera à ce que vous restiez au lit pendant la prochaine décennie.

Ses yeux se fermèrent légèrement. «Je ne pense pas que j'aimerais ça. Trop de choses doivent encore être faites. »

Avec un profond soupir, elle dit: «Très bien. Une fois que nous vous mettrons dans un lit, nous verrons ce que je peux réparer et ce qui devra être guéri par lui-même.

Chapitre 38: Myrddin

Myrddin essaya à peine de laisser ses yeux s'ouvrir. Trop d'effort. Un seul souffle et il voulait s'évanouir. Respirer était extrêmement douloureux et il était sûr que le poids de sa peau allait lui briser ce qui restait de ses os. Puis il sentit quelque chose… Quelque chose battait dans sa poitrine. Son cœur? Mais… Non, ça ne pouvait pas être vrai. Pourrait-il?

Un fragment de mémoire. Il se souvenait d'une jeune femme… Nisha… debout devant lui. Presque se souvenait qu'elle l'avait emmené quelque part… ce qui était ridicule car aucune Fey ne pouvait se transporter à volonté… et aucune… absolument aucune ne pouvait faire de portails d'un endroit à un autre. Cela ne pouvait pas être fait ...

… Pourtant… Ils avaient voyagé de la grotte à une salle créée avec des os.

«Facile, mari. Nisha n'est pas assez habile pour guérir complètement votre corps. Au moins pas encore. Elle travaille avec votre sœur pour apprendre ce qu'elle doit. »

Il connaissait cette voix. «Addy?

Regardant par-dessus lui pour qu'il n'ait pas besoin de bouger, elle se força à sourire même si ses yeux étaient encore légèrement fermés. «Hmm. Lorsque vous serez complètement guéri, nous expliquerons pourquoi vous m'avez tant caché.

Il dessina ses lèvres en une fine ligne, refusant de dire quoi que ce soit.

Lentement, elle s'éloigna de son côté. Une fois de plus assise à côté de lui, elle se mit à parler en gardant sa voix encore légère ne voulant pas encore le troubler. Au moins pas encore. «Lilly dit que tu as besoin de manger pour reprendre des forces et ta sœur, Estare fait quelque chose pour toi à boire. Un tonique je pense.

Cela l'a fait réfléchir. Dans une surprise, il haleta. «Estare? Est là? Elle ne peut pas l'être.

L'ignorant, Addy continua: «Tout comme votre autre sœur. Qui veut une explication sur la façon dont elle a une sœur dont elle ne se souvient pas. Et une vingtaine d'autres choses qu'elle dit rendront vos oreilles boursouflées au moment où elle aura fini de poser ses questions. Ou au moment où vous avez fini de répondre à ces questions avec précision. Ni l'un ni l'autre n'est actuellement satisfait de vous. »

Merde. Oh, c'était mauvais. Pire si les deux sœurs parlaient. «Est-ce que je peux dormir?» Ou être rendu inconscient. Oui, ce serait encore mieux. Merveilleux même.

Une voix de la porte. «Pas avant d'avoir bu ça, mon cher frère.

Estare. Bon sang. Elle ne devrait pas être ici. Dans un pont entre l'éveil et le rêve bien sûr… mais pas ici. Pourquoi Nisha ne l'a-t-elle pas renvoyée après qu'ils aient parlé? Bon sang, pourquoi ne s'est-elle pas reprise… l'ayant déjà fait une fois. "Sœur?"

«Tu as l'air pire que ce que je t'ai laissé. Maintenant bois. Puis à Addy. «Je ne sais pas pourquoi il n'est pas mort. Il connaît sûrement un sort pour tromper la mort et avoir l'air plus présentable.

S'appuyant sur l'embrasure de la porte, Nisha entra dans la pièce. «En fait, en tant que reine du Royaume souterrain, je peux parfois choisir si quelqu'un mérite la mort. Elle bâilla d'un air endormi. «Dans ce cas, je préférerais qu'il soit ici plutôt que dans un endroit où personne ne pourrait l'interroger. D'ailleurs, je comprends presque comment fonctionne votre physiologie. Mais si cela compte, certaines de ses conditions sont dues aux effets de cacher la boîte là où elle se trouvait.

Estare se tourna vers Nisha et plissa ses yeux bleus de galaxie. "Tu vas être une épine dans mon côté."

«Hmm, eh bien puisque tu n'as pas eu la chance de me connaître pendant mon… comment tante Celeste les a appelés… Ah oui, mes années effrayantes… je pense que tu peux me connaître maintenant que nous sommes égaux.

Tournant le dos une fois de plus à Nisha, Estare siffla à l'oreille de son frère: «C'est votre faute.

Buvant le liquide frais, il permit à ses yeux de s'ouvrir complètement et de pénétrer dans la pièce. Pas un endroit dont il se souvenait qui était étrange puisqu'il avait été dans toutes les pièces de tous les châteaux de tous les pays Feyen. "Où sommes-nous?"

«Au Spire. C'est tellement plus pratique que l'un des châteaux. Du moins, pendant que toute la famille est ici. Se rapprochant du lit, Nisha le regarda, "Dois-je essayer de te guérir maintenant?"

La flèche? Pourquoi serait-ce plus pratique? Tous les châteaux étaient plus grands que le Spire, qui n'était guère plus qu'une maison de vacances pour la famille royale de Lite et Darke. Ne posant pas cette question, il se souvint de l'autre chose. Nisha avait dit d'essayer. Que voulait-elle dire essayer? Il n'y avait aucun essai; vous pouvez le faire ou non. Il n'y avait pas d'intermédiaire. Douce obscurité, allait-il devoir lui apprendre à utiliser tous les merveilleux cadeaux qu'elle possédait maintenant? «Ma fille, je doute que tu sois capable de le faire.

«Alors nous verrons.» Calmement, elle ferma les yeux et se laissa ressentir. Encore une fois, elle a commencé avec l'os. Même si le sien se sentait différent… avait l'air différent. Éperons longs et argentés de blanc. Oh, un métamorphe. Mais pas n'importe quel shifter, qui pourrait se transformer en quelque chose qui lui ressemble. Intéressant. Puis muscle rouge avec des brins de tendon non argent ou blanc mais noir. Fire-walker ou Spectre. Organes. Deux ensembles de poumons. Un pour l'air, l'autre de l'eau. Enfin la chair. Pas grand chose à faire mais étirez-le sur les nouveaux muscles. Ivoire mélangé à de l'argent. Ongles noirs. Vénéneux au toucher, s'il choisit de les utiliser de cette façon. Enfin, ses ailes. Ses vraies ailes, pas celles qu'il portait pour que les gens puissent les voir, mais une paire d'ailes de dragon qui ressemblait presque à la sienne. Cependant, le sien était d'un noir profond avec des notes de braise brillant sur les bords.

Lentement, elle ouvrit les yeux et sourit. «Oui, je crois que tu as l'air beaucoup mieux dans ta vraie forme.

Regardant ses doigts, Myrddin haleta: «Comment? C'est impossible. Vous ne devriez pas pouvoir briser mon charme.

Nisha pencha la tête. «Tu veux avoir l'air ordinaire?» Elle haussa les épaules. «Si vous le souhaitez, vous êtes plus que capable de vous transformer. Pourquoi vous voudriez, me dépasse. "

Tapotant sa nièce sur son épaule, Estare sourit. «Il ne veut pas que les Star Cities sachent qu'il est vivant.»

"Oh. Eh bien, c'est ridicule aussi. Ses pouvoirs sont beaucoup trop puissants pour être masqués à moins d'être constamment entourés par les os des morts. Ils ont toujours su qu'il était là. En fait, Primitiva était au courant de lui au moment où il est venu dans les bois mystiques.

«Primitiva?» Un halètement collectif.

Roulant des yeux, Nisha dit: «Oui. Elle est toujours très vivante tu sais. Protégé par moi maintenant. Personne ne peut utiliser ses pouvoirs ni ses capacités sans mon consentement. Et aucun de ceux qui demandent ne recevra ce consentement. Ce serait beaucoup trop dangereux de laisser quelqu'un qui n'est pas formé à ses dons les utiliser sans censure.

Estare atterrit durement sur le lit. «On dit que Primitiva est notre ancêtre. Elle a eu un enfant en secret avant de s'enfuir.

«Oh, c'est pourquoi j'ai pu la lier. Nous étions déjà liés. Comme c'est intéressant. Je devrais lui dire. Dois-je l'appeler grande Grand'Mère? Non… ça ne sonne pas bien. Je vais penser à quelque chose. Il n'est tout simplement pas juste de l'appeler par son nom alors qu'elle est beaucoup plus. »

Myrddin se frotta le visage avec ses mains. «Peut-être devrions-nous parler de cette nuit. Oui, je pense que ce serait une conversation moins pénible. Tout était moins pénible que de parler des Star Cities. Là encore, parler de ceux qui y vivaient était nettement moins pénible que de parler de Primitiva ou de ses capacités.

Addy croisa les bras. "Je suis tout ouïe."

Se redressant avec précaution, il prit une profonde inspiration. «Nous étions tous les deux au courant du soulèvement. Et pour la plupart, il a été pris en charge quelques minutes après notre arrivée.

Tenant une chaise, Nisha a demandé: «Pouvez-vous me dire ce qui s'est passé?»

Addy se tourna vers sa fille et dit doucement: «Les gens qui vivaient près du château ont commencé à mettre le feu. À la fois naturel et non. Cela n'avait aucun sens à l'époque.

Avec un signe de tête, Myrddin continua, «Edrich travaillait au château à l'époque. Cela venait juste de commencer quelques jours auparavant. Étant le demi-frère de Dae, nous lui avons confié le travail jusqu'à ce qu'il trouve quelque chose de plus approprié pour lui-même. Cela n'a pas vraiment d'importance maintenant, mais quand nous sommes retournés au château, il nous attendait dans la résidence en bavardant comme toujours. Quand la nourriture a été soulevée, aucun de nous n'y a beaucoup pensé. Le poison ne nous tuerait pas. Alors, nous avons mangé.

Je ne sais pas vraiment ce qui se passera ensuite. Mais… quand je suis venu à l'ensemble du conseil sauf un était dans les mines inférieures enchaîné par quelque chose qui nous empêchait d'utiliser nos pouvoirs ou capacités. Je pense que les chaînes venaient des bois mystiques. Galeron était à mes côtés alors.

Nous avions tous les deux assez de force pour sortir de la situation mais puisque vous, ma chère épouse n'était pas près de nous… je ne pouvais pas non plus vous trouver. Je lui ai dit de ne rien faire. Il était impératif que nous découvrions où vous et Dae étiez. Il a accepté et nous avons tous les deux caché nos alliances. La seule façon pour nous de vous trouver si vous portez les camarades. Il attendit qu'elle comprenne qu'il était au courant du sort de Dae. Quand elle hocha la tête, il continua?

«Au cours des prochains jours… mois, les membres du conseil ont été enlevés des mines. Ils ont été nourris aux trolls. Je me souviens de leurs cris torturés alors qu'ils étaient déchirés et mouraient plus tard. Il s'arrêta pour essayer de se souvenir de tout. «À une époque où c'était seulement Gale et moi-même, j'ai placé une incantation sur lui pour qu'il ne puisse pas être tué. Hurt oui. Mais il ne mourrait pas. Je savais que je ne mourrais pas non plus, pas après la naissance de Nisha.

Nisha intervint: «Tu as arraché ton cœur de ta poitrine et tu as laissé la boîte pour moi. Avec le cœur de Larna. Elle fit une pause, puis ajouta: «Je ne sais pas si je devrais être impressionnée que vous l'ayez fait parce que vous saviez ce qui allait arriver, ou craigniez que vous ne pensiez pas que j'aurais pu détruire les deux cœurs au lieu d'un seul.

Il acquiesça. «Je savais que je ne te verrais pas devenir la femme qui se tient devant moi. J'aurais pu l'arrêter. Votre mère et moi ensemble, nous aurions pu, mais votre fille ne serait qu'une coquille de qui vous êtes. J'ai choisi de vous donner tout ce dont vous auriez besoin. Et je ne m'excuserai auprès de personne d'avoir pris cette décision. »S'assurant que sa femme et sa sœur comprennent qu'il les combattrait tous les deux pour cette décision.

Addy lui prit la main. «Et vous non plus. Je ne suis pas d'accord avec votre méthode mais en regardant notre fille je peux voir le résultat. Et je suis reconnaissant. Puis elle a pris un ton plus profond: «Et tu ne le referas plus.»

«Ma chère, nous n'avons qu'une seule fille. Je doute que je puisse lui cacher quoi que ce soit. En fait, il savait avec certitude qu'il ne le pouvait pas. Je savais en regardant dans ses yeux que quelque temps avant son réveil, elle avait du sang lié à elle pour s'en assurer. Ou du moins essayé de le lier à elle. Comme c'était le cas, la liaison n'était pas complète mais suffirait là où il ne pourrait pas lui cacher des secrets. Et a également eu l'avantage que d'autres ne pouvaient pas le manipuler pour qu'il fasse quelque chose qui pourrait lui causer du tort. Eh bien, elle ou ceux qui étaient vraiment liés à elle.

«Eh bien, bien parce que j'ai à peine quatre cents ans et que vous m'avez promis plus qu'une fille. Et n'étant plus reine, j'ai besoin de quelque chose à faire de tout mon temps.

Nisha sourit: «Et c'est mon signe de partir. Euh, tante Estare? Veux-tu venir avec moi?

«Oui, je crois que je le ferai. J'ai une sœur à qui parler qui me manque depuis trop longtemps.

Chapitre 51:
Reine Nisha

Quelques jours seulement se sont écoulés avant que Nisha ne convoque non seulement ses parents mais toute sa famille pour la rejoindre dans une grande salle de réception avec une seule grande table et plusieurs chaises avec elle. Sa place était à la tête de la table tandis qu'Ethan s'assit tranquillement au pied, incertain quant à sa raison d'être là.

Alors que leur famille se présentait, Nisha sourit à chacun d'eux. Sourit à ses parents qui avaient été pris à plusieurs reprises dans des discussions approfondies sur des choses que son père savait laissées de côté bien avant leur mariage.

Sourit à ses trois tantes. Deux qu'elle avait connus à la naissance et une qu'elle venait tout juste de rencontrer.

Mais ce n'est pas eux avec qui elle a croisé les yeux. Oh non, c'est la mère d'Ethan à qui elle a parlé en premier. «Lady Faerydae, comme j'ai déjà parlé à mon père de certaines de ses connaissances. Il est venu à mon attention qu'il n'était pas le seul enfant de

Star City à quitter une fois de plus leur star et à choisir de résider ici. Je voudrais une explication.

Dae regarda sa reine, son amie et ferma les yeux. «Je sais que ce jour viendrait un jour. Mais avant de parler de tout ce que je sais. Il serait préférable que le créateur Primitiva se joigne à nous. Comme je le sais, elle a beaucoup de connaissances sur certains de ce dont nous devons parler.

Une fois que Primitiva fut assise à la table et regardant de plus près une vraie femme Feyen plutôt qu'une créature à laquelle elle avait choisi de ressembler, Nisha fit à nouveau un signe de tête à Dae. «Maintenant que nous sommes tous présents et pris en compte…»

Lentement une brume se forma derrière elle alors que Gwydion se tenait à ses côtés. «J'espère que cela ne vous dérange pas, ma reine, mais j'aimerais bien l'entendre.

"Très bien, mais je ne souhaite pas que d'autres se joignent à nous."

Gwydion hocha la tête une seule fois et recula d'un pas. Il ferait toujours partie de cette conversation mais pas directement impliqué dans quoi que ce soit à dire.

En fermant les yeux non pas sur Nisha mais sur Primitiva, Faerydae a commencé son histoire: «Peu de temps avant que Myrddin ne vienne ici, mon père, Lord Magmas, m'a envoyé ici. Pas parce qu'il pensait que je chercherais n'importe quel Fey qui pourrait réellement connaître la vérité sur la façon dont nous sommes arrivés à cet endroit. Mais plutôt parce qu'en tant que femme, je ne suis pas digne de diriger Pallas à sa place.

«Ayant vu au moins une partie de l'histoire de cet endroit, j'ai pris ce que je pouvais et j'ai cherché mon seul parent vivant. Reine Alista. Après lui avoir assuré que je n'avais aucune intention de reprendre ses terres, elle a fait de moi une dame dans sa cour, même si selon les normes ici je n'étais pas plus qu'une enfant.

Maintenant, elle regarda Myrddin. «Nous savions que le jour viendrait où vous la chercheriez, elle ou sa fille. Donc, malgré son attitude à l'époque, elle savait qui vous étiez et d'où vous veniez. Nous savions tous les deux qu'une fois que vous êtes arrivé, le début de la guerre finale commencerait.

Primitiva leva légèrement la main pour être reconnue. «Dois-je croire que Magnar ne vit plus dans aucune des villes étoiles connues?»

«Magnar et son épouse sont partis pour une étoile inhabitée il y a plus de trois mille ans. Aucun des deux n'a été revu depuis.

Lilly regarda le buste confus et demanda poliment: «Euh, excusez-moi mais qui est Magnar? Et pourquoi est-il important?

Assise sur son siège, Primitiva soupira, ne sachant pas comment expliquer quoi que ce soit. «Lui et moi étions à un moment donné les seuls créateurs vivants. Le dernier de notre race de Fey. Son épouse est ma fille. Avant de partir, je ne lui ai demandé qu'une chose, c'était de la maintenir en vie à moins qu'elle ne devienne trop gênante. Nous savions tous les deux que le jour viendrait où les choses dans les Star Cities redeviendraient instables. Nous savions tous les deux qu'une grande guerre allait se préparer et réveiller les Silencieux. Sachant cela, nous avons tous les deux décidé il y a longtemps de faire ce dont nous avions besoin pour nous assurer que nous serions là quand cela arrivera.

Nisha leva la tête. «Est-ce que quelque chose peut empêcher la guerre de commencer?»

«Non, mon enfant. Ce qui a été vu d'un créateur ne peut jamais être changé. Nous pouvons peut-être l'empêcher de se produire pendant un jour, voire des années, mais nous ne pouvons pas l'arrêter. Mais sachez ceci, ne faites jamais confiance à ceux qui dirigent les Star Cities. Aucun qui ne soit du sang pour vous. Chacun dira qu'ils se rangent du côté de vous. Chacun se battra et mourra même pour vous montrer sa loyauté.

Mais ils ont tous une chose en commun. Ils veulent tous… avoir soif… le pouvoir de Pallas. Et ils ne reculeront devant rien pour l'obtenir.

«Et Magmas qui dirige Pallas maintenant? Qu'en est-il de lui?"

Plissant les yeux, Primitiva laissa échapper un léger sifflement tonitruant. «Avant que cela ne soit fait, je le verrai mort.»

Regardant autour de la pièce, Nisha hocha la tête. «Dans ce cas, Galeron, j'aimerais que vous soyez le deuxième président de mon conseil et que vous soyez le capitaine de mes gardes. Ou du moins ceux qui vivent. Papa, veuillez accepter le poste de premier président et être ma liaison entre Lunaista et moi-même.

Les deux hommes hochèrent la tête, comprenant que ce qui allait arriver serait bien pire que la Grande Guerre.

Poursuivant, Nisha baissa les yeux sur la table. «Gwydion, je veux que vous vous asseyiez comme quatrième président et que vous assumiez la responsabilité des guerriers du Royaume inférieur. Leurs compétences seront nécessaires dans les jours qui viendront. »

«Bien sûr, ma reine. Puis-je suggérer de demander à Freya de reprendre à nouveau son poste de capitaine des gardes d'élite?

"Faites comme bon vous semble." La à son mari. «Ethan, vous serez le troisième président du conseil. Comme cela a été une tradition depuis aussi longtemps que je me souvienne.

Primitiva regarda Nisha et plissa les yeux. «Je connais d'autres qui pourraient vous être utiles dans votre conseil. Ils étaient ma confiance en premier. Tous sauf un sont toujours en vie.

"Très bien. Je vous charge de les trouver afin qu'ils puissent m'aider à comprendre et à me préparer à venir. Se redressant avec raideur, Nisha demanda: "Maintenant que j'ai trois Star City Fey assis à cette table, est-ce que l'un de vous pourrait aider à transformer une fureur en lui-même?"

Pendant un instant, les yeux de Primitiva devinrent larmes. «Ari? Avez-vous trouvé mon Ari? Il est en sécurité après tout ce temps?

"Il est. Et je parie qu'il adorerait être quelque chose de plus qu'une chaise.

Épilogue

Ethan se pelotonna autour de Nisha. Son bras devenait lourd autour de sa taille. Au moins, il commençait à se contenter de dormir non seulement dans un lit, mais dans un lit où elle était. Avec tant de précaution, elle se déplaça de sous son bras pas encore prête à dormir. Pas encore prêt à succomber au sommeil malgré l'heure tardive.

Se glissant vers le lit et attrapant sa robe de chambre en soie bleue, elle pensa à tout ce qui s'était passé en si peu de temps.

Pendant le mois dernier, elle avait essayé d'apprendre les lois non seulement de Darke mais aussi de Feyen. Essayer de comprendre quelles lois existaient pour une raison et ce qui devait être supprimé. Plus que cela, elle essayait de comprendre comment arrêter une guerre où d'innombrables vies seraient perdues.

Une profonde inspiration et elle tira une couverture douce sur l'épaule d'Ethan et sourit. Au moins, il dormait paisiblement. Au cours du mois dernier, lui aussi avait tellement changé. Ses cheveux qui n'avaient fait qu'une largeur de doigts lorsqu'ils s'étaient rencontrés pour la première fois étaient maintenant assez longs pour que ses doigts puissent les peigner. Sa peau bien que laiteuse pâle commençait à gagner de petites étincelles de paillettes sporadiques sur tout son corps. Mais c'est sa confiance qui a été le plus grand changement. Il n'avait plus peur de parler... peur d'être puni pour une petite chose. Oh non... maintenant il contesterait à peu près tout à moins qu'il ne l'ait trouvé.

Tellement comme sa mère. Une femme qu'elle commençait également à respecter et à en apprendre davantage.

Là encore, Ethan apprenait qu'à moins d'avoir pris la décision et de ne pas demander conseil, le sien n'était ni nécessaire ni voulu. Son père, cependant, en tant que membre de sa cour... sa deuxième chaise en fait... non seulement il contesterait quoi que ce soit, c'était son travail et il y prenait un plaisir pervers. Entre les trois, elle avait appris à courber ce qu'elle voulait faire avec ce qui était possible sans effrayer tout le monde. Non pas qu'elle en soit contente.

Se glissant vers son bureau, elle ouvrit paresseusement un autre livre de lois. «Comment un pays pourrait-il vivre sous autant de lois ridicules?» Elle marmonna pour elle-même en parcourant la page. À moitié tentée de déclarer la plupart des lois archaïques, elle ferma le livre avant de faire quelque chose dont son conseil aurait besoin de discuter.

Non pas qu'il y aurait beaucoup à discuter de quoi que ce soit... pas quand son père était son premier président et dirigeait le conseil... quelque chose qu'elle regrettait parfois car il avait une attitude irréfléchie sur quoi que ce soit. Et, pas depuis qu'il aidait également sa tante Estare à restructurer son propre petit royaume qui ne se composait que d'une seule ville. Oh non, elle n'allait pas le presser car il était le seul membre du conseil qui n'était pas vraiment lié à elle… et elle ne l'envisagerait jamais. En partie oui. Assez pour qu'elle s'assure qu'il ne lui cachait rien… mais elle avait découvert après sa guérison qu'elle ne pouvait pas lier à elle quelqu'un qui lui était aussi proche. C'était aussi la raison pour laquelle la liaison avec Lilly fonctionnait si bien.

Bien sûr, il aurait pu lui dire qu'avant elle avait essayé de voir quelle était l'étendue de ses pouvoirs. Ou, avait essayé d'apprendre à quel point ses capacités seraient puissantes. Au lieu de cela, il lui avait grogné d'avoir essayé. Puis il était parti pour la ville vedette de sa tante pour ne pas lui donner une conférence qu'il était sûr qu'elle ignorerait.

Et en vérité, s'il avait essayé, elle l'aurait complètement ignoré… juste parce qu'elle le pouvait.

«Nisha?» Une voix fatiguée a appelé du lit.

Revenant vers lui, Nisha s'assit sur le bord du grand lit encore assez près pour le toucher. "Tu devrais dormir."

Ses yeux n'étaient pas encore ouverts. "J'étais. Vous pensez trop fort.

«J'étais…» Elle fit une pause et pressa ses lèvres l'une contre l'autre. Encore un autre changement qu'Ethan avait traversé; ses capacités ou pouvoirs commençaient à se manifester. Sans la formation qu'il aurait dû avoir depuis sa naissance, ces capacités étaient à la fois effrayantes et intrigantes. «Je ne savais pas que je l'étais.

«C'est plus facile de ne pas entendre quand je suis réveillé. Mais je souhaite dormir maintenant.

Elle se pencha et embrassa sa tempe, ce qu'il commençait à la laisser faire sans broncher. «Je pourrais créer un enchantement pour que vous puissiez le contrôler pendant que vous dormez?»

Maintenant, ses yeux s'ouvrirent alors qu'il l'étudiait. «Je préférerais de beaucoup que vous dormiez pendant que je le fais.

«Il y a tellement de choses à faire… et…»

«Nisha, tu as plusieurs siècles pour obtenir tout ce que tu veux faire… pour être comme tu le veux. Cela n'a pas besoin d'être fait ce soir. Et avoir inventé des conversations avec votre père quand il n'est pas ici pour en discuter correctement avec vous… n'aidera rien.

Il avait raison. Elle le savait mais avec les autres Star Cities qui se hérissaient… quoi qu'elles se hérissent. Sa tante Estare se préparait à la guerre car elle était certaine que cela allait éclater d'une minute à l'autre… et les Eostre étaient occupés à essayer de reconstruire leur civilisation dans les bois mystiques tout en la servant… Rien n'était aussi simple qu'il y paraissait. "Je sais. Je pense que je me sentirais mieux si mon père n'avait pas décidé de retourner à Lunaista maintenant. Ou se sentir mieux s'il n'avait pas décidé d'y aller plutôt que de discuter de choses avec elle.

«Votre mère est ici. Et vous avez Galeron.

«Tu peux l'appeler ton père.»

Ses yeux se plissèrent en de minuscules fentes, «Il aurait dû m'envoyer vivre ta tante jusqu'à ce que ce que ta mère sentait avait été pris en charge.

«Ethan, le choix n'était pas le sien. C'était celle de mon père; que vous connaissez déjà.

Lentement, il s'assit. Un feu noir brûle dans ses yeux. "Je sais. Je ne pense toujours pas qu'il en sache autant qu'il le prétend.

Posant doucement sa main sur sa joue, elle murmura: «Tu peux reprendre ça avec mon père une fois qu'il reviendra.

«Pourquoi, quand il me transformera en chaise?

Difficile de ne pas être d'accord avec cela après avoir découvert que c'était lui qui avait tourné d'innombrables autres furies. Plus difficile encore était le fait que son père l'avait déjà transformé, son mari, en commode parce qu'il parlait trop. Non, ne pas parler mais poser des questions. «Il ne vous transformera pas en chaise. J'ai déjà dit qu'il n'était pas autorisé à faire ça à qui que ce soit dans la famille.

«Va-t-il écouter?

«Il l'enverra ou je l'enverrai débattre avec Primitiva.» Et c'était quelque chose qu'elle pouvait faire. En fait, c'était quelque chose qu'elle avait déjà fait une fois. Ni Primitiva ni son père n'avaient été heureux de la rencontre. Son père moins après avoir compris qu'il ne pouvait pas partir à moins qu'elle… la reine du Royaume souterrain… le veuille. Sa mère, de son côté, avait pensé que c'était une grande idée de le laisser là jusqu'à ce qu'il apprenne à ne pas garder des secrets qui changeraient sa vie.

«Elle le tuera.»

«Non, mais elle lui ferait souhaiter de ne jamais la voir. Pour ses propres raisons, elle trouve la plupart des hommes en dessous d'elle. Mais là encore, puisque le seul qu'elle aurait pu épouser avant la chute était celui qui voulait ses pouvoirs pour lui-même… Je pense qu'elle a une bonne raison.

«Je pense que je resterai loin d'elle de toute façon. Il se recoucha en s'assurant que sa tête reposait sur ses genoux. "Tu devrais venir te coucher maintenant."

"Oh?"

«Hmmm. Vous avez une longue journée demain si nous allons encore visiter la ville de Manticora. Et voyez ce que vous pouvez faire et ce pour quoi vous aurez besoin d'aide. »

«Oui, je crois que vous avez raison. J'aurai besoin de ma force au cas où nous rencontrerions l'un des habitants de l'eau qui ont attaqué ceux qui vivent sur la terre.

Ethan bâilla. «N'oubliez pas qu'ils n'attaquent que parce que les habitants de la terre polluent le lac.»

Avant qu'elle ne puisse dire quoi que ce soit, la pièce était remplie d'une lumière rouge brillante qui se fondait en un faisceau doré. Puis sa tante… mais pas solide… se tenait juste devant le lit. «Estare?

Ses ailes de lumière éclatèrent. D'une voix qui aurait pu être faite d'eau, Estare a déclaré: «Cela a commencé. La guerre de mon peuple. Et peut-être la mort de la vôtre.

A propos de l'auteur

Avec son premier livre en nomination pour le prix du meilleur auteur féminin 2017 et le prix du livre indépendant d'été 2017, MLRuscsak a poursuivi sa série avec «The Fallen» et travaille actuellement sur le troisième livre de la série.

Vivant dans le comté de Richland, Ohio, elle vit avec sa fille autiste. C'est l'oasis de son écrivain.

Pour plus d'informations, suivez-la sur https://www.facebook.com/AuthorMLRuscsak

ou

Trouvez des informations exclusives sur le monde de Lite et Darke sur www.TrientPress.com

Et cherchez